# 英语文学概述与创新研究

吴晓凤 ◎ 著

吉林出版集团股份有限公司

图书在版编目（CIP）数据

英语文学概述与创新研究 / 吴晓凤著. — 长春：
吉林出版集团股份有限公司，2024.2
ISBN 978-7-5731-4650-2

Ⅰ．①英… Ⅱ．①吴… Ⅲ．①英语文学－文学研究
Ⅳ．①I106

中国国家版本馆 CIP 数据核字（2024）第 049795 号

# 英语文学概述与创新研究

YINGYU WENXUE GAISHU YU CHUANGXIN YANJIU

著　　者　吴晓凤

出版策划　崔文辉

责任编辑　侯　帅

封面设计　文　一

出　　版　吉林出版集团股份有限公司

　　　　　（长春市福祉大路 5788 号，邮政编码：130118）

发　　行　吉林出版集团译文图书经营有限公司

　　　　　（http：//shop34896900.taobao.com）

电　　话　总编办：0431-81629909　营销部：0431-81629880/81629900

印　　刷　廊坊市广阳区九洲印刷厂

开　　本　787mm×1092mm　　1/16

字　　数　212 千字

印　　张　13

版　　次　2024 年 2 月第 1 版

印　　次　2024 年 2 月第 1 次印刷

书　　号　ISBN 978-7-5731-4650-2

定　　价　78.00 元

# 前　言

　　随着多元文化格局的形成，我国在国际上的地位和影响力得到了不断提升，与世界各国的交流与合作亦日益紧密。英语作为国际通用语言之一，在国际交流中起着举足轻重的作用。英语的广泛传播和使用使得世界各国对综合型、创新型人才的需求更加强烈。英语教学是英语人才培养的重要途径，也是英语人才培养的重要手段。因此，英语教学受到了我国教育界的高度重视。在网络化和信息化的今天，英语教学迎来了发展的黄金时期。

　　英美文学教学是英语学习必不可少的部分，也是英语教学的重要组成部分。英美文学教学是学好英语的一种手段，也是理解欧美文化的一种方法。它不仅可以丰富英语专业学生的语言文化知识和内涵，激发学生学习英语的兴趣，还能够提高学生的思维和语言表达能力，促进英语专业学生的全面发展和整体素质的提升。随着经济一体化的发展，实用型英语人才备受欢迎。由于英美文学教学不够"实用"，英语专业学生对于学习英美文学的兴趣大不如前。尤其是近年来，很多高校压缩了英美文学的课时和教学内容，文学课教师趋于边缘化；同时高校外语教学的重点由文学转为语言教学、翻译教学与实战等内容，英美文学教学面临着空前的尴尬境遇。因此，英语教学中的英美文学教学改革势在必行。在此背景下，笔者精心总结了多年的英美文学教学经验，撰写了本书。

　　笔者在撰写本书的过程中查阅了很多国内外的资料，吸收了相关的最新研究成果，借鉴了一些学者的观点，在此对这些学者表示诚挚的谢意！限于水平，书中难免存在不足或遗漏之处，敬请广大读者批评指正！

# 目　录

第一章　英语语言与英语文学概述 ·············· 1

　　第一节　文学语言的特征 ················ 1

　　第二节　诗歌、小说、戏剧中的英语语言 ········ 3

第二章　隐喻理论与英语文学的关系研究 ·········· 11

　　第一节　隐喻理论概述 ················· 11

　　第二节　隐喻能力与语言习得 ············· 13

　　第三节　英语文学中的隐喻能力探究 ·········· 19

第三章　英语文学翻译相关理论 ·············· 22

　　第一节　功能对等理论下的文学翻译 ·········· 22

　　第二节　功能翻译理论与文学翻译 ··········· 32

　　第三节　描述翻译理论下的翻译研究 ·········· 43

　　第四节　模糊理论下的英语文学翻译 ·········· 47

　　第五节　翻译理论下的英语文学翻译 ·········· 49

第四章　语言学视域下英语文学翻译研究 ·········· 60

　　第一节　中西方不同文化下的翻译理论 ········· 60

　　第二节　不同文学文体的翻译研究 ··········· 61

　　第三节　英语文学中文化意象的翻译 ·········· 67

第五章　英语文学翻译学习现状及改善措施 ········· 74

　　第一节　英语文学翻译的发展现状 ··········· 74

第二节　文化建构背景下的英语文学翻译 ························· 84

第三节　大学英语文学翻译的探讨 ····························· 87

第四节　新媒体视域下的英语文学翻译思维探析 ················· 100

## 第六章　英语文学教学及其改革概述 ······················· 103

第一节　英语文学欣赏的层次与境界 ························· 103

第二节　英语文学教学存在的问题与改革思路 ··················· 109

## 第七章　课程与英语文学教学改革 ······················· 113

第一节　课程与英语文学改革概述 ····························· 113

第二节　基于多角度课程内容设计体系的英语文学教学 ··········· 118

第三节　英语文学课程教学改革策略 ························· 122

## 第八章　英语文学教学新型教学法实践 ··················· 127

第一节　交际教学法下文学融入大学英语教学的实践探析 ········· 127

第二节　交互式交际教学法下文学融入大学英语教学的实践探析 130

第三节　翻转课堂下文学融入大学英语教学的实践探析 ········· 134

第四节　文学体验阅读在大学英语教学中的实践探析 ··········· 138

第五节　其他大学英语教学方法 ····························· 142

## 第九章　文学融入大学英语教学——写作能力培养 ··········· 146

第一节　英语文学作品在大学英语写作教学中的重要作用 ········· 146

第二节　基于文学视角的大学英语写作的要点与方法 ··········· 150

第三节　文学融入大学英语写作教学模式构建 ················· 156

## 第十章　英语文学与翻转课堂教学模式 ··················· 159

第一节　翻转课堂产生的背景 ····························· 159

第二节　翻转课堂教学设计 ······························· 160

第三节 翻转课堂在英语文学教学中的应用 ……………… 165

# 第十一章 文化视域下英语文学教学改革策略 …………… 169

第一节 文化教学与文化英语专业教学概述 …………… 169

第二节 英语文学阅读与赏析中的文化问题 …………… 173

第三节 文化差异对英语文学的影响 ………………… 175

第四节 基于文化视角的英语文学教学改革 …………… 177

# 第十二章 多元智能模式与英语文学教学实践 …………… 181

第一节 多元智能概述 ………………………………… 181

第二节 多元智能教学的理论基础 …………………… 191

第三节 多元智能模式在英语文学教学改革中的应用 ………… 193

# 参考文献 …………………………………………………… 199

# 第一章　英语语言与英语文学概述

## 第一节　文学语言的特征

### 一、文体学

文体的概念源自古代修辞学。文体学则是文献研究者开创的学科，它作为语言学的分支，主要研究特殊语境中语言的特征（即语言的多样性），并试图建立一些规则，以解释个体和社团在语言使用过程中的特殊选择。

作为一门新近发展的学科，卡特和辛普森（Carter&Simpson，1989）认为："如果 20 世纪 60 年代是形式主义文体学的十年，20 世纪 70 年代是功能主义文体学的十年，20 世纪 80 年代是语篇文体学的十年，那么 20 世纪 90 年代将会是以社会历史文体学和社会文化文体学为主导的十年。"除此以外，申丹还指出，文体学的发展还呈"多元发展"的趋势，即不同流派的文体学竞相发展，新流派层出不穷。例如，从认知角度研究文学就是一个范例。

### 二、文学语言的特征

本章主要关注语言与文学的紧密联系，即文学文体学，其研究焦点是与文学文体相关联的语言特征。

从某种角度来看，语言的语音、语法和语义特征显著化或前景化的程度，可以作为区分语言的文学用法或非文学用法的标志。

前景化（foregrounding）的概念来自视觉艺术，与"背景"一词相对应，已经成为文体学的常用术语。俄国形式主义语言学家、布拉格学派学者和现代文体学家，如利奇曾在文体研究中使用这一术语，它被定义为"以艺术手法为动机的偏离"。这种偏离，或非常规用法，覆盖了语言的所有层面，包括词汇、语音、句法、语义等。重复的手法也是偏离的一种，因为通过不断再现，重复打破了语言使用的常规。重复性模式（比如语义或语法层面的）被添加到了期待正常用法出现的背景上，显得不同寻常，从而引起读者关注。因此，许多通过重复使用词汇来实现的修辞手法或者技巧，如头韵、平行等在文学语言或景化过程中被普遍采用。

在文学文本里，语言的语法系统常常被"开发"和"实践"，即用穆卡洛夫斯基所称"使其偏离于其他日常语言形式，结果是在形式和意义上都创造出有趣的新模式"。其产生的途径之一是使用那些看起来打破语法规则的、非常规的结构。

我们都知道英语句子通常由一个主语和一个谓语组成，这个谓语通常又包括一个动词词组。然而，这里的第一个句子却没有核心动词。它看上去似乎应该与另一个分句相连，所以不该以独立形式存在。但是在这里，它的确是个独立句。

词典定义中所提供的一个词的第一个意义通常是它的字面意义。例如"树"一词的字面意义是指"一株大的植物"。然而，在谱系树的语境下开始谈论一棵树时，它就不再是字面意义的"树"，而是一棵具有比喻意义的"树"。"树"一词的基本用法是指有皮、有枝、有叶的生物体。谱系树也同时具有上述属性中的一部分——从构图上看，家族的平面图和树的图像看起来相似，而且某种程度上，双方都是一个有机生长的过程，因此我们使用同一个词表达它们。但是当我们用这个词指植物时，是用它的字面意义，而用它来描述谱系时，则是比喻意义。

明喻，是把一种事物和另一种事物作比较，并通过展现一种事物如何与另一事物相似来解释这种事物是什么样子的方法。

暗喻，把一个事物的特性转移到另一个事物的过程，在"暗喻"中同样有效。但是二者有形式上的差异。

总体说来，语言的比喻用法使得被讨论的概念更通俗易懂，更易于接受。读者所感知的关于世界的图像，其不确定性和模糊性已被消除。有些语言学家认为我们对世界和自身的诸多认识都是由语言的比喻用法所塑造的。

## 三、大学语言的分析

我们可以通过多种途径分析文学作品。根据我们所分析的作品的类型，以及分析的目的，下列一些方法对分析文本的语法结构和意义可能会有所帮助。

1. 当词汇层面上呈现前景化时，可运用形态分析来关注词语新的组合形式。

2. 当词序和句法层面上呈现前景化时，可运用关于词类的知识（即：名词、动词、形容词等）来分析不寻常的或"有标记的"组合。

3. 在语法层面上，可以分析句子结构或寻找不同类型词组、名词词组和动词词组的组合以及模式，因为它们可能有助于语言的文学性用法。

4. 在任何情况下都会发现，关注语言的系统性，能够使语言较为平常的、非文学的用法和语言更"有标记的"、更文学的结构区分开来，从而能够更好地理解文本中的结构模式。

5. 如果不能确定从哪里着手分析一个文本，可以试着重写文本。通过比较原文和重写的版本的差异，就能够对原文正式或非正式的程度（即其语域）以及它对读者的影响做出评论。重写一篇文章也是一个发现原文其他重要特征的好方法。

6. 如果运用了影响意义的一些结构手法，就要探究是哪些手法。例如，有没有运用词汇意义的交叠或词汇意义的反差；文章是否以一种有趣或不同寻常的方式采用了对立、矛盾修辞法或上下位关系的手法。

7. 文章的上下文对于文章的理解较为重要，知识背景不同的读者会形成不同的解释。

8. 某个单词或短语的字面意义在此是否适用。如果不适用，就是遇到了比喻性语言，看看文中有没有明喻、暗喻、转喻和提喻。语言的修辞手法可能使抽象变得具体，使神秘和恐惧变得安全、平常、熟悉，或者使司空见惯的用法看起来精彩与特别。

# 第二节　诗歌、小说、戏剧中的英语语言

## 一、诗歌语言

### （一）语音模式

大多数人熟悉诗歌的韵律这一概念。尾韵（即在每行的末尾押韵）在一些诗歌类型中非常普遍，尤其是在儿童诗歌里。

### （二）重音和韵律横式

在正常语境下，一个双音节英语单词中的一个音节会较响亮、较高、较长，或比同一词中的另一个音节发音稍用力一些，这个音节被称作重读音节。

在英语诗歌中是一种非常特殊并受欢迎的形式。这类诗歌被称为抑扬格五音步诗。抑扬格的模式就是一个非重读音节后面跟上一个重读音节。

抑扬格是韵律单位的一种。韵律单位叫作音步。五音步诗行是指诗句里有五个音步。《罗密欧与朱丽叶》中那一句诗就是五音步诗，因为它包含 5 个音步。

### （三）传统的韵律模式与语音模式

不同时代有不同的韵律模式和语音模式，并作为构建诗歌的途径而被人们接受。这些传统的诗歌结构通常都有名字。如果想分析诗歌，那么建议熟悉诗人比较常用的形式。

### （四）语音和韵律在诗歌中的功能

为什么诗人要运用语音模式和韵律模式？托姆巴罗和马库斯·沃宁做出的一些解释，可以让人们对语音和韵律能够产生效果的范围有一个了解。诗人们使用语音、韵律模式的原因包括：

1. 追求审美趣味——语音和韵律模式从根本上说令人愉悦，正如音乐；多数人喜欢节奏和重复的语音。孩子们尤其如此，他们喜欢诗歌是因为这个理由。

2. 传统风格诗歌形式和服装、建筑一样，也有流行式样。不同形式的语音模式流行于不同时期。它们的创作时代在很大程度上影响了诗人们对于诗歌形式的选择。

3. 表情达意或者革新一种形式——诗人们为了进行革新而创造新的形式，

并向那些所谓的适合诗的语言形式提出挑战。

4.展示专业技巧，寻求精神满足感——诗歌的巧妙构思、形式和意义的完美结合，都能给诗人带来满足感。运动员们通过奔跑、跳跃来表现自己的能力，而诗人则通过词语来展示自己的才华。

5.突出强调和对照——有些韵律模式，如"slow spondees"，或者在前面原本很规则的模式里融入突然的变化，使人对诗歌中的某处加以注意。

6.拟声现象——如果一行诗的节奏或语音模仿的是被描绘事物的声音，这被称为拟声现象。

### （五）诗歌的分析

托姆巴罗和马库斯·沃宁所提供的下列清单，将有助于人们了解诗歌分析中需要关注的地方。

1.关于诗的信息

如果能查到的话，分析诗歌时应在必要处点出诗的题目、诗人姓名、诗歌创作时期、诗歌所属类型，比如抒情诗、戏剧诗、叙事性诗、四行诗、讽刺诗等。可以提及主题，例如，它是爱情诗、战争诗，还是关于自然的诗。

2.诗歌建构的方式

布局——每一诗节所包含的诗行的长度、诗的行数、诗行的音节长度。

诗的布局对于理解视觉型诗尤其重要。下列两个例子可表现此类诗的一些特征。

规则的韵律：音节重读；重读音节之间的非重读音节的数目；每一诗行包含几个音步（即重读音节）；对每一诗行的音步类型及音步数量展开评论，或者指出该诗歌没有规则的韵律模式。不过，发现一首诗没有规则的韵律并不等于说该诗没有使用韵律。一首诗可能采用自由诗体，并且偶尔也使用特殊的韵律模式表示强调或制造拟声效果。

尾韵：如果存在尾韵现象，就要检查一下该诗的韵律和尾韵是否符合某类诗的独特风格（如：民歌或十四行诗）。

语音模式的其他形式：准押韵、辅音韵、头韵、侧韵、反韵、半韵以及反复。

## 二、小说中的语言

### （一）小说与视角

根据米克·肖特的观点，有三个话语层面来解释小说（即长篇小说和短篇小说）的语言，因为在"角色—角色"层面和"作者—读者"层面之间插入了一个"叙述者—被叙述者"的层面：

信息发出者1——信息——信息接受者1
（作者）　　　　　　　　　　（读者）
信息发出者2——信息——信息接受者2
（叙述者）　　　　　　　　（被叙述者）
信息发出者3——信息——信息接受者3
（角色A）　　　　　　　　（角色B）

**图1**

上图只能"笼统"地对小说加以说明，如果要用它来解释小说是如何作为一种文学形式发生作用的，就必须要求三个层面和三组参与者同时出现。但是任何特定的小说都只可能运用这些特征中的一部分，或增加其他特征，或同时采用这两种手法。小说的基本话语结构包含6个参与者这一事实，本身就意味着，跟其他体裁（如诗歌）相比较，小说叙述中需要引入更多视角。但是在特定的小说中，增加必要的叙述视角数量，并使这些视角彼此建立联系的机会是无穷多的。因此，小说成为作家广泛探究视角的一种写作体裁，实在不足为奇。

1. 叙述者：讲述故事的人也可能成为故事虚构世界中的一个角色，在事件发生后讲述故事。在这种情形下，评论家们称叙述者为"第一人称叙述者"或"I叙述者"，因为叙述者在故事里提到他或她自己的时候，总是用第一人称代词"我"。第一人称叙述者常常被认为"有局限性"，因为他们并不了解所有事实；或者被认为"不可靠"，因为他们通过保留信息或说谎来欺骗读者。此类情形常出现在凶杀和推理小说中。

2. 第三人称叙述者：如果叙述者不是虚拟世界中的角色，他或她常常被称为"第三人称叙述者"，因为故事虚构世界中的所有人物被提及时，用的都是第三人称代词"他、她、它或他们"。虽然存在争议，但这种主要的叙述类型是占主导地位的叙述类型。

3.图式语言：叙述视角也受图式的影响。值得一提的是，处于相同情形中的不同参与者会有不同的图式，这和他们的不同视角有关系，例如店主和顾客会有商店图式，这些图式在许多方面都会成为相互间的镜像，店主成功与否将部分取决于他们能否考虑到顾客的视角。

小说家们除了通过选择描述对象来表明视角，也能通过确定叙述方式来表明视角，尤其是通过具有评价特征的词句。

4.已知信息与新信息：在故事开头，应该能预料到，除了文化当中每个人都知道的事物（如太阳），对其他所有事物的叙述所指一定是新的，因此应该选用不定所指。

## （二）言语和思维的表达

1.言语的表达

根据肖特的观点，言语的表达可以有以下几种可能：

①直接引语。

②间接引语。

③叙述者对言语行为的表达。

④叙述者对言语的表达。

此外，从直接引语中能得到人物语言最完整的形式。从①到④的过渡中，人物对言语的贡献变得越来越弱。

还可能出现一个更深层次的范畴。这个范畴是直接引语（DS）和间接引语（IS）的特征的结合体，被称为自由间接引语。它在言语表达的连续体中位于DS和is之间：NRS-NRSA-IS-FIS-DS。

2.思维的表达

小说家们在表达其人物思维时所采用的区分类别，与用来表达言语时采用的类别完全相同。

## （三）散文风格

人们谈及风格时，通常是指作者的风格，即"世界观"式的作者风格。换言之，是指一种写作方式，属于特定作者，可以识别。这种写作方式使一个作者的作品区别于其他作者的作品。如简·奥斯汀或厄内斯特·海明威的写作方式。并且，同一作者的一系列文本都可据此加以识别，即使这些作品由于主题不同、描述对象不同、写作目的不同等原因，也会有所不同。正是这种从特定作者作品中能够感知作者风格的能力，让我们能够效仿其作品或写出仿作。

文本风格紧密关注的是语言选择如何帮助建构文本意义。批评家们能够像讨论乔治·艾略特的风格一样去讨论小说《米德马尔契》的风格，甚至讨论该小说某些部分的风格。观察文本或节选文本的风格时，关注的焦点集中于意义，而不是上面讨论过的作者风格的世界观模式。因此，当考察文本风格时，需要考察那些与意义有内在联系，并对读者产生影响的语言层面的选择。

### （四）小说语言的分析

要考察那些能够阐明某一作者的一个文本或其所有文本风格的语言特征，包括以下方面：

1. 词汇模式（词汇量）；

2. 语法组织模式；

3. 文本组织模式（从句子到段落以及更大文本，各层文本结构单位是如何组织的）；

4. 前景化特征，包括修辞手法；

5. 是否能观察到任何风格变化的模式；

6. 各种类型的话语模式，如话轮转换和推论模式；

7. 视角处理的模式，包括言语和思维的表达。

## 三、戏剧语言

戏剧以两种方式存在——在剧本里和在舞台上。这使文艺评论者进退两难，因为两种呈现方式非常不同，需要不同的分析方法。语言学家关注戏剧时，通常是关注剧本文本，而不是舞台表演。毕竟，剧本是静态的和不变的。文体学家可以轻而易举地将剧本翻回前一幕，并对剧中不同部分的台词做比较，甚至拿起另一本书，在不同戏剧间做比较。但是，戏剧的现场演出却转瞬即逝。不经意间听到的某段台词的一部分，在那个场合不可能再次听到。这并不是说演出永远不能被分析，尤其现在，对表演可以进行录制。不过，在本节中关注的是剧本中戏剧的语言。

### （一）戏剧性语言的分析

这里介绍一下为了研究角色间关系，语言学家是如何把分析自然会话的技巧运用到对戏剧对话的分析中的。

1. 话轮数量和长度：在戏剧中，一个角色讲话内容的数量，能够体现出该角色的相对重要性，或体现角色对自身重要性的理解。一般说来，中心角色比次要角色的言语更长，出现的频率更高。然而，本尼森认为，在汤姆·斯托帕德的戏剧《职业邪恶》中，安德森这一人物逐渐发展为主角，却很少发表长篇大论，这暗示着他倾听别人讲话的能力逐渐增加。

2. 交际序列：许多人已经尝试着对英美人认为恰当的交际模式进行归类。可是，由于上下文提供的变化空间很大，类似的尝试实际上是徒劳的。在分析那些与预想中的交际模式有出入的戏剧对话时，交际结构模式就可以派上用场了。

3. 产出性错误：有时，作家有意采用一些形式来表达人物受到了干扰，如不安、害羞、困惑或者尴尬。

4. 合作原则：哲学家格赖斯创立了合作原则理论。在该理论中，他断言，人们常常通过区分句子意义和话段意义来斟酌会话的含义。与此同时，格赖斯认为人们在交谈时，经常打破这些准则。

5. 通过语言标记地位：上面讨论的许多语言的特性，都可以用来标记人物的相对地位，以及人物地位的变化。人们如何称呼对方通常标志着自己与受话人之间的社会地位是平等的还是低于或高于受话人。我们对语言的相当一部分运用都取决于这些心理定位。

6. 语域：语域是语言学里用来描述一种特定的语言风格及其语境之间关系的术语。作为语言的使用者，虽然我们没有能力积极地创造风格，但能识别出许多不同的风格。

语言学中语域的一个例子就是法律语篇，当我们看到一个法律文件时，我们会识别出它是法律文件，但是，通常只有律师才是选择适当语言来制定它的人，在莎士比亚的《仲夏夜之梦》里，很重要的主题是社会秩序和行为的重要性，而这行为在生活里必须适合你的身份。戏剧中的人物包括仙女、贵族和普通的劳动人民，每个群体不同的社会地位都通过各自不同的语言风格表现出来。

7.《言语和沉默》一剧中女性人物的语言特征。有证据表明，在男女混合的交谈中，男人比女人往往谈得更多。事实上，在家长制社会里，人们更喜欢保持沉默的女人。至少在英国戏剧传统里，这个假设能得到一些支持，莎士比亚作品中的一些人物显然认为女人的沉默是一种高尚的品德。

## （二）剧本的分析

沃尔特·纳什提出，剧本的分析是有一系列步骤的，先分析最基本的和可信的，再分析最难且有争议的地方。如果你要进行剧本分析，你会发现参考这些指导方针是有用的。大致步骤如下：

释义剧本：用你自己的话来表达。它能确保你对原文的基本理解是合理的，是一个检验任何不熟悉的词和语法结构的机会。你也可以检验每个人物是如何推动剧情发展的。虽然你的释义应尽可能地接近原文的内容，但是，对模棱两可的东西和不同的解释而言，仍留有余地。在不同的释义里，通过各种各样的解释，尽可能地注意这些问题。

评论剧本：阐释你所分析的节选部分对整个剧情的重要性，说明它是怎样推动剧情的发展和人物的演变的，这也是一个辨识任何文学典故和语义模糊的机会。正是这些典故和歧义使我们对剧本有了不同的理解。

挑选一种理论方法：通过采用一种语言学方法和理论模式，从一个具体的视角考虑剧本。这需要做得非常彻底和详细，并且可能会引起争议，即你所选择的方法是否合适。采用一种理论模式比起释义或评论要有更大风险。

# 第二章　隐喻理论与英语文学的关系研究

## 第一节　隐喻理论概述

### 一、隐喻理论的主要观点

传统上，对隐喻的研究可以分为三个方面，即修辞学的研究、哲学的研究以及语言学的研究。亚里士多德的"替换论"是最早对隐喻进行修辞学研究的主要成果，而柏拉图对"隐喻和真理"的探讨被认为是对隐喻哲学研究的最早成果。较早对隐喻进行语言学研究的是法国结构主义语言学家本文尼斯特以及英国语言学家乌尔曼，他们分别运用话语理论和心理学联想理论关注隐喻问题。

隐喻理论在认知语言学中占有重要地位，较早从认知语言学角度对隐喻理论做出系统阐述的是莱考夫和约翰逊。莱考夫和约翰逊的研究突破了传统的隐喻修辞观、哲学观、语言观，与传统把隐喻看作修辞手段、语言现象不同，莱考夫等将隐喻视为构建概念系统的手段，提出了"隐喻的认知观"。这种观点的主要结论包括三个方面。

1.隐喻的普遍性

隐喻体现了人们通过一种事物来理解另一事物的认知方式，它不是一种特殊的语言表达手段，而是普遍存在于日常语言和思维当中，英语里大约有百分之七十的表达方式是隐喻性的。传统上对隐喻的研究主要集中在一些"新奇隐喻"，隐喻是从一开始就能被明确意识到的东西。而隐喻的认知观认为，人们在使用隐喻时是习以为常的、无意识的，人们使用隐喻是受到文化传统或认知习惯的影响。

2. 隐喻的系统性

隐喻不是个别的，彼此毫无关系的孤立用法，而是彼此联系，形成一个庞大的系统。不少看似孤立的隐喻，其实都有着这样那样的联系，可形成某种结构化的隐喻群。

3. 隐喻的概念性

隐喻不仅仅是语言问题，也作为概念形成的机制存在。人类的思维方式主要是隐喻式的。在我们认识外部世界、创造新的意义、接受新知识的过程中，隐喻起着重要的认知中介作用。

上述第三个结论反映了隐喻的本质，"隐喻从根本上讲是概念性的，不是语言层面上的。隐喻性语言是概念隐喻的表层体现"。

## 二、隐喻理论的主要框架

莱考夫和约翰逊认为，所有的隐喻都可被看作概念隐喻，具体来讲，概念隐喻分为三种：结构隐喻、方位隐喻和本体隐喻。

概念隐喻理论主要来自雷迪，自他以后，一个研究概念隐喻系统的认知语言学分支得以发展起来。结构隐喻是最常见的概念隐喻类型，是通过结构映射的方式形成的，其中，源概念的结构整体映射到了目标概念当中，源概念的各个点对应于目标概念的各个点，从而实现结构上的照应。源概念所在的认知域称为始源域，目标概念所在的认知域称为目标域。源概念是人们相对熟悉的概念，也是人们首先习得的概念，如空间概念、有关人的身体部位的概念等，而目标概念是较为抽象的、之后习得的概念。目标概念在相当大程度上借鉴和使用了源概念的结构。这种从始源域到目标域的映射是单向性的，即必须从较为具体和熟悉的认知域获得相关的结构和意义，并通过这种结构和意义理解新的更为抽象的认知概念。

# 第二节 隐喻能力与语言习得

## 一、隐喻能力的提出

心理学领域最早提出隐喻能力概念的是加德纳和温纳。他们通过一系列心理学实验证明了不同年龄阶段的人的隐喻能力的发展变化，提出隐喻能力不仅仅跟语言相关，更验证了隐喻的心理真实性，指出隐喻与人的认知机制密切相关。实验的基础是皮亚杰的发生认识论思想，认为隐喻性思维能力是人们一出生便具备的认知能力。隐喻能力包含了人们在不同的认知域自发地进行类比的能力，以及人们借助隐喻性认知机制创造隐喻性表达的能力。

丹纳斯首次将这一概念引进第二语言习得研究领域，认为隐喻能力指的是讲话和写作过程中辨认和使用新隐喻的能力。隐喻能力包括两个方面：语境适合性和操作策略，前者指对目标语中隐喻概念所包含的心理影像的识别能力，后者指在交际中正确使用概念图式的能力。之后，利特尔莫尔指出，隐喻能力是一种松散类推和发散性思维的心理过程，隐喻类推需要把各种信息进行比较，通过发散思维和想象找出两种事物的相似之处。他对"隐喻能力"的内涵做了详尽、合理的探讨，提出了隐喻能力包含四个方面：使用隐喻的创造性；理解隐喻的熟练度；理解新隐喻的能力；理解隐喻的速度。王寅等把隐喻能力定义为人们能够识别、理解和创建跨域概念类比联系的能力，这里不仅包括被动地理解、习得隐喻，还包括创新地利用隐喻的能力。

"隐喻能力"的提出具有不同于隐喻传统理解的革命性意义，传统的隐喻理论将隐喻视为语言使用的变异，局限在语言规则层面，排斥隐喻的认知功能，因而是片面的、静止的观点。而隐喻能力理论认为隐喻在语言和思维中起重要作用，是语言所具有的创造性的一种基本特征。该理论的心理学基础是建构主义。建构主义隐喻观的倡导者布莱克认为隐喻的实质就是一个隐喻表达式与它所使用的语境之间的互动。隐喻作为认知工具，不仅仅是用语言表达思想的问题，而且是一种思维方式。隐喻可以创造喻体和本体之间的相似性，理解一个隐喻就意味着产生了新事物。互动理论明确指出了隐喻的认知和创新功能将隐喻从一种语言现象上升为一种认知现象。隐喻能力理论强调隐喻的认知本质，强调隐喻的创造性，认为隐喻任何时候都不可能脱离语言运用而存在。

## 二、概念流利

概念流利指根据隐喻结构，了解语言的概念构成，把外语的表层结构（如词汇、句法等）与其所反映的概念底层结构匹配起来所达到的能力。这是一个使用外语重新对世界进行概念化的过程，其最终的目标是在学习者的头脑中形成外语模式的概念化世界。

简单地说，概念流利就是近似于本族语者那样理解以及使用外语概念的能力。丹纳斯注意到，学习者产出的话语（无论是口语还是书面语），总是不像本族语者那样自然、地道。他认为，学习者的这种话语字面化现象，表明他们无法用隐喻来建构目标语的概念体系。也就是说，隐喻能力是人们熟练掌握一种语言的重要标志，它是概念流利性的下层结构。因此尽管外语学习者可能达到了高水平的言语流利性，但他们缺乏本族语者所具有的概念准确性。他们使用目的语的形式结构，而用母语的概念系统进行思维，即用外语的词汇和语法结构来表达母语的概念。当这些表达方式与母语概念结构不一致时，学习者所产出的话语便存在语言形式与概念系统的不对称性问题。所以，外语学习者缺少概念流利性。外语学习者要想达到本族语者的概念流利程度，就必须了解这种语言是如何在隐喻性推理的基础上反映或编码概念的。安德雷乌与加兰托莫斯进一步将概念流利看成是第二语言交际能力的重要组成部分。

李毅指出，概念流利是一种认知映射机制，潜意识中将感觉经验投射到概念化的世界中。外语学习者目前普遍存在着外语概念流利薄弱的问题。例如，他们往往以外语的形式结构表达母语的概念结构，因此，他们产出的话语的语言形式与概念系统存在着不对称性。归根结底，就是因为学生没有充分认识外语隐喻概念系统，不了解外语与母语隐喻概念系统的差异；不懂得用隐喻来构建外语概念体系，不会或很少使用隐喻表达，即使他们能流利地表达外语，语言也总是不那么地道、自然。兰托夫与托妮把隐喻能力看成是与本族语者交际成功的重要因素。学习者只有具备了如本族语者那样的隐喻能力，他们才有可能达到外语概念流利，从而成功地进行交际。

凯克斯与帕普进一步指出，概念流利意味着首先加工凸显意义的能力。

所以，外语学习者要达到概念流利，就必须如本族语者那样首先处理语言最凸显的意义。课堂教学只能培养学习者的语法能力和交际能力，而无法真正培养他们的语用能力或隐喻能力以及概念流利，除非学习者能在目的语国家居住和生活，亲身体验目的语文化。

# 三、第二语言学习者语言水平和隐喻理解能力研究

隐喻的本质是以一事物来理解或体验另一事物，其哲学基础是人类的自身体验。隐喻化过程是我们实现不同概念域之间一一映射的主要途径，是我们认知世界的根本方式。隐喻化过程，其实质是个概念化过程，由语言隐喻得以实现。这种概念化能力是人类普遍具有的，尽管不同文化有不同的概念系统。

保尔·卡敏斯把这种概念化能力称为共同的根本能力，它独立于母语和第二语言之间。因此，如果隐喻理解取决于共同的概念化能力，那么语言能力或水平似乎并不起作用。然而，"不同文化和语言所表征的概念系统各有不同，语言能力似乎又和隐喻理解有关，不同的语言水平（和文化背景）又似乎制约着隐喻理解"。

## （一）单语者语言水平与隐喻理解能力研究

对单语者隐喻发展能力的研究存在着两种观点，一种观点认为，隐喻化能力只有在青少年时期才得到发展；另一种观点则认为，儿童也具有某些隐喻能力，与语言能力的发展无关。对儿童单语者的隐喻理解发展能力的研究表明，儿童到了一定年龄，掌握了必要的语言和概念能力后，就能理解比喻性语言。因此，隐喻能力和语言能力有着一定关系，只有具备了一定的语言能力，才能理解语言所表达的字面意义，进而理解隐喻意义。沃斯尼亚杜把儿童隐喻能力的发展归于以下3个因素：（1）概念知识能力；（2）语言能力；（3）信息处理能力。沃斯尼亚杜重点探讨了语言能力。她批评了隐喻测试中常用的(解释) Para Phrase 形式，认为这种形式对被试者造成了语言负载压力。即使被试者知道隐喻意义，但由于语言能力的欠缺，他有可能不知道该如何准确地把要表达的意思表达出来，从而影响测试效度。

莱沃拉托提出了比喻性能力的发展顺序：（1）词语意义的扩大；（2）对词语多种意义的了解；（3）取消指示性策略（例如把隐喻转换成明喻）；（4）理解词语字面意义和隐喻意义的关系；（5）使用语境理解歧义词语和新颖词语；（6）具有表达新颖语言以及对隐喻表达进行句法转换的能力。

伦德布莱德与安娜兹在比喻性语言处理的认知模型和语言模型的框架下，从发展心理学的角度对儿童和成人的隐喻和转喻的理解能力和表达能力进行

了横断研究。结果表明，隐喻理解能力随着儿童向成人语言能力的发展而稳步提高。

认知语言学和关联理论也对儿童隐喻能力进行了阐述。儿童的隐喻能力建立在亲身体验的基础上。儿童甚或是婴儿能在其感觉动作经历与主观的情绪经历之间建立积极的相关关系，例如，儿童可能把被家长拥抱产生的温暖感觉与温暖的感情联系起来。最初，感情域与温度域是连在一起的，随着时间的流逝，两者渐渐地分离开，但两者的联系保持下来，这就构成了概念隐喻的体验基础。再如，儿童或许起先并不区分看见某事物与理解某事物，慢慢儿童学会了区分两者，但保留了这两者之间的联系，这种联系就构成了 Seeing Is Knowing（看到就是理解）的底层概念结构。来自发展心理学与实验心理学的数据证明：（1）即使是幼儿也具有基本的跨域映射能力；（2）儿童的概念习得与发展建立在其意象图式基础之上；（3）儿童能更快地学会那些受普遍的概念隐喻支配的语言隐喻。从认知语言学的这些观点中我们可以看出，儿童隐喻能力的发展似乎更多地与其日常生活体验有关。

关联理论则认为，儿童隐喻能力的习得与发展与他们心智能力的发展有关，即儿童能从言语中推断出言外之意的能力与他们的心智水平有关。我们认为，儿童心智能力和其语言水平的发展是相一致的。儿童每到一定阶段，其语言水平也发展到一定程度，相应地，他们的心智能力也在发展。而隐喻能力是人类基本的认知能力之一。凯克斯与帕普也指出，在单语中，认知能力的发展与语言水平的发展是同步一致的，两者不可分离。特别是儿童上了小学以后，语言是他们主要的思维调整器。因此，儿童隐喻能力的发展应和语言水平有关。

另外，对具有阅读障碍和阅读能力低下的成年人的研究发现，语言水平影响隐喻理解。这些被试者比具有正常阅读能力的成年人的隐喻理解能力要弱。但研究者同时认为，如果这些被试者的某一语言得到发展的话，那么即使第二语言水平下降，也不会对隐喻理解形成障碍。

总之，对单语者的研究表明，语言能力在隐喻理解中具有一定的作用，尽管可能不是决定性的作用。

## （二）第二语言学习者外语水平和隐喻理解能力研究

儿童对事物的认知经历了隐喻化推理过程。他们往往用已知的概念理解或表达不熟悉的概念。外语学习也是一个类比推理过程，学习者同样经历了与儿童类似的隐喻化发展能力。利特尔莫尔指出，儿童的词汇创新类似于第二语言学习者的词语创造策略，而词语创造策略常涉及隐喻拓展过程。学习者用熟悉的词语理解不熟悉的词语，用熟悉的概念建构陌生的概念。

到目前为止，学界对于第二语言水平和隐喻理解能力的关系还没有统一的定论。例如，约翰逊与罗萨诺对以英语为母语的学生与以英语为第二语言的学生的隐喻理解与语言水平的关系做了探讨。结果表明，语言水平似乎与隐喻理解的复杂程度无关。隐喻理解更多是概念层面的问题，而不是语言层面的问题。约翰逊的研究表明，无论是习得第二语言的儿童还是成人，外语语言水平的差异并不导致隐喻理解的差异，结果进一步证明了隐喻理解能力取决于共同的内在能力，第二语言水平对隐喻映射过程几乎没有什么影响。利特尔莫尔的研究也表明隐喻能力与语言水平无关，而与认知风格有关。但马丁内斯从心理语言学的角度，研究了英语和西班牙语双语者对隐喻意义的在线加工。结果表明，隐喻意义的激活取决于语言水平。

国内学者也对这一话题进行了探讨。例如，赵蓉对隐喻能力的定义，对国内英语专业三年级学生的英、汉语的隐喻能力情况进行了实验调查。结果表明，隐喻能力测试中，英语部分所得分数与汉语部分所得分数没有显著差异，从而说明所测的隐喻能力并非语言能力。而姜孟在对中国英语专业学生的隐喻能力进行了测试后发现，虽然从总体看，高水平组的学生的隐喻能力高于低水平组，但高、低水平组之间并没有显著性差异。此外，魏耀章对英语专业学生的研究表明，语言水平对隐喻理解起着一定的作用。因此从目前的研究来看，语言水平对隐喻理解能力的影响还存在争论。

笔者认为，语言水平是指一个人使用语言以达到某种目的的熟练程度。外语水平指的是学习者使用外语以达到某种目的的熟练程度。尽管这一定义强调的是运用语言的能力，但由于语言运用的前提是有关语言的知识，因此该定义也蕴含了语言知识的丰富程度，再考虑到语言与认知及文化密不可分，我们可认为语言知识实际上包含两方面内容，一是纯语言内容（例如语法和词汇知识），二是语言形式所反映的概念体系和文化内涵。这就意味着，外语水平高的学习者除了具有丰富的词汇和语法知识，也应十分熟悉目的语民族的文化和概念体系；而外语能力差的学习者则可能在这两方面都十分欠缺。因此，我们对于外语水平的鉴定，采用吴旭东等人的观点，即（外语）语言水平既包括纯语言知识，也包括外语概念体系和文化知识。

## 四、影响第二语言学习者隐喻理解因子的模型建构

影响外语隐喻理解的因素有很多，在论述了文化差异、外语语言水平、母语文化与外语隐喻理解的关系的基础上，对影响第二语言学习者隐喻理解的一些可能因素进行模型建构。

### （一）外语隐喻理解受到熟悉度的影响

熟悉度指认知主体对特定隐喻的认识程度和使用程度。主体对特定隐喻表达的接受频率和熟悉程度直接影响到认知主体对该隐喻的加工方式。神经语言学和脑成像的研究结果表明，熟悉度是影响隐喻处理的重要因素。熟悉的隐喻要比不熟悉的隐喻更容易加工，耗费的认知资源更少，其隐喻意义常常能自动提取；而处理不熟悉的隐喻则涉及更多的注意机制。同时，常规隐喻要比新颖隐喻更容易理解，加工时间也更短。这与拉克菲与特纳的观点相吻合。他们认为新颖隐喻的理解基于传统隐喻。对于外语学习者来说，如果他们熟悉隐喻，其加工机制类似于本族语者，即无须经过字面意义的加工而直接提取隐喻意义；如果他们不熟悉隐喻，就不能自动地提取隐喻意义。相反，他们加工隐喻的时间更长，耗费的认知资源更多，需要更多注意机制的参与。另外，对本族语者来说属于常规隐喻的隐喻，如果外语学习者不熟悉的话，那这些常规隐喻就是新颖隐喻。这样，加工常规隐喻和加工新颖隐喻的机制就可能相同。

### （二）外语隐喻理解受到语言上下文语境的影响

语言上下文语境指隐喻表达所用的语言符号的前后搭配，隐喻理解来自字面意义与隐喻意义的张力。有些词语在某些上下文中是字面意义，而在另一些上下文中，则是隐喻意义。

### （三）外语隐喻理解受到学习者认知风格的影响

认知风格或认知学习风格指的是学习者在学习过程中体现出的一种持久的、整体性的信息感知、组织以及处理方式。认知风格可分为场独立型/场依赖型、分析型/整体型、反思型/冲动型三类。认知风格与学习，尤其与语言学习密切相关。研究发现，学习者的认知风格也会影响外语隐喻理解。洛克伍德的研究表明，具有灵活认知风格的学习者能更好、更恰当地使用隐喻。约翰逊与罗萨诺发现，具有场依赖型认知风格的第二语言学习者的隐喻理解的流利程度比具有场独立型认知风格的学习者更好。

尽管学习者的认知风格会影响其外语隐喻能力，但这方面还有许多可以进一步研究的地方，关于反思型/冲动型认知风格与隐喻能力的关系还无人涉及。另外，据文献，国内还没有专门的关于中国英语学习者的认知风格与隐喻理解能力关系的研究。虽然学习风格的研究目前还有待深入，难度也较大，却是一个很有前途的研究领域。

### （四）外语隐喻理解受到课堂外语文化输入量的影响

学习外语不仅指学习外语的语言结构，还要指掌握外语文化和概念系统，从而提高交际能力。然而，目前的外语课堂教育往往侧重于语法、词汇等语言形式的灌输，而缺乏对外语文化，特别是隐喻概念知识的输入。但是，既然隐喻是人类普遍存在的语言现象，日常讲话中每三句就有一句是隐喻；既然一种文化中绝大部分的基本价值观与这种文化中由隐喻建构的绝大多数的基本概念是一致的，那么，我们就不能忽视向学生进行外语隐喻教学。

根据克拉申的"输入假说"，教师要大量输入隐喻知识，因为学习者外语语言水平的提高以及对目的语文化和概念系统的熟悉必须建立在大量的输入上。

目前的情况是，首先，学生使用的绝大多数的外语教材要么完全忽视了隐喻，要么把它归入其他的词汇列表下，没有任何练习。其次，即使文章中出现了隐喻性语言，教师也往往把它们看作修辞现象，而没有对之系统阐释。由于输入量的缺乏，学习者经常会错误地理解外语隐喻发生交际中断，特别是对于那些所谓的假同源词，即语言形式与母语相同，但概念不同的隐喻。

# 第三节　英语文学中的隐喻能力探究

隐喻是一种重要的语言学内容，能丰富英语文学的研究内容。语言学主要研究的是人们的认知问题并对认知进行更加深入的了解和学习，而认知是与人们的发展和成长密不可分的。人的成长指人们的身体或社会身份地位的不断变化，人的发展是一个积累人生阅历和努力实现人生价值的整个过程。有许多的表达方式都可以描述人们成长和发展的过程，却很少有文字表述人们的认知过程和整体变化。现有的方法只能简单地观察事实的外在表现形式，既无法正确描述人们的内心世界，也不能科学把握人们的内心世界。然而利用隐喻的表达方式，则可以有效地结合隐喻和本体，促使英语文学作品的内容更加丰富、语句更加富有内涵，从而帮助读者很好地理解内容所要表现出来的本质。

# 一、隐喻的派别分析

一般情况下隐喻的派别主要可以分为以下四种。

## （一）夸美纽斯与其"种子"隐喻

夸美纽斯作为西方近代教育理论的主要奠基人，他在其作品《大教学类》中首次提出了"种子"隐喻的概念。夸美纽斯认为"种子"隐喻可以从以下方面进行理解：第一，人在这个世界的所有造物中都占据着崇高的地位，是最靠好和最完备的对象，而且人的终极目标应该是在今生以外的领域；第二，人们身上的三颗"种子"，分别是虔信、博学和德行，它们是帮助人类依照道德律生存、领悟生活和敬爱上帝的重要保障；第三，所有人类都是上帝拔掉、丢弃的树木，但是这些树木的根是始终存在的，只要上帝给予它们足够的雨露和阳光，这些树木就能够继续再生。而他所描述的这个"再生"过程其实是人们接受认知的整个过程。夸美纽斯旨在呼吁人们的本性回到最真实的状态。

## （二）洛克与其"白板说"隐喻

洛克在整个政治领域和哲学界都有着举足轻重的地位。洛克的"白板说"对笛卡儿的"天赋观念说"提出了反对意见，洛克抛弃了"天赋观念说"，认为人的能力是上天赋予的，但是人的知识一定是后天获得的。洛克在阐述自己的观点时强调，人类的心灵从本质上说是一块白板不曾有过任何标记，而是在外界因素的不断影响下逐渐形成的具体特征和观念。洛克认为人类的后天努力在其成长过程中占据着非常重要的作用，而且会影响人们的性格形成和能力发挥，因此必须帮助孩子培养正确的认知确保他们在拥有健康体魄的同时还具有健康的心灵。

## （三）苏格拉底与"产婆术"隐喻

苏格拉底是柏拉图的老师，也是西方哲学的主要奠基人。他提出了"产婆术"隐喻观点。苏格拉底认为经验不仅能够激发先验观念，还可以起到清理人类灵魂中模糊观念的作用，帮助人类有效地获取未曾接触的新知识。"产婆术"隐喻能够形象地反映出新观点在人们脑中的形成过程。苏格拉底首先引导人们讲述自己感兴趣的话题，并讽刺他们的某些观点，促使他们认识到自身认知存在着问题，并且抛弃原有观点，从而接受正确的认知，形成正确的、理性的观点。

### （四）柏拉图与其"沟穴中的囚徒"隐喻

作为古希腊的三大哲学家之一，柏拉图还是西方文学史上非常伟大的思想家，对西方文明的发展起着关键性作用。柏拉图与学生亚里士多德对隐喻的研究观念存在着本质上的区别。柏拉图代表的是"贬斥派"的根本观点，认为哲学与真理具有必然联系，而隐喻是人们包装其思想的主要方式，与哲学的意义背道而驰。但是柏拉图经常会采用隐喻的手法来表述自己的哲学观点和认知观念，在其作品《理想国》中描述理念论观点的时候柏拉图选用了"洞穴中的囚徒""太阳喻"以及"线段之喻"这三个极具特点的隐喻。其中，"洞穴中的囚徒"隐喻包含着深刻的哲学性质描述了人类的认知本质和认知特点。柏拉图假设将儿童的手脚束缚并囚禁于洞穴中，那么这个孩子的认知就只限于洞穴墙壁上光线射入的影子。因此柏拉图认为认知实质上是一种类似于影子的印象而不是真实存在的事物。

## 二、英语文学作品中隐喻的实际应用

在澳大利亚女作家考琳的名作《荆棘鸟》中，为人们展示了形象各异的女性人物，节选的文字是其中一位个性固执的老妇在初次登场过程中对其形象的描写，其中最为突出的隐喻就是"the stony look"，将上年纪的老妇的脸庞隐喻为坚毅的石头，石头在文学作品中的本意是坚毅、顽固的代表。

此时作者带有感情的外貌描绘给了读者强烈的暗示，老妇的性格也必然有着出乎寻常的表现，果然，后文阅读过程中逐渐发现这位老妇就是造成女主人公一生不幸的根源人物。

在文学巨著《简·爱》中，女主人公的形象被塑造得闪闪发光，将其身上独立自主、不屈服于世俗压力的个性充分地表现出来，但是当主人公得知自己的爱人结过婚之后，会出现什么样的反应呢？作者通过一些模糊景物的描写来展现出主人公内心情感，读者一看就能感受到主人公在爱情梦想破裂后的思想变化。

尽管作者并不是直接描述主人公的心理情况，而是通过某种自然现象隐喻着主人公的感情。

# 第三章 英语文学翻译相关理论

## 第一节 功能对等理论下的文学翻译

### 一、翻译理论在文学散文翻译中的应用

#### （一）奈达的功能对等理论

尤金·奈达是一位以翻译理论和语言学成就等领域著称的学者。他对《圣经》的翻译做出了巨大的贡献。他在语言学、语义学、人类学等领域进行了广泛的研究，并将传播学理论应用于翻译研究，这是翻译理论的一个显著特点。在早期的研究中，奈达提出了两种不同的等价：一是形式对等，二是动态对等。但是，后来他用"功能对等"取代了"动态对等"的概念，他提出，一般来说，最好从充分性的角度来谈"功能对等"，因为没有一种翻译是完全对等的，这意味着"对等"不能理解为同一性，而只能理解为接近性，即基于接近功能同一性的程度。

形式对等侧重于信息本身，试图实现逐字翻译；动态对等侧重于原始信息所产生的对等效应。形式等价是指 TL（原文本）项表示与 SL（译文本）词或短语最接近的等价项。奈达明确指出，由于文化差异，语言对等之间并不总是存在形式对等。由于译文不易被目标读者理解或接受，形式对等的使用有时会造成翻译中的严重误解和晦涩。此外，形式对等可能会扭曲目的语的语法和文体模式，从而阻碍信息的成功传递。

动态对等是指为实现 SL 最接近的自然对等所做的努力。它特别强调信息的作用，包括意义的忠实传递和读者的反应。最接近的对等并不意味着形式上的完全对等，而是意义上的完全对等。原始信息的形式可以改变，以便成功传

达含义。只要意义完整地保留下来，译文就是忠实的。自然对等考虑的是目的语的表达方式，即源语信息的文体价值应该得到充分的传递，因为信息的意义当然重要，表达方式也很重要，尤其是对于文学文本。

许多人认为，如果一个翻译有相当大的影响，它必定属于动态对等。由于这种误解，为了强调功能的概念，用"功能对等"来描述翻译的充分性似乎更令人满意。这就是为什么奈达提出了另一个概念：用"功能对等"来代替"动态对等"。这可能是他后来研究的结果——他的倾向发生了一些变化，他开始强调原始信息的形式和意义的转移，而不是像以前那样只强调意义。他承认，信息的意义与表达方式同样重要。换言之，意义和风格的转换是翻译的重点。

奈达认为，功能对等是用来描述翻译的充分性的，其最重要的两点是：第一，意义的、最接近的自然对等；第二，读者反应的对等。众所周知，由于语言和文化的差异，两种语言不可能完全对等。每个国家都有自己的日常生活的经验和思维方式。这些差异是多方面的、微妙的，但又具有显著性和批判性，给跨文化交际带来诸多困难，使翻译成为可能。因此，正如奈达所说，最大限度的对等是翻译的目的。下文将更详细地解释奈达提出的两个关键问题。

首先，最接近的自然等价是在形式等价之前。翻译是一种交际活动，意义的传递应是第一位的，信息的表达是衡量翻译成功与否的标准。由于语言的差异，形式对等受到阻碍，因而意义对等是首选。奈达认为，语言和文化是同构的，因为同一个地球上的人有相似的感受和反应。当然，仍然有许多不同的思维方式，但我们的知识和经验是关于我们生活的世界的，这使不同语言的人能够相互理解。这就是为什么翻译是可能的。同构使交际成为可能，而语言差异使形式特征的转换在很大程度上成为不可能。

其次，读者反应的对等性非常重要。翻译的目的是为读者服务，所以译者应该认真对待读者的反应。文学批评中的读者反应评价有着悠久的历史。尽管这些反应过于微妙，无法记录下来，但对读者的审美影响却不容忽视。如果一个原创文本能引起数百人的反应，那么最好复制一个对等版本，从而对目标受众造成积极的影响。

## （二）功能对等适用于文学散文的翻译

### 1. 文学散文的特点

为了找到一个实用的翻译理论，我们必须仔细研究文学散文的特点。根据这些特点，首先是意义的转移，其次是文体价值的转移。二者在文学散文翻译中都具有重要意义。

散文或普通言语作为一种言语，其主要原则是实用的（组织起来作为有效交际的对象）。平淡的言语虽然服从于语法和修辞原则，但可以而且确实表现出审美特征（优雅的风格、有趣的叙述等）。但这些特点都是为了实现有效的社会交往和互动。也就是说，与散文的其他属性相比，意义的传递是最重要的。

文学散文的主要目的不同于诗歌，诗歌特别强调形式。翁显良指出，"记叙文，凡是称得上文学的，其中必有寓意。我国专注于文学的都知道：'以诗言志，以意逆志，是为得之。'事实上，只要是真正的文学作品，就没有人不表达自己的意愿。读者应该深思作者的意志，这是整篇文章的寓意。因此，在翻译文学作品时，我们必须了解其中的道德或信息。所谓通读并理解原著，首先就是指这一点。"文学散文翻译的首要目标是有效的社会交际和互动，这意味着意义的传递要优先于形式特征和审美特征等其他因素。然而，尽管审美征服是建立在有效的社会交际和互动的基础上的，但在文学散文的翻译中却不可忽视。审美特征和意义的转移是一个有序的问题，也就是说，审美特征只有在意义完全转移之后才能转移，很难保持审美形式。因此，意境是这些审美特征所产生的审美效果，需要加以保存和传承。

总之，文学散文翻译有两个重要标准，即意义的传递和审美效果的传递。

2. 功能对等适用于文学散文的翻译

功能对等的两个关键点是满足意义的传递和审美效果。它们的一致之处在于：第一，功能对等强调意义传递的优先性；第二，读者反应的对等性。意义转换优先于形式转换，这符合散文翻译的第一个标准。对于文学散文的翻译来说，最重要的是充分调动文学散文交际性的意义。因而可以看出，奈达提倡翻译的交际性，意义的传递大于形式的传递，适合于文学散文的翻译。

读者反应的对等符合文学散文翻译的第二个标准。读者的反应主要是由原文的意义和审美特征引起的。本书着重探讨其美学特征。众所周知，由于文化的差异，形式的审美特征无法准确再现，而能够再现的是审美效果。文学翻译就是以另一种语言形式再现原著的内容。一个英明的翻译家和百人的再创作，与原著既有相似之处，又有不同之处，这一百个译本既有相似之处，又有不同之处。相似的是内容、思想和情感、状态和氛围，不相似的是形式、表层结构、词汇和句法。翁显良提出，一个译者要具备一个敏锐的洞察力，一个好的翻译又是什么样的。他的想法很合理，很有建设性。奈达在后来的研究中开始关注原作的文体价值。他强调读者对原作的反应，换句话说，就是审美效果。

文学散文翻译的目的是再现目的语的意义和审美效果。一个专业的翻译人员将在意义和风格上产生一个对等的翻译，而不是在形式和结构上的机械模仿。

## 二、功能等效性的比较研究

中国著名翻译家刘宓庆指出，翻译中所谓的"信"，绝不囿于语言形式上的对应，在形式上刻意求切，而应做到在词义和句义的精神实质上的忠实可信。翻译必须尽可能地适应作者的个人风格；否则，翻译的效果只能用一半来形容，也就是说，顶多只能"达意"，而未做到"传神"。在他看来，翻译中的忠实不是一种形式上的方法，而是一种意义和精神上的接近，更重要的是一种风格上的接近。他的翻译思想符合奈达的功能时等理论。对于文学文本来说，意义和风格就像硬币的两面一样紧密相连。它们是不可分割的，并结合在一起，使文本不同。前者是指文本所传达的信息，后者是指信息是如何传达的。对于文学散文的翻译，两者都具有重要的意义和风格。

意义分析主要集中在两个方面：语言意义和文化意义。前者以不同的语言单位进行分析，即单词、句子和文本；对后者的分析是关于文化知识的，因为物质文化和精神文化都赋予文学作品丰富的内涵。这些因素都是在奈达的功能对等原则的指导下讨论的。

文本分析是评价翻译效果的关键，而文学散文原作风格的再现对翻译的效果非常重要，仅次于意义的充分再现。正确再现原文文体价值的巨大损失将是灾难性的，这可能使翻译的价值几乎为零。本节主要分析语言风格和修辞风格，通过分析，可以看出奈达的功能对等理论及其相关原则对指导文学散文翻译具有重要意义。

## 三、语言意义和文化功能对等理论

奈达认为，翻译过程的特点是意义的传递，因此意义上的功能对等是译者应努力实现的首要目标。接下来，我们将重点分析语言意义和文化意义。语言意义是指词语、句子和文本的意义，文化意义是指对相关文化知识的研究。

## （一）语言意义上的功能对等

### 1. 词语功能对等

词汇是句子的基本单位，但由于词汇复杂多样、难以确定和翻译，而且词义可能是多重的，为了便于分析，笔者采用了杰弗里·利奇的词义分类法。词汇单位有两个基本含义：概念意义和联想意义，这是译者最为关注的两个问题。概念意义又称为指称意义。为了保持一致性，指称意义的概念是第一选择。把握指称意义是翻译成功的基础和前提，因为它传达了翻译的基本信息。至于联想意义，由于涉及更多的文化、历史和其他社会因素，所以更为复杂。笔者将研究翻译是否在这些层面实现了功能对等。

（1）指定意义上的功能。指称意义是最基本、最核心的意义，又称概念意义或指称意义。译者必须正确理解和传递译入语信息的基本含义。通过对移情成功与失败的分析，证明形式对等应让位给功能对等，即意义对等。换句话来说，成功的翻译始于对原文概念功能的认识。

（2）联想意义中的功能对等。词语的联想意义主要来源于这些词语经常出现的语境（文化语境和语言语境）。它被一些语言学认为是一种附加属性。联想意义，具体包括内涵意义、社会意义、情感意义、反思意义、搭配意义、文化意义以及语用意义等方面。这里的焦点不是语言研究，而是联想意义的翻译。奈达认为，联想意义对译者来说要困难得多，因为联想意义往往是如此微妙和难以捉摸。成功的翻译必须充分再现联想意义，才能充分传达原文的信息。

### 2. 句子的功能对等

奈达认为，翻译的目的是在目的语中寻找最接近的自然对等语，再现源语的意义。这两种语言的语法明显不同。例如，英汉句子结构的主要区别在于英语重视形合，而汉语重视意合；即在写作过程中，英语作品一般是形合，汉语一般是意合。英语依赖语法，汉语依赖句子的内在逻辑。英语是一种主语导向的语言，其基本形式框架是主谓一致；汉语是一种以话题为导向的语言，其主谓在英语中不一定有严格的形式关系。

英语是一种主语突出的语言，也就是说，英语句子的基本结构是主谓一致，主谓一致可以通过附加从句来扩展。一般来说，英语句子的基本结构是主谓结构，而汉语主语的突出句则不同。它们之间没有严格的正式关系。换言之，主谓结构对汉语来说是不必要的。汉语句子通常有主题和注释。在英汉翻译中，形式特征必须让位给意义的转移，因此有必要对主谓结构进行调整和重组，以便将主谓结构转换为话题注释结构，从而获得最接近的自然对等翻译。英汉翻译中的首要问题是句法转换，即如何将主谓结构转换为话题注释结构，从而达到功能对等。

首先，成功的转换在于经过仔细分析后对意义单位进行适当的调整或重组。其次，成功的转换在于必要时对句子的逻辑顺序进行适当的调整。意义单位的调整主要是补充必要的语义成分，减少多余的语义成分，而逻辑顺序的调整则是根据目的语的逻辑对原始信息进行整理和再现。两者都试图以合理的方式复制信息。这些调整体现了两种主要的翻译倾向，即小句主义和短语主义，有助于实现功能对等。这两种倾向是可取的，以便获得符合目的语规范的最佳翻译，方便读者阅读和理解。

（1）句子意义单位的功能对等。由于历史的发展和丰富的文化背景，英汉语言在表达复杂而详细的信息方面存在很大的差异。它们独特的句法结构导致句子成分的不同划分。换言之，原意单位的重组是最好的。如果不是不可避免，只有当译者意识到语言的形式特征并能摆脱其局限性时，才能尝试跨越这两种语言之间的鸿沟。英语主语突出和汉语主语突出的区别决定了它们的意义单位有很大的不同，这就使得它们不可能逐字翻译，即形式对等应该让位给功能对等。本书将讨论功能对等理论的应用如何帮助翻译原文，以及如何根据不同的要求更好地翻译原文。

由于两种语言之间的习语和固定的语义关系，有必要做出一些调整，以避免误解或歧义。事实上，经过调整后，形式对等功能丧失，但原文本的信息应该尽可能得到保证，并考虑翻译引起的反应。总之，随着功能对等的应用，一个更好的翻译出现了。功能对等的维护可以验证翻译的有效性。

（2）句子逻辑顺序中的功能对等。在句子的逻辑顺序重组中，尤其是在句子的逻辑顺序需要符合目标表达式公式时，必须做好转换。不同的文化以不同的方式表达不同的生活体验。

事实上，英语强调句子成分的形式关系，即形合，而汉语强调句子成分的语义关系，即意合。这些差异决定了句子内部逻辑顺序重组的必要性。为了充分传递信息，自然流畅地呈现信息，使读者体面地接受信息，逻辑顺序的调整只能通过功能对等的策略来实现原文的概念功能，并符合目的语的表达方式。正如奈达在《产生功能对等的第三条原则》中指出的那样：如果一个封闭的、形式化的翻译在语义和句法上的理解非常困难，以至于接受翻译的普通人很可能会放弃努力去理解它，那么一些改变是必要的。因此，逻辑层面的调整是进行复杂长句翻译的关键环节。它的目的是恰当和流畅地再现信息。

3. 文本中的功能对等

对语篇功能对等的研究也不容忽视。纽伯特曾指出，翻译是一个语言形式与过程相结合的文本过程。文本通常是交际的基石，尤其是翻译，是传达信息的最终完整单位，对文本的正确理解决定着翻译的成功。

对于任何文本来说，衔接和连贯都是至关重要的因素。衔接是指连接句子或句子组的形式或语法特征，连贯是指逻辑的意义。贝尔曾经说过，衔接和连贯是不同的，但它们有一个共同的特点：它们都具有通过创造意义序列来组合文本的功能。这意味着理解语篇的衔接和连贯对于正确理解语篇和传递信息是非常重要的。实现衔接和连贯的方法在英语和汉语中有所不同。在翻译中，功能对等是在这两个层面上实现成功转换的策略。

（1）语篇衔接中的功能对等。衔接是指连接句子或句子组的形式或语法特征，在语篇写作中具有重要意义。韩礼德认为衔接有四种重要手段：指称、省略与替代、连接和词汇衔接。所有这些衔接方法都是为了实现意义上的连贯，在翻译中都应给予应有的重视。原文中动词和连词的省略、动词的替换等衔接方法都是需要注意的问题。在翻译中正确地运用这些衔接手段是翻译成功的关键。由于英汉衔接标记的巨大差异，在某些情况下，两种语言系统之间的形式对等是不可能的。一些调整是必要的，其中功能对等是缩小两种语言差距的有效途径。换句话说，在某些情况下，形式特征的调整是实现 TL 功能对等的必然。例如，个人参考在英语中起着重要的作用。在英汉翻译中，词汇衔接的转换对汉语表达方式有着非常重要的作用。

总之，英汉衔接手段不同，应灵活运用。它们在原文中的作用应首先考虑并在翻译中实现。换言之，衔接手段的翻译不应是逐字翻译，而应是功能对等的转换。

（2）语篇连贯中的功能对等。根据布兰格德的观点，连贯性被定义为确保概念连接的过程，包括：一是逻辑关系，二是事件、对象和情况的组织，三是人类经验的连续性。译文的连贯性可能与原文不同，因此在翻译中应做一些调整。正如纽柏特所认为的，基于文本的翻译是在目标文本中建立一种功能上与源文本平行的连贯。在英汉翻译中，目标语篇的连贯应该根据目标语逻辑来实现，而不是模仿。李运兴指出，翻译实践给翻译教师提出了一个重要课题。

我们认为有必要研究译者的建构意识。所谓建构意识，是译者在译入语中鲜明而强烈的写作意识，即译入语的连贯不是原文的复制，而是译入语连贯规范的具体实现。至于目标一致性的实现，他还说，"逻辑关系的重新确立以及线形顺序的重新排列——这是建构译文连贯结构的两大要素，是译者思维从原语语篇逻辑转换为译语语篇逻辑的重要思路"。由于英语中的衔接方法多种多样，英语的衔接比汉语灵活得多。相对而言，汉语比英语更能模仿现实，因此汉语的连贯性通常是通过逻辑的发展或时空顺序来实现的。由于英汉连贯结构的不同，有必要对连贯进行调整，这是从源语连贯到目标语篇对等连贯重建的一个重要转变。

在翻译过程中，译者应牢记原文的连贯模式，努力实现不同连贯手段之间的功能对等，以保证译文的连贯性。

### （二）文化意义上的功能对等

语言和文化是密切相关的。文化因素在语言文学中的渗透是丰富而深刻的。正如童庆炳所说，符号学与人类语言学的兴起与发展进一步推波助澜，其中语言是一种各民族长期保留下来的文化，或者说它是文化的一种象征，它给不同民族的人提供了认知事物的模式，它事先安排好让人们这样去看世界，而不是纯客观地看世界。事实上，语言是文化的一部分，它描述了一种文化所积累的经验。任何一种文化都有自己看待世界的方式，因此为了正确理解这种文化中的信息，掌握一些知识是非常重要的。

文化信息在翻译中是非常重要的。文化知识为原文提供了背景信息，对正确理解和鉴赏文学作品至关重要。刘宓庆提出文化兼容是文化翻译中的一个重要概念，即：一是理解文化意义，二是良好的读者接受，三是良好的审美判断。文化翻译的焦点是意义和读者的反应。在翻译过程中，译者对文化内涵的敏感是非常重要的。他需要对原文中的文化信息高度敏感，才能更好地理解文化意义；否则，就不可能正确地解释原文。良好的读者接受能力和良好的审美判断力，实际上是将外来文化融入本土文化而不失原作的全部精髓。

对于英语文学散文的翻译来说，来自其他文化的丰富文化背景具有重要意义。由于种种原因，英语是一种储蓄性语言。因此，对古希腊、罗马、法国、拉丁和其他文化的影响可以很容易地识别和追溯。这些文化为英语文化做出了巨大贡献，为英语文学的辉煌做出了贡献。典故，即与上述文化有关的文学语录，是非常重要的背景知识，是正确理解和欣赏英语文学的必要条件，也是完整翻译的关键。缺乏这些背景知识可能会给典故翻译带来很大的困难。除了文学语录，还有很多其他的背景知识，如经济、政治、社会习俗等，没有必要的文化知识，就不可能很好地理解文化的含义，更不可能有好的读者接受。当然，也就不可能产生对等的翻译。因为文学作品的魅力可以超越时空，有时为了促进文化交流，我们可以保留或翻译与文化背景有关的典故。

同时，在文学翻译中，处理文学作品中的文化负载词是非常重要的，因为翻译的目的是传播文化。这些术语的基本含义应该正确翻译。换言之，我们应该首先确保文本的概念功能是等价的。由于文化体验的独特性，这些词在原作中引起的一系列想象和审美效果无法完全再现。成功的翻译在文化意义上应该是对等的。总之，文学作品的魅力可以超越时空。

## 四、风格上的功能对等

对文体与翻译的研究表明，文体与翻译是密切相关的。文体一直被视为评价翻译效果的重要术语，尤其是文学翻译。对于文学散文来说，文体是它的生命，应该尽可能地进行改造。广义的文体观包括语言文体要素和非语言文体要素。其中，语言文体要素主要包括语音学、词汇学、语法结构等语体手段和修辞语体；非语言文体要素，包括作者的情感因素、想象因素以及智力因素等，狭义的语言文体只是涉及作者的语言风格和修辞风格的手段。本书对这两种文体进行了比较研究。前者主要包括词汇和句法的研究，后者则涉及修辞手段的运用。

要达到文本的审美效果，译文本就需要创造性。文体特征是原文体表达的关键，但在翻译中，由于文化差异，形式文体特征不能直接翻译成译文。这些文体特征所产生的审美效果是可以传递的。由于语言的差异，只有在功能对等的指导下才能实现创造性翻译。它的产生不是形式的，而是功能的，从而达到审美效果的对等。文学翻译的创造性是显而易见的，它使作品在新的语言、民族、社会和历史环境中获得了新的生命。当然，与原文的创造性相比，翻译的创造性是不同的。它属于二次创造，即再创造。审美效果的充分再现在很大程度上取决于译者的创造性。

### （一）语言风格中的功能对等

语言风格的手段主要包括用词和句法。各种文字和句法被用来创造各种审美效果。这两种方法是表达文本风格的基本方法。在翻译过程中，为了达到美学效果上的功能对等，有必要对词语和句法的特点进行考察、分析和再现。

（1）文本用语的功能对等。不同类型的文本使用不同的词汇，表现出不同的特点，如叙事文本（包括描述性文本）和议论文文本。正如郑荣馨所言，文体具有特定的作用和功能。议论文是一种摆事实讲道理、以理服人的文体。出于这种功能，它就要求语言必须明朗鲜明，大多数还要求庄重有力。他认为文体具有一定的功能。对于议论文来说，真理是最重要的，目的是最重要的，推理也是最重要的，并且还要求措辞要清晰、尖锐、严肃、有力。叙事语言（包括叙事）呈现出动态性、优美性、简洁性、丰富性和严肃性等多种特征，这些特征都是根据作者的意图和需要决定的。

（2）语法功能对等。伯顿·拉斐尔指出，散文的句法体现了作者的风格，而散文的关键在于再现原文的风格：翻译不仅要强调信息的内容，还要强调信息的表达。句法特征无疑是反映散文作者风格的重要因素之一，也是散文翻译中需要考虑的重要问题。使用各种各样的从句结构，即在文章中同时使用主从句，并在主从关系之间转换，是作者的一种翻译规范。如果我们只使用主语从句，课文可能听起来断断续续；如果只使用含有许多从句的句子，文本将面临过于复杂和难以处理的风险。我们应该注意语法的多样性，在译文中再现语法的审美效果。

不同的文本类型有不同的语法。叙事文本与议论文具有不同的特点。前者采用多种不同的句型来有效地描述触动读者心灵的对象，如复句和省略句的交替使用。句法的变化使文本生动、灵活、富有生命力。后者通常用复句尽可能多地嵌入信息，以准确、令人信服地表达作者的观点。这些句法特征需要恰当地翻译，以保证审美效果能够传递到目的语中。从文体上看，文学散文的词法是非常复杂的。因此，翻译必须考虑到词汇和句法的文体特征，这是至关重要和微妙的。语言和句法的审美效果应充分转化为翻译。为了达到同样的审美效果，可以进行必要的调整，即好的翻译必须充分传达原文的审美效果。

## （二）修辞风格中的功能对等

修辞风格取决于各种修辞手段的运用。文学散文通常运用多种修辞手段来塑造生动的画面或形象。修辞在生动地描绘外部世界和内部世界中起着重要的作用，审美效果的转换对翻译的成功也很重要。如果原作使用比喻语言，译文应尽可能地相同，并可使用不同的意象来达到相似的审美效果。

此外，有些修辞手法不适合从英语移植到汉语。例如比较、意象隐喻、借用隐喻、夸张、倒装、双关、典故等修辞手段。这些修辞手法的成功运用，特别是不适合直接移植到汉语中的修辞手法，对于信息的再现和审美效果的发挥具有重要意义。梭罗运用了许多修辞手法来塑造独特的形象。为了保持原文的魅力，这些图像应该尽量保留下来。然而，如果保留会引起歧义甚至误解，最好是使它们适应目标表达。在功能对等的指导下，应正确处理译本中存在的问题。

## 第二节　功能翻译理论与文学翻译

西方语言学的飞速发展，形成了语言翻译学派，该学派在 20 世纪上半叶才逐渐占据重要地位。翻译对等理论是翻译语言学院提出的第一个重要理论。在德国功能翻译理论及其主流出现之前，对等理论是翻译领域的杰出理论。但是，对等理论缺乏指导不同文本类型和体裁的翻译的系统理论，因此，等价理论具有其缺点，例如妨碍了实际操作不能作为指导。因此，一些试图建立新的翻译理论的学者便利用这些特征来指导适应时代发展的翻译实践，例如德国功能翻译理论的出现。以下是功能翻译理论的简要介绍，重点是文学翻译理论。

### 一、功能翻译理论的主要代表人物及其理论观点

德国功能翻译理论诞生于 20 世纪 70 年代后期和 80 年代初期，该学派的代表理论主要包括：一是凯瑟琳·赖斯的文本类型理论，二是汉斯·威尔默的语言论，三是贾斯塔·霍茨的翻译行为理论，四是克里斯汀·诺德的功能理论和忠诚度理论。功能翻译理论是在 20 世纪 80 年代后期引入中国的。从那时起，中国学者就广泛地使用它来指导文学作品翻译、各种真实文本翻译以及翻译教育活动。

#### （一）赖斯的文本类型理论

在赖斯之前，德国翻译理论家卡德提出了有关文本类型的问题。他认为文本可以按照两个标准来分类：一是主题内容，二是文本功能。然而，随着时代的发展，这种分类方法的局限性逐渐暴露在众多学者面前。在赖斯看来，凯德对文本类型的分类过于模糊，不利于翻译过程中对文本类型的研究，反而阻碍了研究的进程。德国著名心理学家卡尔·布勒将语言分为三种功能：描述功能，

即语言描述客观事实的功能；表达功能，即语言可以用来表达说话者的观点和他想表达的情感的功能；感染功能，即语言是用来命令、说服和影响听者根据说话者的话完成某些事情的功能。

据此，赖斯试图在语言功能分类的基础上，将翻译方法、文本类型和文本功能结合起来，并将其分为三种主要文本类型：一是信息型文本，即侧重于描述文章内容和描述事实或描述具体实际的文本，因此，跨越语言与文化的鸿沟，赖斯运用简洁的语言，充分发挥译者对原文信息传达的必要性；二是表达性文本，侧重于传达原文的艺术形式或审美内涵，赖斯建议译者采用"识别"或"模仿"的翻译方法；三是操作性文本，侧重于引起文本"接受者"的反应动作，命令或说服文本接受者以达到对目标读者同样的效果，赖斯认为在翻译此类文本时可以采取顺应的方法。

他还认为，选择翻译策略的前提是对文本类型的详细分析。真正理想的翻译是在语言形式、思想内容乃至交际功能上实现译文与原文的对等。这种翻译被赖斯称为综合交际翻译。同时，赖斯在大量的翻译实践中进一步认识到，译者不应坚持对等原则，而应首先考虑译文在目的语环境中的交际功能是否达到了预期的效果。赖斯的文本类型理论不同于传统的注重词句对等、往往脱离文本具体语境的翻译观，它把文本分析作为选择翻译策略的基础，在翻译语境中注重翻译的交际功能，而不是单纯地关注词语和句子的对等，这为翻译策略的选择提供了更为坚实的理论基础，而功能主义基础的确立为翻译的确立奠定了基础，并且威廉的"目的论"对功能主义的发展和兴起也有着长期的影响。

然而，目前还没有一种翻译方法能够解决所有类型的文本翻译，因此有必要对原文的文本类型进行分析。一个文本的功能很少是单一的，每种文本可能有多种文本形式，每种文本类型也可能包含多种交际功能。总之，译者应该根据对文本类型的分析来决定采用何种翻译策略。需要注意的是，选择翻译策略时不仅需要分析文本类型，诸如原文文本与源语文化、译入语文化与译文读者以及译文目的与功能等，都应该被译者重视为制定翻译策略时需要考量的重要因素。

## （二）或威密尔的目的论

### 1. 概念

威密尔是赖斯的学生。1978 年，他在其著作《普通翻译理论框架》中首次提出了功能派的奠基理论"目的论"。该理论以语言学理论和行为主义理论为基础，突破了原文对等的桎梏，提出翻译应被视为人类有目的的活动。"Skopos"是一个希腊词汇，有目的、功能、动机的含义。"Skopos"通常指的是目的语文本的目的。每一个翻译活动都指向目标语篇的预期读者，即翻译是指译者在目标语文化中以一定的方式创造文本，面向目标读者，持有一定的目的。对威廉来说，翻译不仅仅是语言之间的文字转换，也是一种有目的的行为。译者通过翻译发起者规定的翻译大纲来界定翻译目的，即对翻译目的的具体描述。

在威密尔看来，翻译是一种非常复杂的交际行为，是通过原文作者、原文读者、译者和译文读者之间的互动来实现的。在开始翻译之前，译者应拟定一份翻译大纲，阐明翻译的目的。对译者来说，最理想的翻译大纲是能够明确或暗示出版翻译的动机、翻译的预期功能、翻译的读者、翻译的媒介、接受翻译的时间和空间。在选择合适的翻译策略之前，译者必须充分了解译文的预期功能和通过翻译提纲发表译文的动机。一般来说，当翻译发起者将翻译任务交给译者时，翻译的目的和要求将得到明确的传达。有时，发起人会与译者协商，制定一个具体的翻译大纲。没有翻译提纲，译者在翻译过程中就没有选择翻译策略的依据，翻译的目的就无法实现。事实上，决定翻译大纲可行性的是目的语的文化环境，而不是源语的文化环境。

因此，在翻译过程中，译者应根据翻译大纲，着眼于实现译文的预期功能，达到原文作者的交际意图，并根据目标读者的社会文化背景知识对译文的期待以及对译文的理解等交际需要因素进行考虑，确定在特定的汉语环境下文本翻译的具体策略和方法。原文选择性翻译中的多重信息可能不会影响译文在目的语文化环境中的交际功能。

目的论的三大重要原则是：一是目的定律，二是一致性定律，三是忠诚定律。首先，目的原则是指翻译者的翻译目的，翻译的沟通目的以及通过使用某些翻译技术想要达到的某些目的。其次，一致性定律意味着翻译必须与语言中的一致性相匹配。也就是说，目标读者应阅读译文，这是由于在目标语言文化和目标语言交流的背景下，理解是有意义的。同样，保其原则是保持目标语言和源语言之间的一致性。换句话说，目标语言必须坚持源语言。目标语言的目的和对源语言的理解是忠实的。最后，跨语言一致性遵循语言到语言的一致性，译本内容遵循客观规律。根据威密尔的理论得出，翻译策略是由翻译的目的决定的，翻译人员可以采用任何翻译策略来实现翻译目的，例如直接翻译或重写。

### 2. 主要特点

一般翻译理论的研究以原始文本为基础，以翻译为重点。因此，翻译的第一步是分析原始文本，然后通过翻译过程将其翻译成目标语言。然后根据目标语言的一般规则更正翻译。最后，在交流环境中，执行翻译以实现实际操作。这样，原始文本的翻译过程通常是基于原始文本的，因此相应的翻译很难理解。翻译过程中的"对等"功能的实现通常是翻译的最终目标。此方法称为"自下而上"翻译。以目的论为核心的功能翻译理论的最重要特征是打破了一般翻译过程的限制，即从实用性、翻译目的和翻译功能方面确定翻译策略，并从原文中选择要翻译的材料翻译。从实用主义的角度考虑翻译功能，就要求译者必须首先考虑读者的背景知识、期望和交流需求，然后考虑翻译媒介、翻译技巧和对原文的理解。这是一个"自上而下"的翻译过程。以这种方式将翻译标准指定为翻译是否实现原始文本功能，或者是否实现翻译的目的。

功能翻译理论可以在翻译目的或翻译功能差异程度的基础上，将翻译分为两大类型：一是文献翻译，二是工具翻译。这两种翻译又包括其他多种类型的翻译。文献翻译是基于原始文本（内容和格式）的再现，而工具翻译则基于翻译场景中预期功能的实现。根据功能翻译理论，避免了传统翻译理论中文本翻译和自由翻译的困难，因为不同的翻译功能决定了不同的翻译技术；如果以翻译的全部功能为目标，则可以忽略某些细节的得失。

## （三）曼塔利的翻译行为理论

### 1. 起源

在威廉的目的论基础上，曼塔利进一步丰富了功能翻译理论。1981 年，曼塔利在行为理论和交际理论的基础上，提出了自己的翻译行为理论，以期为专业翻译提供借鉴和指导。首先，她的翻译行为理论将翻译行为与翻译区分开来。曼塔利认为，翻译行为的概念适用于所有的译者，可以指导译者的翻译决策。它包括译者在翻译过程中的所有相关行为，如研究相关文化，并提出翻译技术的观点等。值得注意的是，翻译仅限于对原文本的使用。

其次，曼塔利提出翻译是一种有目的的互动，其参与者包括发起人、委托人、原文作者、翻译者、目的语使用者以及目的语接收者等。

再次，曼塔利提出翻译就是实现信息的跨语言、跨文化交流。信息传递指的是对各种跨语言，如文本、肢体语言、声音和图片进行翻译和传递；跨文化转换指的是翻译作为一种复杂的行为设计来达到特定的目的。

最后，认为翻译是一种文本处理行为。翻译行为理论强调目的语在目的语文化中的交际功能，因此目的语的形式取决于它是否能实现其在目的语文化中的功能，而不是严格遵循原文模式。译者对文化转型的成功起着至关重要的作用。要弄清原文的结构和功能特点，译者必须对原文进行分析，并以译文接受者的需求为决定因素。

根据传统的翻译理论，翻译过程是由译者独自完成的。与传统的翻译理论不同，翻译行为理论考虑了译者以外的诸多因素，将翻译视为一种有目的的人类交际行为翻译，其目的是通过信息传递进行跨文化交际。与赖斯的文本类型学和威廉的目的论一样，曼塔利翻译行为理论的核心思想包括翻译策略和方法，也都取决于翻译的目的。

2. 主要内容

1984 年，威密尔和赖斯合著的《普通翻译理论基础》一书出版，其中详细提出了目的理论。"Skopos" 一词是拉丁语，意为目的。根据这一理论，决定翻译过程的基本原则是整个翻译活动的目的。目的的原则是用笔译 / 口译 / 写作 / 注释的方式使译者的文本或翻译在实用的背景下工作，就像那些想使用它的人期望它工作一样。译者可以根据具体情况选择几种目的之一，但目的语读者决定翻译目的的主要因素。

翻译被认为有一个像律师一样的委托人，委托人必须提供一份授权书，说明需要什么样的翻译。译者的职责是根据授权书确定翻译策略和类型。源语言为译者提供信息，然后译者根据翻译的目的和功能选择信息。如果目标文本能够被接收者理解，它将在文本中保持一致。原始文本和目标文本之间也应该保持一致。译文的形式取决于译者对原文的理解和译文的目的，表明了目的原则贯穿全文，适用于文本的每一个具体部分。

《目的性行为：分析功能翻译理论》一书用了三分之一的篇幅论述功能翻译理论在译员培训中的应用。首先，该理论根据文本的功能模式将文本分为四类：指称、表达、述求和交际。然后，根据文本功能，将翻译分为两类：文献翻译和工具翻译。文献翻译的目的是再现原文，类似于传统的直译；工具翻译的目的是实现原文的功能，类似于传统的意译。文献翻译包括交错翻译、直译、汉译和异化翻译，工具翻译包括功能对等、功能差异和同质翻译。这样详细分类特别方便实用。

通常，传统的翻译方法是把文本按横向切分为多个部分，包括单词、短语、句子、句群、段落以及篇章等多单位组合而成的。功能翻译理论又创新地增加了重立功能单位。文本的功能体现在各个层次上：全文、段落、句法、词汇、形态、语音、语调以及信息焦点等，构成不同的功能单位。这些层次高低不同的功能单位可以合起来为同一个功能服务，指向同一目的，把这些因素连接起来，就形成一些链条或网络，这就是所谓的垂直功能。在翻译过程中，译者可以决定各个层次功能单元的选择和相应的翻译策略。功能单元分析的优点是可以同时考虑整体目的和细节部分。将功能单元与语篇功能联系起来，有助于译者区分哪些因素具有多重功能，或者某一因素具有哪些功能，进而采取不同的翻译技巧。功能翻译理论对译者培训的基本原则是：一是明确翻译的指导，二是明确翻译的难点，三是重视母语的培训，四是充分了解本族文化特色，五是注重语用错误（语用情景不当）。

功能翻译理论还涉及文化和文化特色的概念，认为文化只是一个社会环境中的常规和标准，规定着人们要跟随主流思潮，否则就会与社会脱节。实际上，翻译就是两种语言之间的文化比较。然而，由于文化差异，译者不可避免地会用自己的文化视角进行翻译任务，导致翻译的异质性。

功能翻译理论的标准是"合格"（adequacy），也就是译文达到翻译委托书的要求。这是一个动态概念，译者斟酌译文、选择符号时以完成交际目的为导向。与"adequacy"相对照，传统的对等是静态的结果导向，通常是指两篇文章之间的"交际价值平等关系"，或在较低层次上的词汇、句子对等。然而，在目的论中，如果译者考虑对等，翻译的目的决定了翻译所需要的对等形式。

## （四）诺德的功能加忠诚理论

在功能翻译理论的倡导者中，诺德是第一位全面系统地运用英语对各种功能翻译理论进行梳理和总结的学者。1997年，诺德在其著作《目的性行为：分析功能翻译理论》中用简明的语言描述了功能主义的形成和发展，全面介绍了德国功能主义学派的重要理论思想，并对其不足之处提出了自己的看法。

同赖斯一样，诺德对于对等理论也不尽赞同，他认为用"译文目的功能的充分性"来形容翻译的固有特征比用"对等"更恰当。诺德同样也认为，翻译的目的决定了翻译的方法和策略。然而，诺德也发现了"目的论"存在两个缺陷：一是翻译的跨文化障碍。诺德提出，如果目的语文化要求忠实地再现原文，而译者不能满足这一要求，译者应该向目的语接受者解释原因。二是译者与原作者的关系。根据目的论，忠实从属于目的法。但是，如果目标语要求译文偏离原文，译者的译文将不受原文的限制。如果没有把握偏离的程度，目的论就会沦为激进的功能翻译理论，同时失去了存在的意义。因此，目的论自形成以来，受到了各种各样的批评和批判。

对此，诺德提出了"功能加忠诚"理论作为对目的论缺陷的补充。"功能加忠诚"的概念是诺德在《翻译中的语篇分析》一书中首次提出的。"功能"是指译文在译入语环境中的预期功能，"忠实"是指原作者、译者和翻译发起者之间的人际关系。没有原文，翻译就不存在。"忠实"也指译者对原文作者、发起者和读者负责。译者在尊重原作者道德的基础上，还要对目标读者负责，协调原作者意图和目标文本，努力使原文达到原作者、翻译活动的发起人和读者的期望和目标读者要求。换言之，译者还应考虑翻译发起者对翻译作品的具体需求，满足译文读者对原文与译文之间具体联系的期望，满足原文作者对原文与译文之间具体联系的期望目标文本。诺德提出，如果原文作者、翻译发起者和译文读者的利益发生冲突，译者应在必要时使三个方面协调一致。

诺德的"忠诚"并不意味着传统意义上的"忠诚"。上述所提出的"忠实"是指译文忠实于原文的语言或风格，不考虑原文作者的意图，因此这种看似忠实的译文可能违背原文作者的意图。诺德认为，"忠实"是指译者在处理两种文本时所考虑的一种技术关系，是译者应遵守的道德原则，是处理人际关系时不可或缺的原则。

## 二、功能翻译理论下的文学翻译

### （一）功能翻译理论与文学翻译

1. 文学翻译的差异性

文学作品明显不同于其他文本格式。这主要体现在以下几个方面。

（1）作者的意图。通信或产品文档显然旨在用于交流，以交换信息或介绍产品性能和功能。但是，一首诗或小说可能没有明确的目的和预期功能。

（2）文本语言。纯文本语言（例如商务信函）是传统的或正式的。如果翻译与目标语言匹配，则可以完成该功能。除了诗歌和小说等体裁的特征，最好以常规语言来追求创新和新颖地使用文学语言。但是，源语言中的新文本可能与目标语言中的效果不同。文学语言常常是模棱两可的，在翻译中造成意料之外的困难。

（3）文本世界。纯文本描述了现实世界。例如，计算机书中的描述对象是计算机。除了某些品牌和特定功能外，国内外的计算机总体上相似。这样，原始文本和翻译后的文本可以通过参考对象连接起来，以达到通信目的。但是，文学文本的世界通常是虚构的，例如《格列佛游记》和《西游记》，它们都是带有神话色彩的故事。不参考确切的现实，我们只能依靠对母语文化的理解来实现话语功能。但是，文本世界与源文化和目标文化可能具有复杂的关系。

（4）文字效果。尽管原始文本的有效性取决于文化背景知识和原始语言接收者的阅读期望，但由于接收者的文化背景知识和阅读期望可能会非常不同，因此难以实现原始语言对目标语言的影响。由于目标读者可能不了解原始作者或原始作者设置的信息，因此目标读者的预期视野与原始读者的视野不符，目标读者难以实现原始图书功能。

2. 功能翻译理论下的翻译策略

面对文学翻译的特殊困难，功能理论提出了以下翻译策略：首先，作者的意图只能通过译者的翻译来传达。文本是一个开放系统。文本的具体形式取决于翻译者对原始文本的理解和翻译的目的。其次，翻译者根据翻译目的通过参考发件人的意图来决定翻译功能。通过工具掌握翻译的相似功能，以向读者提供从内容到形式的全面信息，或者使翻译充当源语言。再次，确定译文是否根据读者期望对翻译功能进行处理，保持原始文本的异域性，最终实现保障文化距离或调整目标语言的文化的能力。最后，翻译人员必须首先分析原始文本，然后决定如何在翻译环境中模仿原始文本，以实现在目标上下文中影响读者的功能。

功能翻译理论一直为在翻译功能和目的上避免文本翻译和自由翻译之间的困境进行着努力。如果翻译的目的是传达源语言文化或源语言自身的语言特征，则可以使用文本直接翻译或使用交叉转换翻译的方法进行文学作品翻译。否则，译者就应该根据目标语言读者的需求，使翻译后的译文追求流利且易于理解的目标语言（如果是原始文本），发挥出翻译作为文学作品的艺术性质，以便增强作品的价值和美学效果。简而言之，功能性翻译理论主张文学作品具有不同的目的，即不同的翻译策略服务于不同的目的。如果为每种特定目的确定翻译技术，则可以避免某些固有的矛盾，例如，两种翻译方法——"直译"和"意译"之间的冲突。

功能翻译理论另一个重要原理是文本的开放性。现象学理论家英伽登最早提出了这一原理。他在《对文学的艺术作品的认识》等一系列著作中提出建议：

文学和艺术作品与科技文章等日常文本有所不同。文学文本再现：生动的文本场景和人物，但是某些时候需要读者发挥想象力让阅读过程更加生动有趣。不同的读者具有自己特定的知识背景、生活经历和阅读观点，并形成其他读者的"预测"或"先入为主"概念。因此读者阅读时，如果将阅读期望与文本结构整合在一起以达到相同的理解，它将成为读者在实现想象后的独特虚构空间。每个读者的成见和观点都不相同，对文本的理解也必须有所不同。因此，文学文本是开放的。

综上所述，我们可以如下理解功能翻译理论，翻译过程的两端分为两个区域：源域和目标域。翻译目的的多功能性构成了翻译的目标区域，而原始文本的开放性允许将翻译的目标区域划分为不同级别，以供翻译人员选择。因此，翻译过程是让翻译者根据特定的翻译目的选择源域的级别，并将目标域的目的与源域的级别相关联。因此，目标域和源域的连接实际就是具有不同策略的翻译过程。

## （二）功能翻译理论的文学翻译主张

一些学者认为功能翻译理论是一种指导非文学文本翻译的更合理和恰当的理论，但是一些学者对于该理论是否适合文学翻译提出了不同的看法。例如，文军和高小英讨论了功能翻译理论在文学翻译批评中的应用。面向文化的功能翻译理论通过拓宽翻译的视野，创建行为的动态类别以及整合原始作者、目标作者和目标读者之间的多种关系，为文学翻译批评提供了在标准基础上的多角度的动态概念。功能翻译理论不同于传统的对等理论，它强调词汇翻译，将改变传统的基于单词的翻译模型，并使翻译成为基本原则。翻译目标的上下文考虑了原始作者、发起者、翻译者和目标读者之间的多边关系。同时，德国功能翻译理论在指导文学翻译实践时强调了在文化之间翻译文化交流功能的明显优势。

根据赖斯对文本功能类型分类可以看出，这一分类对翻译人员确定文本类型的等效性并选择合理的翻译策略十分有益。文本功能类型理论在实际上可以分为三种类型：一是信息文本，二是表达文本，三是实际文本。根据赖斯的分类，文学作品应属于第二类文本，这是因为文学作品的主要目的就是表达作者的思想情感。这一文本类型强调了语言的格式和美学标准。除此之外，赖斯认为文本的功能和翻译原理是不同的。例如，表达文本强调在翻译过程中对原始文本美学形式的重视十分有必要，并且强调翻译必须保持原始文本的艺术形式，即采用原始文本的中心思想及意境。

威密尔提出的翻译目的论认为，翻译的前提是必须明确翻译原语语篇的目的以及目的语篇所要达成的预期功能。目的论遵循以下原则：第一，目的原则。也就是说，翻译的目的决定了译者采取什么样的翻译策略和方法。第二，"文内连贯"。也就是说，翻译需要被目标语篇接受者理解，在目标语文化和目标语篇接受者的交际环境中有意义。第三，"互文连贯"。源语和译语之间存在互文连贯，其形式取决于译者对原文的理解和翻译目的。第四，互文连贯服从于文内连贯，且两者都受到目的原则的支配，这一原则为翻译目的的充分表达提供了条件。如果翻译目的要求改变译文的功能，那么翻译就不需要遵循与原文互文连贯的原则，而应该符合适当的翻译目的。第五，适度原则。它是指译文符合翻译要求中规定的交际目的，是衡量译文质量的标准。如果翻译的目的是功能对等，这就意味着译文和原文具有相同的交际功能。

诺德的"功能与忠诚"理论试图解决功能翻译学派激进的功能主义，弥补了目的论的不足。诺德认为，忠实原则使译者既忠实于原文又忠实于译文，对原文作者、译文作者和译文读者负责。诺德还提出，译者应在翻译前制定一份翻译大纲，其中应包括译文的预期功能、翻译的目的、发表译文的动机、目标读者、发表时间、发表地点和媒体等信息。只有充分掌握这些技巧，译者才能合理地选择翻译步骤。同时，诺德提出要对原文进行分析，这对翻译过程有很大的指导作用，可以为译者决定采用何种翻译策略提供依据，原文分析包括两部分：一是文内因素，主要指文本中从词汇、句子、段落到主题等方面；二是文外因素，包含翻译发起人及其意图、译文接受者、文本功能、互文因素等。可以说，对原文的分析是实现译文预期功能的关键，也是使译者忠实于原文作者、发起者和目标读者的重要一步。

正是由于文学作品具有很强的表现功能和特殊的审美形式，文学译者不可避免地陷入这样的困境：不仅要传达原文的艺术形式，而且要使译文符合目标读者的审美要求，很难做到两全其美。上述功能翻译理论的原则和观点对解决文学翻译问题具有突出的指导意义。

## 三、功能翻译理论对文学方言翻译的指导意义

英语文学中的不同方言和汉语方言有其独特的社会文化内涵，而在文学中，英语文学一般表现为词汇拼写、句法和语法的变异，与汉语的本义相去甚远。同时，文学方言还具有塑造文体、刻画故事人物的艺术功能。面对这些问题，

译者很难尽力达到预期的交际功能。功能翻译理论是一种以目的语文化为导向或以目的语读者为中心，充分关注原文、源语文化和原作者意图的翻译理论。根据功能翻译理论，译者在理解和翻译含有方言的文学作品时，应明确译文的预期功能，充分考虑原文文化与译文文化的差异，深刻理解原文作者的意图，忠实于原文对译文作者来说，不仅要注意互文连贯，熟悉目的语的情况，还要了解目的语读者的需求，达到语篇的连贯。这使得功能翻译理论为译者选择合适的翻译策略提供了强有力的理论支持。

第一，赖斯的文本类型理论有助于译者明确所要达到的对等程度，选择合理的翻译策略。赖斯认为，翻译的原则和方法的选择因文本的功能而异。文学作品属于表达性话语，强调语言的形式和审美标准。语言的形式是审美的，且在作品中作者具有重要的地位。因此，在翻译文学作品中的方言时，应尽量保持原文的艺术形式，采用原文作者的观点和方法。

第二，根据威密尔的目的论，翻译目的决定翻译策略，译者选择翻译策略和方法的决定因素是译文的目的和功能。翻译目标受众是决定翻译目的的重要因素之一，它要求译者在决定翻译策略时充分考虑目标受众。同时"文内连贯"原则要求译文必须符合译入语的表达习惯，能够被译文受众理解，并在目的语文化及使用译文的交际环境中有意义；"互文连贯"原则，源语与目的语之间存在着互文连贯，即目的语与原语之间存在某种对应关系，但并不要求目的语与原语的内容相同。它的形式取决于译者对原文的理解和翻译的目的。文学翻译的目的是再现原文的艺术形式，传达原文的主题。因此，在翻译文学作品中的方言时，应根据译文的目的和译文读者的接受程度，最大限度地再现原文功能。

第三，根据诺德的功能与忠诚理论，译者应根据译文的目的和预期功能忠实于原文作者的意图，同时充分考虑译文读者的接受程度，从而忠实于读者。

总之，功能翻译理论对文学作品语言翻译的启示是：第一，译者应根据译文的目的和功能选择翻译策略，尽可能地传递原文信息，再现原文功能；第二，接受者翻译是决定翻译目的的最重要因素之一，译者应充分考虑目的语读者的接受程度，例如方言翻译应在目的语交际环境中被目的语读者理解和接受；第三，译者应更多考虑原文作者的意图和读者的利益，在处理原文内容和形式时既要忠于原文作者，又要忠于目的读者。

# 第三节　描述翻译理论下的翻译研究

## 一、描述翻译理论

### （一）多元系统论

伊塔玛·埃文·佐哈尔是以色列学者，在其 1978 年收集成册的论著 Papersin Historical Poetic（《历史诗学论文集》）中，首先提出了多系统理论，为翻译研究的文化研究奠定了理论基础，并促进了解释性翻译研究的发展。多系统理论使用当时俄国的形式主义。传统上，翻译文学一直处于极限，文学研究者很少关注。佐哈尔打破了这一概念，并详细介绍了当翻译文学在文学系统中处于边缘地位和中心地位并根据翻译文学的状态而定时，应如何确定翻译策略。佐哈尔认为，翻译文学在文学系统中的地位是可变的，应根据目标文学系统的特征来确定。当原始文本系统处于有利地位并发展良好时，就无须依靠翻译来输入外来元素。在这种情况下，翻译很重要。此外，他列举了三个例子来说明翻译文学的优越性。

首先，当文学体系尚未明确形成时，它仍处于"萌芽"时期；其次，在有关国家的文学中，文学处于"边缘"或"弱"地位，或两者兼而有之；最后，当文学的转折点出现时，现有的文学形式已不能满足需要，对文化和历史因素的多元文化体系的强调，不仅扩大了翻译研究和应用范围，并且介绍了翻译研究的理论和学术方面。佐哈尔首先将翻译文学纳入整个文学体系，突出了翻译在文学发展中的重要作用，并提高了翻译文学在整个文学体系中的地位。埃德温·根茨勒在确认多重系统理论的同时，总结了一些批评，例如在没有证据的情况下过度翻译产生的"普遍定律"等。

### （二）描述翻译理论

吉迪恩·图里发展了埃文·佐哈尔的多元系统论，提出在明确假设的基础上，以尽可能清晰的方法论和多样的研究方法，建立一个系统的分支，并通过翻译研究本身加以论证。图里认为，无论是翻译作品，还是翻译本身，都对译者文化的社会和文学体系起着重要的作用，都会对译者选择的翻译策略产生影响。

在此基础上，图里提出了三段式翻译方法：一是将文本置于目标系统中，分析其意义和可接受性；二是比较原文与译文之间的转换，确定原文与译文之间的耦合关系；三是尝试对潜在的翻译概念进行总结和归纳，为今后的翻译决策提供描述性解释研究的启示。

在这个方法论中，第二阶段是最有争议的部分。图里认为，翻译理论应该提供一种方法来确定原文和译文的哪些部分是研究对象，以及它们之间是什么样的关系。然而，对于为什么在语言翻译理论中使用这种方法，人们还没有达成共识。另一个有争议的方面是，在他的早期论文中，坚持以一个假定的中间参照作为适当的翻译来考察翻译转换。不过，他也承认，在实践中并没有完全合适的翻译。正是由于这一矛盾，图里受到了许多学者的批评。从那时起，中间对比的概念被抛弃，翻译过程中的规范被重新建构：一个社会所共有的价值观或概念，如对与错、恰当与不恰当的观点等，已经转化为适用于特定情况的适当行为准则。

翻译规范是描写翻译学的理论核心。图里认为，文学翻译和其他活动一样，受到不同种类和制度的制约。这些约束分布在两个顶点之间的连续体上。一个是规则，另一个是自我新思想。在这两个顶点之间有一些主体间性因素，通常被称为"规范"。翻译规范影响着翻译过程的每一个阶段，在两个潜在的对等体之间起着协调作用。因此，仅仅研究一个文本是不够的，有必要对不同历史时期的翻译进行研究，以确定翻译的总体趋势。

翻译是一项涉及两种语言，甚至可以当作涉及两种文化体系的活动，因此需要两种规范体系。因此，译者在翻译过程中总是面临着两种文化体系之间的选择，即翻译的起点规范。如果翻译者选择更接近原始语言和文化规范，则翻译通常是直译的；如果翻译者选择更接近目标语言和文化规范，则通常是意译翻译。在实际的翻译过程中，翻译人员通常受到两个不同标准的限制：一是预备标准，二是操作标准。前者选择翻译的文本以及直接和间接翻译（其他语言的翻译），而后者包括文本内容和语言规范。文本内容规范是指文本内容的安排和选择的宏观层次，而语言规范是指句子结构、单词选择和句子形成的微观层次。由于翻译人员的行为不是系统性的，因此规范是一个等级概念，解释翻译研究的目的是重构影响翻译过程的规范。它还强调了翻译规范的复杂性。由于两种语言和两种文化的影响，该标准必须具有两个独有的特征：第一，文化的特殊性；第二，不稳定性。然而，需要注意的是，无论什么标准都会随着社会环境、历史和价值观的变化而变化。从多系统的角度来看，翻译领域通常存在三种不同的竞争规范，一是指导翻译行为的主流规范，二是遵循过去的规范，三是萌芽初期的新规范。但令人好奇的是，虽然主流规范自身并不具备主流特征，但是由于它们随时间而变化，因此必须将翻译规范的研究与特定的历史背景相结合。

虽然图里的描述翻译理论对翻译研究起着重要作用，但一些学者指出了它的弊端。例如，赫尔曼质疑图里的翻译方向。实际上，图里的描述理论忽略了意识形态和政治因素以及原始文本在其文化中的地位。

### （三）翻译规范

图里的规范概念提出后，安德鲁·切斯特曼指出，所有规范都会产生规定的压力。而他在图里理论的基础之上，又提出了一套包括初始规范和操作规范，即期望规范和专业规范。期望规范是基于读者对某一特定类型翻译的期望，专业规范调整了翻译过程本身。这些规范涵盖了图里理论没有涵盖的新领域，有助于翻译过程的完善。

此后，描述性翻译研究不断发展，不局限于图里的研究，例如勒菲弗尔等学者超越了多元系统的局限，思考意识形态和赞助者在翻译文学系统中的作用。各种文化的形成与其社会背景密切相关。因此，在翻译实际文本时，译者主要以人物描写翻译理论中的初始规范和操作规范为指导，将文本中的中国文化元素置于中国社会文化背景下进行考察，并选择合适的翻译策略。

## 二、初始规范指导下源语文化和译语文化的选择

图里认为，基本的初始规范是指译者的总体选择。译者可以选择遵循原文（源文化）或译文（目标文化）。如果是偏重原文的，则翻译为适当的；如果是偏重译文的，则翻译为可接受的。从下面的例子可以看出，虽然这是澳大利亚作家周思的作品，但它描写的是汉语或与汉语有关的文字事件，其中包含了很多中国文化元素。如果译者在翻译过程中选择源语文化，那么无论是语义表达还是风格把握都不能准确地表达作者的原意，更不能使译文读者理解所说的话。因此，在对翻译的整体把握中，译者选择了更倾向于目的语文化的翻译，并用真实的汉语重新表达原文。

# 三、操作规范指导下具体翻译方法的运用

操作规范包括母体规范和语篇语言规范，前者影响翻译的宏观结构，决定段落的删节和替换，原文的切分等；后者影响翻译的微观结构，涉及特定词语的选择或变化，在翻译过程中，译者主要在文本语言规范的指导下选择翻译策略。这一节从词语选择、加注解释、对话翻译和隐含义表达四个方面进行分析。

## （一）词语选择

词语是作品中承载和表达文化元素的最小单位。一个词的选择常常影响整个作品的表达。因此，在翻译过程中，我们必须仔细考虑词语，选择更合适的词语。

## （二）加注解释

一些读者，特别是年轻读者，不知道一些更古老的习俗。对于这些具有文化和时代特征的描写，只有通过直译，读者才能准确地理解。因此，为了使译文读者更清楚地理解作者所描述的事物，译者采取注释和参考文献的策略，使译文更准确、更易懂。

## （三）对话翻译

在文学作品中，对话不仅可以表达人物的性格，而且能直接反映文化和社会背景。不同年龄、不同身份、不同职业的人自然会有不同的表达方式。在一定的社会文化环境中，人们也有自己的说话风格。因此，在对话翻译过程中，译者应注意了解说话人的特点，联系当时的社会背景和语境，用自然语言塑造原文的特征。

## （四）隐含义表达

文学作品中一些看似平凡的表达往往蕴含着深刻的内涵。有时它使用双关语，有时它只是用一个简单的句子来揭示故事的结尾。这些巧妙的描述往往以优美的语言为特点。

# 第四节 模糊理论下的英语文学翻译

在中西文化交流不断深入与频繁的当下，英语文学翻译在英语翻译中所占的比重也在不断加大。英语文学翻译，从严格意义上来讲，并不仅仅是不同语言之间的对接，其对译者的再创作提出了较高的要求。

## 一、模糊理论的基本内涵

模糊理论产生于 20 世纪 60 年代，经过几十年的发展，模糊理论已广泛应用于社会生活的各个领域。发展到 20 世纪 70 年代，模糊理论开始应用于二语习得和语言翻译。目前，模糊理论的具体内涵尚未得到学术界的广泛认可。从语言学的角度看，模糊性就是指在语言传播中不要求字面意义的完整性和准确性。相反，我们应该给读者或语言学习者更多的自由发挥的空间。

从这个角度看，模糊语言学与功能语法有一定的一致性。在应用过程中，它不仅强调简单的黑白，而且具有较大的灰度空间。这种灰色空间的存在，在很大程度上反映在文学作品中，是一种模糊语言和微妙情感的表达方式。这些模糊性的基本概念和原则就像一个导航器，帮助译者朝着更光明的方向发展。因此，译者逐渐学会了规划、布局、分析、反思，甚至进行深入研究。虽然是在解决一些文学翻译问题时，上述问题显得有些困难，但是他们可以从模糊理论中学习，并再次推动他们前进，即模糊理论给了译者很大的发挥和创造空间。在尊重原著基本内容的前提下，通过语言的推敲和选择，翻译内涵可以得到更广泛、更高层次的表达。

长期以来，在英语文学翻译过程中，通过运用适当的模糊理论，我们可以更好地传达出字里行间蕴含的深层情感。简而言之，一个人可能不了解一项活动的原理，但他仍然可以通过一些操作技能的反复训练成为从事这项活动的熟练工人。通过大量的翻译任务，不同的刺激信号被传递到大脑中，然后将这些信号转化为大量的练习，通过与优秀的翻译进行对比，找出差距。模糊理论在一定程度上可以弥补这一差距。

除此之外，除了在语言应用中运用模糊理论外，在语言理解的层面上，也体现了模糊理论对词汇意义的解释，它超越了文字本身的狭义内涵而延伸到更广的范围。例如，在英语文学作品中，"love"出现的频率一直比较高。在语言翻译或理解的过程中，要避免从男女爱情的角度进行简单的理解。因为这种理解会在一定程度上偏离原作者的主旨，导致对翻译结果——译文产生误解。

## 二、模糊理论在英语文学翻译中的应用策略

在文学作品中，由于创作者和译者在时间和空间上的巨大差异，一些停留在文本表面的意义在翻译过程中很难达到百分之百的准确率。即使过分追求语言表面的准确性，也会在一定程度上影响原文的翻译和表达。因此，在翻译文学作品时，运用模糊理论的翻译技巧是许多译者的明智选择。

通过对世界经典文学作品《简·爱》不同译本的比较，发现模糊理论在这些不同译者的翻译中起着重要的作用。在经典小说《简·爱》中，主人公简在成长过程中经历了艰辛和挫折，使她对自己的人生思想产生了不同的看法。然而，这种观点在思想层面上，体现在语言表达层面上，并没有完全联系起来。因此，简的情绪，特别是当她遇到她的情人罗切斯特时的紧张和不安，将在语言表达中显现和传递。在翻译相关句子时，运用模糊理论的效果非常明显。

另一个重要的应用是拓展和深化词汇的内涵和外延程度，这也是模糊理论的重要运用和借鉴。

## 三、模糊理论在文学翻译中的启示

首先，我们应该重视翻译中的意象美。在文学翻译中，最重要的因素之一是作品的形象。例如，在英国文学作品《白鸟》中，通过简单形象的表达，将白鸟在浪尖上飞翔的形象生动地表达出来。在这种表情中，有玫瑰和云彩，有欢笑和泪水，有抵抗和畏缩。这种空间的存在是美学中的一种空白表达，使更多的意象美能更好地被读者感知。在这类文学作品的翻译中，我们应该关注它们从文学语境的发展到语言表达逐渐进入的情感世界。正是这种真实的心理体验，在许多文学翻译和创作中，形象的准确定位和科学的选择是其创作成功的重要因素。普通的图像也许不能从外观上给人美感，但在艺术处理和塑造的过程中，它可以使立体图像的美感更加突出，让读者更有画面感。

其次，要重视翻译的语言美。在英国文学的翻译和创作中，语言作为一个重要的桥梁，可以引导诗人和读者更好地进行交流。在许多英国文学作品，特

别是一些著名的诗歌中，语言在节奏上取得了很大的进步。比如叶芝的诗歌，读者不仅可以欣赏他的叙事和形象塑造技巧，而且可以欣赏他的诗歌中的语言艺术。在语言的表达中，许多句子因其良好的亲和力而逐渐演变成一种流行的表达方式。许多好的诗歌在被改编成音乐后会越来越受欢迎。因此，叶芝在诗歌创作上运用了许多爱尔兰语言，并得到了更好的推广。这样的宣传使他的诗歌在民间唱响成为一种腾飞。

最后，重视翻译语言的情感性。语言是情感表达的纽带。在翻译过程中，许多著名的英国文学作品需要译者与作品中主人公的命运有一定的交集和共鸣，他们的语言魅力也会更加明显。比如《简·爱》中，如果译者看不到作者的内心感受，或者这种感受不能感染作者的内心思想，那么他的翻译质量必然会受到影响。当生活艰难的时候，就算是最起码的生存也难以维持，像简一样坚强的女人选择一次又一次地以强迫自己的方式为梦想而战，即使生命的烛光在风雨中渐渐消失。这种情感表达在文学翻译中的作用是借助翻译语言来实现作者内心情感的表达。

总之，在未来的英语文学翻译中，应在内容和意识形态上取得更大的一致性。这种思想的一致性是今后提高文学翻译技巧和效率的重要出发点。因为基于模糊理论的翻译本质上是一种再创造和深层加工的翻译，从外在形式到语言使用都有明确的定义和要求。但应指出的是，在运用模糊理论的翻译技巧的实施过程中，应系统地考察使用模糊理论的语言环境，避免因技巧过多而影响其原意的表达。这种基于英语文学作品变化的翻译策略微调是未来文学翻译的重要手段。

# 第五节　翻译理论下的英语文学翻译

## 一、翻译理论

### （一）发展阶段

就西方而言，翻译理论研究的发展大致经历了以下三个时期。

古代时期：从公元前 5 世纪左右的罗马帝国到 18 世纪末。在这很长的一段时间里，翻译家们直接根据自己的实践对翻译进行了初步的分析和探讨。他们的代表人物包括古罗马政治家和演说家西塞罗、古罗马诗人和文学评论家贺拉斯、古罗马神学家奥古斯丁、古罗马宗教作家杰罗姆、《圣经》的主要翻译家和德国宗教改革运动发起人路德。他们关心的是如何正确翻译希腊文学经典和基督教的《圣经》，所采用的研究方法是文献学。他们主要关注原文的文学特征，热衷于讨论译者是应该让读者接近原文（直译）还是让原文接近读者（意译）。标志着这一时期结束的是英国历史学家、翻译理论家泰勒的著名的《论翻译的原则》一书的问世。

近代时期：从 19 世纪初德国神学家、哲学家施莱尔·马赫发表《论翻译之方法》的论文到第二次世界大战结束。在这一时期，翻译研究的重点是在广泛的语言和思想中探讨对原文的理解。除了施莱尔·马赫，还有德国文学理论家、翻译家施莱格尔，德国语言学家洪堡。他们试图通过一般的语义模式来解释理解段落话语的过程，并采用带有浓厚哲学色彩的解释学方法。

现当代时期：第二次世界大战结束至今。这是个体翻译活动越来越受到社会关注的时期，翻译理论研究在深度和广度上都得到了迅速发展。20 世纪世界文化发展的两大思潮是科学主义（如哲学中的分析哲学）和人本主义（如哲学中的存在主义和现象学）。受 19 世纪至 20 世纪自然科学辉煌成就的影响，整个社会科学有自觉走向自然科学的趋势，试图以一种纯粹客观的态度来研究对象。但是，人文主义在努力维护社会科学独特的人性。两种思想的碰撞，使社会科学的许多具体学科经历了从单一强调客观性到主客观并重的过程。

20 世纪语言学的发展轨迹是这样的：从 20 世纪 20 年代以语言为结构实体、注重描述静态语言系统的索绪尔语言学，到功能语言学的发展，70 年代末以来，它既强调语言的客观特征，又强调语言使用者的交际能力，翻译理论的发展也开始走科学与人文相结合的道路。翻译的发展趋势是越来越全面地考虑和分析翻译过程中的所有重要因素（不仅是语言结构的因素，也是语言使用者的因素，特别是社会文化因素），从而更全面地解释翻译中的各种现象，使自己的学科特色更加成熟。

## （二）重要流派

### 1. 语言学派

现代翻译理论起源于 20 世纪五六十年代兴起的语言学流派，在结构主义语言学和转换生活习语对语言结构影响的严密分析基础上，它从词法和句法的角度研究了源语和目的语之间的一系列对应和转换规则，追求源语和目的语的对等。它的代表人物是英国的卡特·福特，联邦德国的佐奈达和威尔斯。由于翻译至少涉及两种语言，人们从语言的角度来研究翻译是很自然的；对于新手译者来说，语言翻译理论可能是最接近他们学习经验的，因此对他们来说是最有启发性和实用性的帮助。

随着人们的认识越来越深刻，翻译不仅是一种语言转换操作，而且本质上是一种特殊的跨语言交际活动，涉及语言之外的一系列超语言范畴和其他文化系统。语言学派的弱点在于只注重原文与译文的语言对等，而忽视了话语的交际功能和翻译活动与社会文化的关系。近二十年来，语言学家开始关注语篇层面的对等研究，这在一定程度上弥补了早期研究的不足。

2. 交际学派

传播学派产生于 20 世纪七八十年代，其理论渊源是信息论（又称传播论）和社会语言学。该学派认为，人类语言是一个复杂的信息系统，翻译是一种特殊的信息传递活动，它与其他类型的信息传递一样，遵循信息论的一些基本原则。例如，为了降低信息的难度（高度），必须使用明显的形式表示隐含部分，从而增加信息的长度（或宽度）。因此，译文往往比原文长。社会语言学对交际学派理论的贡献在于区分语言的不同功能。根据这种区别，判断译文有效性的标准是译文在原文中实现相应功能的程度。交际学派深入分析了翻译中信息传递的困难，强调了接受者的重要性。而学派所提倡的"翻译就是交流"的主张已被广泛接受。其不足之处在于没有从不同的话语层面研究语言符号的特征，也没有很好地分析语言与文化的深层关系。

语言学派和交际学派在翻译中有时被称为科学学派，因为它们采用信息论和被认为是解释翻译过程和处理翻译问题的科学的语言描述和分析方法。

3. 美国翻译研讨班学派

20 世纪 60 年代初，美国艾奥瓦大学首次开设翻译培训班，在其主任、诗人安格尔的积极倡导与推动下，耶鲁、普林斯顿、哥伦比亚、得克萨斯、杨伯瀚大学以及纽约州立大学等著名高校都先后设立了翻译培训班以及各种层次的翻译专业。美国文学翻译协会也于 70 年代末成立，并出版了一本名为《翻译》的学术杂志。该协会以哈佛大学教授理查兹的理论为基础，致力于文学翻译实践和通过翻译研究来理解文学作品，其研究重点和方法与中国古代学派相似。以翻译培训课程为中心的学校应运而生，其代表人物包括诗人和翻译家庞德。

4. 文学—文化学派

这一学派包括两个相似地理与文化背景的学派，即 20 世纪 70 年代初发祥于低地国家（荷兰与比利时）的"翻译研究"派和 20 世纪 70 年代末兴起于以色列的多元体系派。它们都起源于处于当代世界主流文化边缘的小国，其理论渊源都是 20 世纪初的俄国形式主义。翻译研究的主要代表是荷兰阿姆斯特丹大学翻译学教授霍姆斯、比利时学者勒菲弗尔、移居美国并在得克萨斯大学奥斯汀分校任教的英国学者以及华威大学教授巴斯内特。该学派认为，以逻辑实证主义为哲学基础和主要方法的语言学学派的翻译理论无助于提高人们对文学翻译的理解。因此，它遵循了现代翻译时期的解释学方法。它从意义的传递入手，研究翻译的过程以及这一过程对翻译的发展和文化（如审美规范）的影响，同时，原著文本和它的文化的延续也试图统一各种文学翻译理论，建立一种能够指导翻译生产的理论。近年来，翻译与政治、历史、经济和社会制度的关系越来越受到学校的重视。

多元体系派理论的主要阐发者是特拉维夫大学的埃文 - 佐哈尔和图瑞。"多元体系"指的是由文学内部及文学外部的相关系统构成的整个网络体系，这些相关系统之间存在着等级关系：那些创生新项目和新模式的系统常被称为"一级系统"或主导系统，而那些巩固与强化现存的项目和模式的系统则被称为"二级系统"或次级系统。该学派认为，在整个人类历史上，文学体系不断受到挑战，渗透到主导体系中，进而转化为主导体系。翻译文学必须纳入多元化体系，在新兴小国中发挥核心作用。翻译作品和文学多系统之间的关系既不能归为"一级"的，也不能归为"二级"的，而是一个变量，它取决于文学系统内部起作用的特定环境。

翻译研究学派与多系统学派的区别在于前者认为原文与译文之间可以实现功能等值，而译者可以产生等值翻译，这反过来又会对翻译文化中的文学和文化规范产生影响；后者则相反，它更相信翻译文化中的社会和文学规范，支配着译者的审美预设和远见，进而影响其翻译策略。

这两种流派，如文学系统之间的文化相互依存性、文本的生产性和所有文本的相互关联性，为翻译研究和随后的后现代文化理论提供了宝贵的启示。然而，他们更关心文学和文化，而不是语言。

5. 解构主义学派

解构主义学派的代表人物之一是法国解构主义哲学家德里达，起源于 20

世纪 60 年代末法国政治社会动荡时期。严格地说，解构学派主要是提出具体的理论来解读。但是，它从语言的角度研究哲学，认为历代哲学的中心问题都是翻译的概念，并站在西方思想传统完全对立的立场，借助于对翻译的讨论，提出了一系列关于语言和哲学的重大问题，在当代翻译理论研究中占有独特的地位。从以上所有学派的理论可以看出，它们都是建立在一个基本假设之上的，即在目标社会中存在着原始代表。然而，解构主义理论完全否定了这一假设。它认为原文不存在，文本中没有深层结构或预定意义；它拒绝任何类似于原文、译者和语言考官的意义划分。在翻译中，可以看到语言不是指向任何外部事物，而是指向自身。原文与译文之间的符号是指，它是一条可以无限追溯的链条，也就是说，洋文是先前译文的译文。解构主义理论的价值在于它激励着我们，我们应该避免用任何先见之明来解读和评价翻译。然而，解构主义在完全否定原文的同时，也在本体论意义上否定了翻译本身。

6. 社会符号学派

社会符号学派起源于 20 世纪 80 年代末，以奈达为代表。然而，第一个提出"符号学"这个名字的和第一个全面的符号学研究计划的是美国哲学家皮尔斯。美国哲学家、逻辑学家莫里斯对符号学的发展同样也做出了重大贡献。他区分了符号关系的三个方面，明确指出符号与其所指或所描述的实体和事件之间的关系是语义的，符号与符号之间的关系是符号句法，符号与符号使用者之间的关系是符号用法。在自然语言中，与这三种关系相对应的是语言符号（包括音素、字素、音节、词素、词、短语、分句、句子乃至话语）的三类意义，即指称意义、（语）言内（部）意义和语用意义。指称意义是指语言符号与其所描述或叙述的主观世界或客观世界的实体或事件之间的关系。它主要与交际主题有关，而交际话题是指最广义的话题。它也包括语言本身，因为语言可以用来讨论任何事情，包括它自己的特点，如"主语""谓语""动词""名词""句子"以及"语法"等，这便是语言所谓的"元语言功能"。指称意义是对语言符号所代表的事物的基本特征的抽象概括，其核心内容是区别特征。在大多数情况下，指称意义是语言符号的基本内容，是语言符号所传达的主要信息，它也被称为"信息意义""概念意义"或"认知意义"。

可以看出，上述各种译论研究途径中除了社会符号学外，都只偏重翻译五要素当中的一个或几个（不是语言，就是文学，或者是社会文化）；翻译研讨班学派与解构主义学派的理论还有某种走极端的偏颇性质（如前者所谓译者要

"摆布原文"的主张以及后者对于原文权威性的彻底否定）。尽管他们的研究视角对整个翻译理论的构建有着重要的启示，但在翻译教学中把他们作为指导理论显然是不合适的。然而，只有社会符号学的翻译理论在翻译交际过程中综合考虑了五个因素，既关注语言因素，又关注其他因素。它吸收了语言学派在语言结构上的研究成果和交际学派在语言功能分析上的优势，全面分析了信息的意义或功能，研究了符号使用者及其文化对翻译活动的影响，并运用严格的方法对这五个要案在翻译过程中的地位和相互作用进行了全面的考察。它的科学性和综合性使其更适合作为翻译教学的指导理论。

## 二、翻译理论在文学翻译的几点体现

### （一）翻译的本质

翻译的本质是什么？这是一个有争议的问题，但尚未得到解决。不同的人持有不同的观点，从不同的角度形成了不同的翻译理论流派。过去，翻译只注重对原文的阐释，但随着 20 世纪社会语言学和新批评理论的发展和繁荣，新的概念被提出，焦点从文本转向读者。这种变化带来了翻译态度的改变。翻译应该忠实于原文是毫无疑问的，但现在这是一个需要重新考虑的问题。翻译的目的是为读者服务。应重视读者的反应，为成功的跨文化交流提供信息。越来越多的当代译者认为翻译是一种交流。翻译的最终目的是实现跨文化交流的意义，而奈达正是这一思想的倡导者，对翻译交际理论做出了重大贡献。

### （二）文学翻译的本质

文学翻译是一种翻译形式，其目的仍然是一种交际和人类社会活动。我们研究文学翻译的目的是交流不同的思想和文化，使它们相互碰撞，使人们对世界有一个新的认识。通过这种活动，把一种语言的字面意义转换成另一种语言。它还涉及正确传递原语所承载的文化信息的任务，也就是说，翻译要用目的语再现原语的意义和内涵，带有特定的社会文化，更具体地说，要实现其应有的社会价值。

由于文学翻译涉及译者自身文化素质、政治地位、民族性以及翻译策略的选择等因素，对译者的文化身份要求有着特殊的限制。文学翻译的本质要求我们通过一定的文本来体现文学表达的文学性，这是文学翻译对文学表达的要求。因此，在文学翻译过程中，必须有审美系统的介入，这是文学翻译的艺术创造和审美体现，但也有一定的局限性。文学翻译依赖于原著的性质来翻译。它对艺术创作的发挥有一定的控制力，既不能随意发挥美的想象和素描，又必须在原作的意境中实现。文学是语言的艺术，语言是文学的媒介。我们已经意识到这一点。通过对这些内涵的统一理解，我们得出了人类对文学活动需求的相对性。

综上所述，文学的丰富内涵及其与文化现象的复杂关系，给"文学"的普遍性理论带来了困难，也给文学翻译的鉴赏与批评带来了问题。我们理解文学，所以我们应该在此基础上加深对文学翻译的理解。文学翻译是对美的不断加工，使我们看到美的文本表达的过程，这是文学翻译的基本要求。在翻译和再创造的过程中，有两个基本点：一是再现原作的原貌美，这是文学翻译的出发点；二是二次创作，这是对文学翻译出发点的补充。文学翻译不同于一般翻译。由于翻译的对象是文学文本，原文本身具有很强的文学性，所以文学翻译要求再现原文的文学性。

由于不同的文化传统和文学体系，如何在文学翻译中完美地再现原文和原文的文学性，是文学翻译的一大难点。这不仅需要语言的天赋，更需要艺术的灵感。通过这种形象的艺术思维，文学的魅力可以更好地展现给其他领域的人们欣赏，这是我们文学翻译的理想和文学创作者的追求。然而，实践证明，我们的文学翻译理想还处于待完善的过程中，这就是理论与现实的差距。然而，文学翻译的本质仍然是翻译研究的焦点，即对美的追求和人的精神的完善。

### （三）翻译的策略

文学翻译是翻译的一种形式。虽然它有新的思路和发展方向，但其基本解决方案仍是翻译策略的首选。人类认知的第一个模拟考试是，自我和另一个更接近。在正常行为过程中，我们选择了这种模式。任何个人都会选择一种文化作为自己的文化所有权来认同。在大多数情况下，母语文化是一种选择，而其他文化则被视为另一种选择。文化身份的形成是在自我与他者的比较考察中完成的。从这个角度看，翻译作为一种跨民族、跨语言、跨文化的活动，无疑是定位自我与他者关系的最佳途径。

此外，相关学者也发现翻译策略有很多种，但在长期的实践中发现，翻译策略主要有归化和异化两种。然而，值得注意的是，"归化"和"异化"是两种不同的翻译策略，归化翻译通常采用更为流畅的语言表达方式和符合译入语读者审美心理的方式。这种与读者零距离的思想交流，没有任何陌生的感觉，是熟悉而快乐的。异化是一种新的追求方式，这种方式将突破现有的模式，运用非常规的语言表达，具有独特的风格。这样，要表达的语言将得到充分展示。翻译策略不仅是翻译方法的选择，也是文化进步和文化地位的选择。在越来越多的翻译活动中，由于译者的双重身份，"归化"和"异化"两种翻译策略不断融合。我们可以看到归化和异化两种翻译策略具有存在和应用的价值。这两种战略在涉及各方面的因素上是相辅相成的，并不矛盾。它们将在很长一段时间内平行存在、共同发展。

### （四）翻译原则

**1. 以作者或读者为主要着眼点**

提出这类原则的包括所谓的硬译（重"质"）派和意译（重"文"）派。这两种翻译理论一直延续到今天，即所谓的"直译"说和"意译"说。"直译"和"意译"可以作为两种方法共存于实际翻译中。但是，如果把其中的一个原则作为翻译的原则，用以主导翻译实践，那将是一个大问题。

**2. 同时考虑的翻译原则**

这一类原则认同人数最多，说明大部分翻译工作者对翻译的理解是全面的。1791 年，第一本用英语撰写的系统研究翻译过程的著作《论翻译的原则》问世，在这本书中，作者提出了三个著名的翻译原则：一是翻译要完全再现原文，二是翻译的风格要与原文相同，三是翻译要与原文一样流畅。1898 年，严复在《天演论译例言》中，明确提出"信、达、雅"乃"译事楷模"，并详细地说道："译事三难信达雅。求其信已大难矣。顾信矣不达。虽译犹不译也。"

**3. 从美学提出的翻译原则**

这一类原则包括傅雷的"神似说"、钱锺书的"化镜说"和许渊冲的"三美说"。傅雷在《高老头重译本序》中提出："以效果而论，翻译应当像临画一样，所求的不在形似而在神似。"钱锺书在《林纾的翻译》一文中提出，文学翻译的最高标准是将一部作品从一个国家的人物转变为另一个国家的人物。它不仅能表现出由于中国人生活习惯的差异而留下的牵强痕迹，而且保留了原汁原味，堪称一面镜子。在 17 世纪，有人称赞这种成功的翻译是原作的转世。换言之，译文应该忠实于原文，使其不像译文那样阅读，因为作品永远不会像原文那样阅读。许渊冲提出了翻译中国诗词要传达原文的"意美、音美、形美"的主张，并且指出这三美标准并非同等重要："在三美之中，意美是最重要的，是第一位的；音美是次要的，是第二位的；形美是更次要的，是第三位的。我们要在传达原文意美的前提下，尽可能做到三美齐备。如果三者不可得兼，那么，首先可以不要求形似，也可以不要求音似；但是无论如何，都要尽可能传达原文的意美和音美。""三美"原则强调了文学，尤其是诗歌翻译中的重点。

美学的翻译原则，无论是有意识的还是无意的，都会产生精彩的翻译，如朱生豪翻译的莎士比亚戏剧、丰子恺翻译的《猎人笔记》、杨必翻译的《名利场》，以及 20 世纪五六十年代初收录的外国文学名著丛书的一些译本。

4. 社会符号学的翻译原则

对于传统译论中的"信、达、雅"等标准，我们首先应该认识到它们的历史文化意义，不仅要注重它们的实用价值或实际作用，而且要把它们直接应用到翻译教学中，为今天的翻译研究服务。应注意吸收 20 世纪人类文明发展的最新成果，将其纳入同时代人文社会科学研究的主流，以扎实细致的理论为基础，总结具有特定内容和一般性的翻译原则。适用性是讨论翻译问题和评价翻译质量的基础。这对翻译教学尤为重要。从本质上讲，翻译是一种语言活动（具体来说，是一种跨语言的交换活动），由于语言是最典型的符号意义系统，所以作为所有翻译活动的起点和终点的语义问题，应该从符号学的角度重新认识，语言符号的意义应从指称、语用和言语三个层面来考虑。另外，就其宏观功能而言，翻译也是一种社会活动，特别是跨文化交际活动。任何深入的翻译研究都必须考虑到语言之外的因素，特别是社会文化因素对意义解读的深刻影响，社会符号学的语义结构包含了研究这些因素的空间（语言符号和语言符号的使用），因此科学全面的翻译理论框架应该是社会符号学的语义框架，翻译对等的核心问题应该是社会符号学意义上的对等。因此，我们提出以下社会符号学翻译原则。

在目的语的句法和用法规范以及特定接受者的可接受性范围内，译者应采取适当的变通和补偿，以确保特定语境中最重要或最突出的语义优先权为前提，而源语信息所包含的多重意义，应尽可能全面、准确地传递，力求源语的指称、语用、言语三个层面与目标语表面最大限度的等值。

综上所述，翻译理论对于文学翻译有着重要的指导意义，主要体现在阐明翻译是什么以及从宏观上说明应该怎样译这两个问题。对于这两个基本问题，社会符号学理论提供了很好的解决方案。我们相信，它将对文学翻译实践起到实际的指导作用，也将对整个翻译学科的发展产生深远的影响。

## 三、翻译理论下文学翻译的特性

### （一）创造性是文学翻译的显性体现

文学翻译就是要打破作品的沉默，通过新的语言工具，结合社会环境和新的社会因素，使其获得重生的机会。这是一个作品再生产的过程，与原作的生产具有同样的意义。文学翻译的创作过程将加深我们对原文的理解。虽然这两个作品的性质不同，但文学翻译仍然是对翻译的一种新的理解。然而，到目前为止，人们对文学翻译中再创造本质的认识还不够。人们常常认为再创造总是低于原来的创造。其实，原创作品的创作和细部作品的再创作都有其自身的特点和不可替代的独立价值。

文学翻译的创造性也体现在其叛逆性上。这是一个伦理概念。我们甚至可以说，没有创造性的叛逆，就没有文学的传播和接受。创造性在文学翻译中的应用为中外文化交流带来了新的活力。

### （二）文学翻译中的比较研究

这是一项不同于翻译的研究，只针对一定的过程，不会研究其结果。通过不同的方法，我们可以比较翻译中的一些语言现象，加深对它们的理解。但是翻译的结果不是很重要。比较文学研究是文学翻译发展的必然结果，是物种进化的标志。只有通过比较，我们才能对文学翻译的语言有所借鉴。因此，比较文学翻译研究摆脱了一般意义上的价值判断。传统翻译研究语言，通过语言的转换过程，找出其相关理论，并将其应用到以后的研究中；比较文学研究不同文化与不同文学在转换过程中的交流与碰撞，分析其在语言转换过程中的异同，从而为语言交流和文化发展提供平台，为社会交往提供理论依据。

在比较文学研究中，两种语言相互误解、排斥，吸收了相互误解所造成的文化扭曲和变形。虽然这些现象会发生，但我们关注的是转型的积极影响，并不断融化影响文化和文学交流的消极因素。在研究过程中，比较文学学者一般不涉及这些现象的翻译学意义上的价值判断，主要分析了它们的形态、生产和生产过程。这与传统翻译的根本区别在于研究目的的不同。

### （三）现代解释学美学

现代解释学美学认为，理解是文本与读者之间的对话。海德格尔是当代解释学美学的奠基人，他认为文学翻译在某种意义上类似于意义的转换，面对语言的转换，如何运用解释学是一个现实的课题。从操作的角度看，文学翻译就是将一种语言的作品转换成另一种语言的作品。在转化的过程中，要体现其文学性和文化性，其表达方式要具有一定的美感和艺术性。

翻译是一种解释，就是通过实现原文的语言，使别人能够理解你的作品的意义。这是解释学的重点。然而，解释学美学也包含了美的要素。因此，译文的诠释不可能是单一的，也必须有一定的美，这是文学本身的特点所要求的。只有在阐释的过程中，才能释放美的元素，完善文学的品格。文学翻译中的解释学美学是一种综合的中介语阐释。通过这种语言与文学的相互转化与完善，文学翻译的转化过程才能更加完善。

综上所述，文学翻译研究是一个传统的话题，但在翻译理论研究的背景下，文学翻译出现了一些新的变化。如何认识和把握这些变化是我们研究的目的。本书通过对文学翻译本质的研究，揭示了翻译策略在文学翻译中的作用。通过策略的选择，可以深化翻译理论的研究。在翻译理论中，我们选择旧化和异化来提高文学翻译的优越性。随着翻译理论研究的不断深入，比较文学、文学翻译的二次创作和现代解释学都对文学翻译产生了重大影响。文学翻译体现了更多的文学和文化交流，是人类心灵交流的基础。我们应该上升到美的层次来净化我们的灵魂，让美在文学翻译中多停留一段时间。这表明，翻译是一个综合的过程。

# 第四章 语言学视域下英语文学翻译研究

## 第一节 中西方不同文化下的翻译理论

众所周知，语言与文化密不可分，社会文化背景知识决定着语言的深层语义。鉴于语言与文化这种难分难解的关系，任何语篇都脱胎于某种特定的文化，都是某种文化类型的产物。文化因素沉淀在语篇中，反映一个语言团体的社会习俗、政治历史、宗教信仰、价值观念、背景知识、思维方式、文学作品以及心理状态等内容。

因此在不少情况下对源语语篇的正确理解必须联系语境中的文化背景知识。中西方对客观世界的认识具有一定的共性，这是不争的事实，但是，由于地理环境、气候、生活习惯、政治制度以及历史沿革的差异，在英语与汉语中存在着许多程度不等的文化差异，甚至出现译语词汇空缺或文化冲突的现象；译者在处理此类翻译时，除了须调动自己的语言知识，还须对源语和译语的文化有全面、透彻的认识和了解。如果不考虑语言背后的文化意义，往往会导致语言内涵的误译。如有文化缺省，翻译时还应进行补全或加注。

### （一）表示西方社会生活中特有的事物和现象的语言及其翻译

中英两国人民有着不同的社会生活方式，在日常生活中，所接触到的事物和现象不同，而且有时这些特有的事物又被赋予了不同的文化内涵。译者在翻译时经常需要加注说明，或者直接译出其文化内涵。

### （二）翻译时应注意动植物在中西方文化中的不同内涵和联想意义

动植物是人类生存和发展的物质基础，与人类的生活密切相关。中英两国人民由于文化的不同对同一种动植物赋予了不同的情感和寓意，产生了不同的联想意义，而表达同一种情感和寓意时又用不同的动植物来做喻体。翻译时需要注意它们在两种语言中不同的内涵和联想意义，以便于读者正确理解原文。

### （三）宗教意味浓厚的词语及其翻译

在西方社会，宗教的影响力几乎无处不在，特别是基督教。《圣经》是基督教的经典，对整个西方文化的影响特别大。《圣经》中的故事和教义家喻户晓、妇孺皆知，在文学作品、政论、新闻等文章中也俯拾皆是。译者一定要明了其出处和寓意。

### （四）地理环境和气候差异导致的词语内涵差异及其翻译

中英两国虽都地处北半球，但其地理位置和气候的差异导致两国人们对相同的气候现象有着不同的联想意义。译者要仔细揣摩其中的内涵差异，不可直接按字意照搬。

### （五）富含社会习俗内涵的词语及其翻译

不同的社会人文环境必然形成不同的习俗和制度，这些习俗和制度又反映在语言上，使之带有特定的含义。翻译这种语言时很难做到忠实贴切，传神达意，译者对能保留原文形象而又不影响译语读者理解的地方应尽量保留，对很难形象和含义两者兼顾的地方就只好舍弃原文形象，只译出其内涵意义了。

# 第二节　不同文学文体的翻译研究

文学主要指作者借以抒发情感、表达思想的工具。因此，文学作品大多具有艺术性的语言、社会性的情节和意象性的主题，这些因素在增加文学作品的美感及深刻性的同时也增加了翻译文学作品的难度。本节就来探讨文学文体的翻译。

## 一、文体的定义

文体是独立成篇的一种文本体裁，是一种特殊的文化现象，具有丰富的内涵和形式。关于什么是文体及与文体相关的问题，中外学者都进行过研究。下面就来具体分析一下，以便更好地理解和认识文体的概念。

英语中的 style（文体）一词源于 Styluso 古罗马人是用一种叫作 stylus 的尖头铁笔在拉板上写字的，想要写得好，就必须具备驾驭铁笔的能力。后来，Style 一词的词义逐渐扩大。目前，style 既指某一时代的文风，又可指某一作家使用语言的习惯；既可指某种体裁的语言特点，又可指某一作品的语言特色。

在西方，对文体的研究可追溯到古希腊、古罗马时期。有很多学者，如柏拉图（Plato）、亚里士多德以及西塞罗，都论及文体风格。西塞罗将演说风格分为三种，即朴素的、中间的和华丽的。

英国作家斯威夫特给"风格"下的定义是："将恰当的词用在恰当的地方即是风格的确切含义"。

艾布拉姆斯在《文学批评术语辞典》中指出，"风格是散文或诗歌的语言表达方式，即一个说话者或作家如何表达他要说的话。"

卡顿在《文学术语辞典》中提出，"文体是散文或诗歌中特殊的表达方式；一个特殊的作家谈论事物的方式。文体分析包括考察作家的词语选择，他的话语形式，他的手法（修辞和其他方面的）以及其他的段落形式，实际上即他的语言和使用语言方式的所有可以觉察的方面。"

## （二）我国学者的观点

我国古代的《易经》有"修辞立诚"之说，圣人孔子指出，"辞达而已矣"。前者着重忠实表达思想应该是修辞的首要目的；后者强调语言应该尽可能地表达思想。

刘勰的《文心雕龙》中提到"若总其归途，则数穷八体：一曰典雅，二曰远奥，三曰精约，四曰显附，五曰繁缛，六曰壮丽，七曰新奇，八曰轻靡"。他将文体分成了八种。他认为，"辞尚体要，弗惟好异，盖防文滥也"，也就是说，文章要体现精要，不能只喜好奇异，其目的是防止滥用文辞。"

《辞海》给出的"文体"的释义有如下两层含义。

（1）文章的风格。钟嵘《诗品》卷中（陶潜诗）"文体省静，殆无长语"。

（2）也称为"语体"，为适应不同的交际需要而形成的语文体式。一般分为：公文文体、政体文体、科学文体、文艺文体等。

《古代散文百科大辞典》对"文体"的释义也有两项，具体如下：

（1）指文章的风格体制。它取决于文学所反映的内容，由语言、结构、表现手法、文学技巧等形式因素构成，具有时代的、社会的、个人的特色。

（2）指文章的表达方式及规格与程式，即文学体裁。就散文而言，从表达方式分为叙事体、说明体、议论体、抒情体等；就应用场合、书写程式分为公文、社会交际应用文等。文体一旦形成，就有相对的稳定性和独立性。各种文体都有自己的构成要素是约定俗成的，必须遵守。

《西方文体学辞典》对风格的应用领域及含义做了如下介绍：简单来说，风格指书面或口头表达方式……有的人认为，风格还具有鉴赏的含义，由此可以看出，文体、风格可以看作语言使用中的变体，包括文学的和非文学的变体。

综合上述对文体的界定，可以将文体定义为：文体是文学作品的体制、体式、语体和风格的总和）文体是一个时代的社会历史和文化精神的凝聚。它以特殊的词语选择、话语形式、修辞手法和文本结构方式，多维地表达了创作主体的感情结构和心理结构。

此外，文体有广义文体和狭义文体之分。广义文体指一种语言中的各类文体；狭义文体指文学文体。广义文体和狭义文体中又可以包含很多分支，例如，在口语体中，会议的正式发言显然和日常的谈话有所不同，各有其语音、句法、词汇和篇章的特点；书面语文可分为文学语、专门语及共同语（普通话）三大类。

## 二、文学文体的分类

在文学作品中，作者会用文字传达思想感情，塑造生动的艺术形象，从而给读者带来一种特殊的感染力。对于文学文体的分类——"四分法"是目前较为标准的一种分法，即文学文体可分为诗歌、小说、散文、戏剧等多种文学表现形式。

诗歌是作者以抒发强烈情感为中心，通过丰富、新奇的想象和富有节奏、韵律的语言，集中、精练地反映社会生活的一种文学体裁。

小说是作者在文学写作过程中以塑造人物为中心，通过描述特定的故事情节和具体的生活环境，深刻地、多方位地反映社会生活的文学文体。

散文最初的界限并不明显，人们将一切非诗歌、非小说、非戏剧文学作品都统称为散文，但随着现代生活的不断发展，杂文、传记文学、报告文学、科普小品等纷纷兴起并得到了充分的发育、生长。这时，人们把那种以创造情境为中心，通过广泛灵活选材和情文并茂的构思，用短小精悍的真实性语言来反映社会生活的文章称为散文戏剧，是为戏剧表演而创作的剧本。

针对文学文体的翻译来讲，不同于其他传递信息的文本，文学文体的翻译不仅要再现原作的文体风格，还要还原原作的语言艺术。茅盾先生在谈到文学翻译时阐述过：文学翻译是用另一种语言把原作的艺术意境传达出来，使读者在读译文的时候能够像读原作一样得到启发、感动和美的感觉。所以，文学文体的翻译不仅仅是语言外形变异的过程，而且是语言艺术的再创造过程。

## 三、文学文体的语言特点

### （一）形象性

文学语言的一个显著特点就是它的形象性。文学作品尽量使用各种语言手段来塑造鲜明生动的形象，帮助读者进行形象化的思维，以达到表情达意的目的。

### （二）抒情性

在文学作品中，作者为了达到渲染的效果，会使语言具有浓烈的抒情性。根据情况，适当地运用抒情性的语言，能大大提高作品的感染力。

### （三）含蓄性

有些文学作品中作者往往不把意思明白地说出，而是尽量留有余地，引导读者去想象，去思考，去寻找结论，含蓄性也是文学语言中的一个显著特点。翻译时应尽量保持原文的含蓄美。但是由于英汉语言的差异，有时不得不把原文所暗含的内容直接地表达出来。

### （四）象征性

象征是用某一种具体事物来表示某种抽象的意义。例如，人们常常用玫瑰来象征爱情。象征是一种重要的表现手法，在文学作品中经常被使用。它不仅简练、具体，给人以感觉得到的形象，还能深化含义，表达出微妙的、深刻的思想情感。翻译时，要运用相应的象征手法，以传达原文的意义。

### （五）幽默性

幽默是文学作品用以吸引读者眼球，促进读者理解和接受作品情感、观点的一种有效方法。

### （六）讽刺性

讽刺性在文学作品中经常出现，其目的在于揭露一种社会现象，批判一些社会习惯。运用讽刺可以使文字更加生动有活力，使主题得到深化，从而给读者留下深刻的印象。

### （七）韵律感

文学作品的语言不仅有内容美，而且也具有形式美。这种美主要体现在语言的韵律和节奏上。诗歌对韵律有着严格的要求，是最具韵律美的文学文体。一些散文作品中的强烈节奏感也会使读者对语言表达的意义留下深刻的印象。

## 四、文学文体翻译的技巧

### （一）诗歌的翻译技巧

1. 阐释性翻译

阐释性翻译是面对广大读者的一种文学翻译方法。这种翻译方法追求的是诗歌的教学价值，追求保留原诗的意境美和音韵美，并在此基础上尽可能地保留原诗的形式美。

需要指出的是，阐释性翻译的结果往往会因译者的不同而不同，这是阐释性翻译的一个显著的特点。

2. 形式翻译

形式翻译是指译者照搬原文的形式进行翻译，某种意义上可以等同于直译。译者有时为译文的学术价值，做到译文在形式上完全忠实于原文，可以避免任何外来成分（包括社会、哲学史、文化成分）的介入。尽管这种翻译方法比较极端，但却比较适合那些形式特殊且意在通过这种特殊格式来与内容呼应，从而深化主题的英语诗歌的翻译。

在翻译此诗之前，译者有必要先了解一下原诗的特点：（1）诗文分左右两列排列，中间好像隔了一张网，这与诗的内容（夫妻双方打网球）相符；（2）诗中所用词汇基本都是单音节词，读起来十分单调、乏味，也像极了这对夫妇枯燥的生活；（3）诗中两个关键词 tennis 和 between 是拆开来写的，分列左右两边，暗示了夫妻之间已经产生了隔阂，这与原诗形式及内容都十分贴切。基于原诗的这些特点，许渊冲先生采用了形式翻译法，以保证译文产生相同的效果，特别是将"夫妇""左右"拆开分列的处理，更将原诗的意图忠实地重现了出来。

但是，形式翻译法是一种比较极端的直译，不能用于所有形式特殊的英语诗歌，实际使用时应慎重。

### 3. 调整翻译

调整翻译介于阐释性翻译和形式翻译之间，是在尽量直译的基础上调整译文结构，使译文兼顾原文的形式、内容，同时符合译语表达习惯。

## （二）小说的翻译技巧

### 1. 传译语境

所谓语境，就是语言环境，即运用语言进行交际的一定的具体场合。小说的语境就是特定语言创设的语境。翻译小说时，语境的传译也十分重要。因为，即使是相同的话语在不同的语境下也可能会有不同的含义，一旦语境翻译得不正确，就会影响原文语义的传递。因此，传译语境是小说翻译中一个需要特别注意却又很容易被忽视的问题。

小说的语境受多种因素的制约，译者在翻译时要依据原作的总体语境和个别语境，选用恰当的词语和最佳的表达方式，以准确地再现原文的语境。

### 2. 传译人物特点

人物刻画是小说创作中极为关键的一个方面。人物刻画得是否到位往往直接影响着小说写作目的的实现与否。因此，在翻译的过程中，译者要用心选词，寻找恰当的表达方式，将小说中的人物特点忠实地重现出来，给读者留下深刻、鲜明的印象，使译文产生与原文相同的效果。

### 3. 传译风格

每位小说家都有属于自己的语言风格，或活泼，或简洁，或严谨，或幽默，这也是他们的作品广为流传的一大原因。因此，在翻译不同作家的小说时，译者不仅要准确地传达原文的内容，还要忠实地再现原文的风格，否则译文就遗失了原文的灵魂，也无法使译语读者读到原汁原味的外国文学作品。

在实际的翻译过程中，要想忠实地再现原文风格，译者应该了解作者的创作个性、创作意图、创作方法、创作背景以及作者的世界观、人生观等信息，这样译者才有可能更深刻地理解原文，更好地再现原文风格。

## （三）散文的翻译技巧

一般而言，散文可以分为正式散文和非正式散文两类。前者用词讲究、结构严谨，逻辑性强；而后者则语言浅显、结构松散、轻松自然。根据写作目的和手法的不同，散文又可以分为记叙文、说明文和议论文等不同类型。下面就分别对记叙文、说明文和议论文进行举例介绍。

1. 记叙文的翻译

记叙文通常是对亲身经历或听到、读到的故事传说、奇闻轶事的叙述。翻译记叙文时，需要注意作者个性、写作风格的传递，即要忠实地传达原作的风格与韵味。

2. 议论文的翻译

议论文是作者就某一问题展开分析、评论，表明自己观点的文体。议论文具有很强的说理性质，因此大多具有用词讲究、结构严谨、风格凝重等特点。为了增加文章的说服力，议论文不仅使用逻辑推理性的方法来考验读者的理性和智力，也会用打动人心的论点来直击读者的知觉与情感。因此，在翻译议论文的时候也必须注意这些特点，力求译文精练、准确、严谨，以理服人、以情动人，将原文的说服力重现出来。

3. 说明文的翻译

说明文是就某一主题进行阐述的文章。换言之，说明文是对事物的发生、发展、结果、特征、性质、状态、功能等进行阐述的一种文章。说明文通常具有用词精确、结构严谨、逻辑性强的特点。因此，说明文的翻译也必须遵从这些文体特征，注意选词造句。

# 第三节　英语文学中文化意象的翻译

在文化结构的诸多层次中，外显的物质性的文化往往随着生产力这一最活跃的因素的变革而迅速变革。它的外在物质实体比较容易发生变化。处于中层的制度文化随着社会革命和社会变革或快或慢地发生，并由于统治阶级文化的改变而影响人们的社会行为方式。而精神文化、行为心理文化则由于内化于人的心里，长久地积淀在民族文化的深层，形成民族独特的心理结构，最难于发生变化，其核心部分是历史形成的思维方式、价值观念和长期对生活意义的感悟。比如，对于外来文化，人们最容易理解和接受的是外来的物质文化，即西方文化中外显的物质实体性文化，对中层的制度行为文化已有很大的选择性，而对深层的精神心理文化则很难认同和接受。文化差异的关键是深层文化的不同，是思维方式和价值观念的不同。

## 一、文化与英汉翻译

朱光潜在《谈翻译》中写道："外国文学中的联想含义在翻译中最难处理。因为它在文学语境中有其特殊的含义，这种含义在词典中是查不到的，但对于文学来说却又十分重要。这就要求我们必须了解一国的风俗习惯和历史文化背景，否则在做翻译的时候就会有无法下手的感觉。"

翻译之所以不容易，就是因为语言反映文化并承载着丰厚的文化内涵，受到文化的制约。王佐良先生也指出："翻译的最大困难是两种文化的不同，语言进入交际时出现了对文化内涵的理解和表达问题。"这就要求译者不但要有双语能力，而且要有双文化甚至多元文化的知识，特别是要对两种语言的民族心理意识、文化形成过程、历史习俗传统、宗教文化及地域风貌特性等一系列因素有一定的了解。正是以上这些互变因素，英语和汉语才体现出各自特有的民族色彩。

## 二、文化的"不可译"现象

汉语和英语在语言上和文化上有着各自不同的特点，这在翻译中形成了语际转换的障碍，即不可译性的问题。不可译性在翻译中是客观存在的，但又并不是绝对的。在我国，很早就有人涉及不可译性问题的探讨。古有唐朝的玄奘"五不翻"之论，近有一代译学宗师严复先生《〈天演论〉译例言》中的"信、达、雅"，都道出了译者在具体翻译操作中所遇到的困难。困难之一便是：根据等效翻译的原则，译者如何处理那些无论直译、意译抑或直、意结合都无法满意译出的字句，即不可译现象。

通过对一些文化现象的不可译探索，我们不难发现，所谓的文化不可译现象实际上只是在一定的历史时期存在，即它们第一次出现时，它们是具有不可译性的。但是随着文化交流的深入，译音可利用辅助手段，比如添加脚注的方法可以克服这种不可译性，实现文化交往上的成功对接。随着文化交流的深入，英汉互译中的文化不可译性将会更多地、在更大程度上朝可译性方向发展。

我们可以看出，翻译和文化密不可分。美国著名翻译家尤金·奈达博士指出："对于真正成功的翻译而言，熟悉两种文化比掌握两种语言更重要，因为语言只有在其作用的文化背景下才有意义。"文化差异是一个内容十分丰富而又极其复杂的问题。要在两种语言之间交流、交际、表达，除了通晓两国的语言文字外，还必须有深厚的两种语言文化功底，深刻理解文化之间的差异。只有这样，才能不仅做到语言意义上的等值，而且做到真正文化意义上的等值，也才能在文化翻译中做到得心应手、挥洒自如。

# 三、何为"文化意象"

美国语言学家萨丕尔曾说过："语言的背后是有东西的。而且语言不能离开文化而存在，所谓文化就是社会遗传下来的习惯和信仰的总和，由它可以决定我们的生活组织。"语言与文化关系十分密切，语言既是文化的一部分，又是文化的载体、文化的映像，没有语言就没有文化，文化因素深深蕴藏在各民族的语言当中。因为各个民族的地理位置、生产劳动、文化传统等互不相同，所以各自形成了具有独特意蕴的文化现象。

## （一）"文化意象"的界定

跨文化翻译中一个很重要的问题就是文化意象的翻译。对于文化意象，有几种定义。

"文学作品中有着某种特殊含义和文学意味的具体形象，或者说意象是用具体形象来表现人们在理智和情感方面的体会和经验的。"

"形象由两个部分构成，第一部分是物象，它是一种感性经验，是可以由一种或多种感官感知的具体事物。第二部分是寓言，它通常是一种抽象的思想或情感。以具体来表现抽象，以已知或易知来启迪未知或难知，这是形象运用的功能。"

总体来说，文化意象是凝聚着各个民族智慧和历史文化的一种文化符号。文化意象首先应有个具体的形象，它带有了超越它本身的文化含义；再者，这种文化含义应是某种文化所特有的。

## （二）"文化意象"的形成与特征

由于不同的自然、历史、习俗、价值观念以及传统等，意象与文化有着千丝万缕的联系，饱含着丰富的内涵文化信息。文化意象蕴含的浓厚的文化色彩通常使得其在一定程度上具有语言不可译性和文化不可译性。前者是指目标语没有与源语文本相对应的语言形式，后者是指与源语相关的语境特征在译语文化中不存在的现象。尽管翻译时困难重重，但是人类是有共性的，语言也是有共性的，这就构成了语言可译性的基础；不同民族间的往来和文化的大融合则构成了文化可译性的基础。总的来说，只要采取适当的方法策略，文化意象的可译性还是大于不可译性的。

## 四、英汉文化意象的翻译

传达文化意象，一是译者的职责，即译者不应满足于传达原文文化意象的一般意义，而应尽最大可能把传达原文的文化意象视为自己的一种职责。二是对读者的信任，即译者应该相信读者随着民族文化交流的日益频繁，接触到的外来文化日益增多，已经有能力接受带有外来文化印记的各种文化意象。

刘宓庆先生曾指出："文化翻译的理论研究之所以特别重要，是因为中华文化与西方文化之间差异很大，忽视这种差异，必然有损于文化的双向交流。"语言是文化的载体，文化渗透在语言里并通过语言表现出来，运用适当的方法翻译文化意象是非常必要的。

### （一）直译

直译是指按原来的意义和结构直接把源语的词句转化成译文的词句。它是在不违背目的语文化传统的前提下，在目的语中完全保留源语词语的指称意义，求得内容与形式相符的方法。

### （二）直译补充法

对于具有民族文化特殊性的意象，也可以在译文里对该意象略加词语补充，尽可能避免因文化差异而造成的理解上的脱节，同时又能在译语中保留源语的文化意象。例如："sesamestreet"一词，从字面上可译为"芝麻街"，但其文化内涵却又是指美国每天一小时的儿童教育电视连续节目，以用木偶影片、短剧、游戏、卡通画等形式来教 3~7 岁儿童数数、识字、了解家庭、介绍学校情况等为内容的电视片，美国人叫它"电视保姆"，大人有事，可以让孩子们看这类节目。所以，如果只翻译成"芝麻街"是不够的，应在译文中加上一定解释性的文字来说明这一文化意象：芝麻街儿童电视连续节目。

由于文化的差异，汉语词语的文化意象在译成英语时也同样可能会丧失。

直译补充法不是万能的。如果碰到简单的话语不能说明白时，我们就要求助直译加注法。

### （三）直译加注法

将具有民族文化的特殊意象直接翻译，并在译文中补上伴随的文化意象，从而使语文化意象得以保留。同时，采用直译加注法也可以向读者介绍源语相关的文化背景知识，使读者能在阅读的同时获得"原汁原味"的信息。

### （四）意译

意译是着眼于原文意义的翻译。虽然我们提倡尽量保留原文的民族文化特色，但当某些文化意象由于某些原因没有必要突出在译文中显现，甚至当如果直译出来后反而会损失原作信息传递或造成行文滞重的时候，我们就必须采用意译的方式，保留住其文化意义。

在翻译的过程中，文化意象很显然对译者来说是一个挑战。因此，采用何种方法处理文化意象至关重要。无论采用何种方法，必须建立在译语读者理解的基础之上，也只有这样才能使得目的语文本信于源语文本，才能使得作品真正成为促进民族思想和文化交流的桥梁。

## 五、文化全球化：文化意象翻译从归化趋向异化

近几年，经济全球化进程日益加快，数字革命带来的新型电子通信方式使人类进入了一个新纪元，人们互相促进发展丰富多彩的文化，在共同的全球性问题上进行卓有成效的合作，世界文化走向全球化。"各美其美，美人之美，美美与共，天下大同"的文化全球化是人类不同文化群体互相包容吸收，互相理解认同的过程，同时也给翻译跨越文化意象障碍带来了极大的便利。在当前文化全球化的时代背景下，文化发展的趋势是趋同或兼容的，而且差异性只要文化的存在，这种趋势就会持续下去，这种现象被称为文化渗透，指一种异域文化意象一旦进入译语语境中，被译语读者所接受，其异域民族文化特质就不再为源语文化所独有，而成为译语文化的一个共享的文化符号。

Andre Lefevere 说根据奈达的"动态对等"理论，"凡是陌生的，不同的，或'别人的'都应归化到译入语和译入语文化中去，以使译入语读者能马上理解。"长期以来，在这种翻译观的指导下，我们一直比较重视内容问题，而轻视形式的意义。在翻译中，往往只强调用读者熟悉的形象去调动读者的联想，用过分民族化的词语去翻译国外相应的东西。其结果是，译文民族化了，同时也把人家民族的东西给阉割了。实际上，翻译过程与其说是一个文化移植的过

程，还不如说是一个文化传播的过程，在对文化意象的翻译中，译者不但要译出原作的语义信息，更要做一个文化传播的使者。现在面对文化全球化，我们是否应该换个视角，翻译的目的是促进人们对不同文化的理解和吸收，而不是将外来文化归化。文化全球化并不是以某一种文化统一天下，每一种文化都应该能包容天下，而不是包打天下。基于这一点，"异化"翻译不失为解决这个问题的好办法，它既可以保存源语文化的独特性，又可以让译入语读者理解外来的文化，从而增进不同的文化群体间的相互理解。从另一方面而言，译者，作为信息的传递者，追求的首先应该是信息的真实性，他必须忠实于源语的人文氛围、精神风貌，并有责任把源语中不同的文化信息真实地呈现给译文读者，对源语中那些陌生的民族文化特征和不同的民族情怀，尽可能地用恰当的方法将源语的文化内涵介绍、移植到译文中去。孙致礼在《中国翻译》撰文认为："异化"是翻译过程中信息求真的一条十分有效的途径。他说："在翻译中，语言可以转换，甚至可以归化，但文化特色却不宜改变，如果不是万不得已，特别不宜归化，因为'文化传真'应是翻译的基本原则。"

"异化"不仅仅是为译文读者保留一种异国情调、让读者感受不同的民族情感，体会民族文化语言传统上的差异性，更重要的意义在于它将一种民族语言的丰富文化内涵移植到另一种语言中去，是促进文化交流、扩展文化包容性、充实本土文化的有效途径。近年来："负增长""智力投资""智囊团""克隆"等表达法已为汉语读者所理解、接受。"可口可乐""肯德基"等已成为中国人日常生活的一部分。"打的""的士""大巴""中巴""卡拉OK"，更是家喻户晓。许多富有表现力的外国词语已进入汉语，如"武装到牙齿""穿梭外交""歇斯底里""条条大路通罗马"等。同时，英语也从汉语中吸收了许多词语。

文化本无优劣之分，有的只是内涵上的不同和差异，虽然人类仍处在一个多元化的时代，但文化融合已使文化的共性日益凸显，文化所具有的吸纳包容能力使外来的新鲜事物易于被人们接受，语言间的相互"拿来"，既是由信息时代文化趋同的大势所定，也是由翻译的性质所决定的。随着社会经济、文化、科技的发展，世界文化朝着多元化的方向发展，不同的文化之间相互尊重、相互包容和吸收，而异化翻译作为促进民族文化交流的一个有效途径将是不可阻挡的趋势。

## 六、文化翻译应有的态度

文化意象问题的提出，实际上也是对译者提出的更高的要求，要求译者在翻译时不但要译出原作的语义信息，而且要译出原作内在的文化信息。时至今天，译者的职责不应该仅仅满足于传达原文文化意象的一般意义，还应把尽最大可能传达原文的文化意象也视为自己的一种职责。

随着全球化的深入，中外交流的日益频繁，简单地按照归化的方式，把外国文化介绍给中国读者或把中国文化介绍给外国读者，都远远不能满足文化交流的需要，而且不同的文化具有不同的思想基础。不同的价值观和世界观并行不悖，如果任意拿自己的东西去代替别人的东西，不仅不能达到文化交流的目的，反而会阻碍文化交流。在这种条件下，就只能采取"存异"的翻译法，因为存异能促进相互交流与渗透，能将一种文化和语言中的内容和形式移植到另一种文化之中。但"存异"并不等于保存"不可理解"的东西，而是在如实地保存着不同东西的同时，还能使读者理解"异"之所在及其含义。翻译作为文化传播者，应尽力加强和增进不同文化在读者心中的可理解性，尽量缩短两种语言文化间的距离，消除由于缺乏理解，甚至误解而造成的障碍，真正让译文成为文化传播的一种媒介。

# 第五章 英语文学翻译学习现状及改善措施

## 第一节 英语文学翻译的发展现状

文学翻译是一种先进的艺术形式翻译。与一般翻译相比，文学翻译有其独特的语言特征和翻译标准，不仅要准确传达原著的基本信息，而且要求译者掌握原著的思想内容和艺术风格，用另一种文学语言恰当、完整地再现原著的艺术形象和艺术风格，使目标读者获得与原读者同样的灵感、情感和审美享受。

### 一、文学翻译的发展

#### （一）中国现当代文学翻译的现状

总的来说，中国现当代文学翻译经历了一个相对曲折的发展过程。从时间上看，在中华人民共和国成立前，由于历史发展等原因，英美文学在中国的翻译只停留在民间翻译爱好者的自我翻译行为，虽然翻译作品的数量不是很大，文学翻译的质量已经达到了一个比较高的水平，涌现出一大批国内外知名的翻译家。比如王作良、梁秋实等著名学者相继翻译文学作品。大量西方经典文学作品通过译者的巧妙创作，逐渐呈现在中国人面前。从中国对英美文学翻译的现状来看，主要存在以下几个问题。

首先，文学翻译的市场化。在现当代文学翻译的发展过程中，由于市场等因素的影响，一些译者在翻译过程中表现出了比较突出的市场化倾向。这种倾向的直接表现是，在英美文学作品的选择过程中，并不是从其自身的文学价值和学术价值的角度来考虑，而是从作品在图书市场的销售角度来考虑。在图书市场上很受欢迎的英美文学作品都是首次翻译出版的。虽然翻译市场化在一定程度上是时代发展的产物，但从整体发展的角度来看，不利于翻译业的整体稳定发展。文学翻译能够很好地适应市场的需要。然而，如果翻译行业缺乏学术性和严谨性，文学翻译的道路就会越来越狭隘，行业也会越来越不景气。

其次，文学翻译人才的培养的断层化。在文学翻译过程中，译者是翻译行业不断发展的主要推动力。虽然在高校中，通过设立英语翻译专业来培养翻译人才，但从具体的培养方向来看，以文学翻译为主要方向的人才翻译方向还比较少。即使在英语翻译学习的过程中，早期也选择文学作为翻译研究的主要方向，但在后期，由于生存等原因，译者选择了放弃或转入其他方向。这种翻译人才数量和质量的严重不足，客观上造成了翻译人才培养方向的失误。因此，在未来的现当代文学发展中，如何从翻译人才培养的角度促进其翻译体系的不断完善，成为摆在我们面前的一个重要课题。

再次，文学翻译的创新力度有待提升。长期以来，除了文学作品的艺术魅力外，文学作品的译者也发挥了更为突出的作用。在文学翻译过程中，译者不仅要与原语进行良好的衔接和匹配，而且要在翻译过程中再现翻译作品的美学价值。因此，从这个角度看，现当代中国文学翻译对译者的创新提出了更高的要求。然而，这也是目前文学翻译中的一个薄弱环节，在今后的翻译实践中需要改进。

最后，文学翻译的国际视野有待开阔。文学翻译是一种针对某一文学作品的翻译活动。然而，在翻译过程中，不同文化之间会产生积极的互动。这种互动意味着在翻译过程中，有必要进行跨现实文化层面的国际交流与合作。目前，在翻译现当代文学作品的过程中，由于种种原因，围绕国际文学翻译水平的理论和实践水平还有很大的提高空间。毕竟，文学作品作为人类智慧的象征，需要从更广阔的国际视野加以巩固和完善。换言之，文化交流只有立足于国际视野，才能获得更大的发展空间。

## （二）发展的目的性

文学翻译自诞生以来，忠实于原文一直被许多理论家视为文学翻译的唯一目的。王理行在文章中坚定地说，文学翻译要忠实于原文。这一观点似乎所有从事文学翻译的人，甚至所有的读者都不反对，所以这是一个不需要讨论的问题。然而，在同一篇文章中，他说"文学翻译必须忠实于原著，这大概没有人会反对"。其中，这句话中的"大概"一词的使用，显然表明作者怀疑忠实于原著是不是文学翻译的唯一目的。的确，如果一个翻译家忠实地翻译了名著《红楼梦》，恐怕很少有读者能坚持阅读这种翻译。不难想象，忠实翻译这样一部中国古代社会的百科全书，注释的数量可能和译文中的字数一样多。因此，文学翻译，尤其是名著翻译，不可能完全忠实于原著。因为文学翻译也是一种创造，它体现了译者的思想、情感和创作动机。如果我们从忠实原文的角度来看待文学翻译的目的，就会发现问题很简单。从译者选择翻译某一文学作品的动机可以看出，文学翻译的目的不仅是原文与译文的关系，而且是译者翻译目的的结合。

## （三）文学翻译难点

翻译是一种语言活动，可以准确、完整地再现一种和另一种语言表达的思想内容。美国翻译理论家奈达认为，翻译在目标语言中寻求风格上自然对等的含义，意思是尽可能与原始信息接近。无论是中国还是外国的文学作品，翻译都离不开理解和表达这两个基本要素。其中，书籍《等效翻译探索》建议翻译过程应该从理解到表达，但是准确的理解是准确翻译的基础。只有正确理解了原始文本，翻译才能准确地表达原始文本。最常用的翻译标准是"信、达、雅"，这意味着翻译人员必须遵循忠诚原则与和谐原则，最终达到"雅"这一标准。

其匕，"信、达"之间的关系是辩证且统一的，因此翻译中不能缺少这两种因素。这是因为翻译的总体目的是准确传达原始文本的内容和思想，而流畅的翻译是实现此目的的手段。

## （四）一般翻译和文学翻译的区别

中国翻译理论研究具有基于文学翻译的传统。与非文学翻译相比，文学翻译不仅需要准确地传达原始文本的基本信息，而且还可以使翻译人员通过原始文本的语言格式深刻理解原始文本的精神实质，并在单词和句子中进行意义和情感渗透。换句话说，文学翻译是艺术复制的一个更复杂的过程，它将翻译者的思想、感觉、理解、想象力和审美经验融合在一起。文学翻译具有独创性和艺术性。著名作家茅盾将文学翻译定义为：文学翻译使用不同的语言来传达原著的艺术概念。因此，当读者阅读译文时，可以像阅读原著一样获得启发、感悟和情感反思。

具体来说，文学翻译具有以下特点：第一，文学翻译仅属于文学作品的翻译，主要包活小说、散文、诗歌、戏剧、电影和电视作品等类型；第二，文学翻译的原始作品是用文学语言写成的，因而翻译过来也必须运用文学语言，这里所提到的文学语言是诗歌语言，是一种具有审美功能的艺术语言；第三，文学翻译使用主观和创造性的艺术手段，因此具有独特的艺术魅力。

通过传达原件的基本信息，应该可以再现原著的艺术形象和写作风格。文学翻译的标准要高于一般翻译。除了遵循"信、达、雅"的标准外，文章的主题和风格也对应另外的要求。我国许多高级翻译人员辛勤工作多年，并提出了相应的标准。在 20 世纪 50 年代初期，傅雷根据中国传统绘画理论提出了"神似理论"的翻译标准；随后，钱锺书把古典美学的概念扩展到翻译领域，提出了"化境说"。1980 年，许渊冲基于许多翻译实践提出了"优势竞赛论"。他认为，文学翻译是两种语言或是两种文化之间的竞争，因为只有在竞争中才可以更好地选出哪种语言能够表达原始文本的内容。

## （五）文学翻译批评的标准及现状

与科技语言相比，文学翻译无疑是各类文章中最复杂、最生动、最多变的体裁。因此，对于文学翻译批评的标准存在着不同的看法。在语言学流派看来，忠实是文学翻译的唯一目标和标准。他们认为，只要把原著中的所有内容，包括文体、主题、符号、思想等因素都翻译出来，文学翻译的目标就一定能实现。然而，这种观点过于绝对。它不仅没有考虑到目标读者的期望和感受，而且忽视了文学翻译的复杂性。这是徐军引用美国华裔评论家叶维廉的话得出的结论。一部作品的创作必须包括五个方面：一是作者，二是作者对世界（形象、人物、事件）的感知，三是作品，四是读者，五是语言（包括文化和历史因素）。而许钧认为，翻译作品的产生实际上涉及五个方面：第一，译者是翻译的主体；第二，他所感知的世界；第三，译者；第四，翻译的读者；第五，语言，包括文化和历史因素。通过对以上五个方面的比较，我们不难发现，两者的区别在于作者通过文化、语言等因素观察世界、感受世界，作品也反映了作者对世界的选择和理解以及对世界的看法。此时，译者所面对的是一个原作者所感知的世界，同时，译者所面对的是一个正确的读者已经改变了的世界，这就表明语言符号系统也发生了改变。

语言是文化的载体，文化是语言的土壤。而翻译是跨文化交际的桥梁。文学翻译以其独特的艺术性和审美性，在推动中国优秀文化作品走向世界方面发挥着重要作用。

## 二、文学翻译的困境

### （一）人们对翻译积累的欠缺

从翻译行业的发展来看，翻译研究和实践的范围广泛。杰里米·蒙迪在《翻译研究概论》一书中，提出了翻译的定义：翻译研究是一门新学科，与翻译理论和现象相联系。它的本质是多语言性的和跨学科性的，涵盖语言、语言学、交际研究、哲学以及一系列文化研究内容。这个定义清楚地表明了翻译实际上具备跨学科性和多元性的特征。因此，外语能力很强并不代表翻译能力很好。此外，翻译能力的培养还需要广泛的知识和深入的语言技能，以及长期积累的实践和经验。相比之下，目前中国大多数翻译部门和专业都与外语和文学研究相关，知识结构远非翻译研究的要求。但是，当今外语专业最普遍的弱点之一是缺乏语言基础和知识狭窄。

### （二）人们对翻译的认识问题

人们对翻译活动普遍存在一种误解，认为翻译不属于创造性劳动，译者的地位总是从属于原著作者，因而翻译没有受到应有的重视。在外语专业乃至高校的翻译师生中，有很多人有这种想法。这一概念的存在主要与人们对翻译中"忠实"原则的错误理解有关。所谓忠实，既是对原文信息或内容的机械再现，也是对原文形式、风格和文化内涵的准确传达。后者不仅可以通过转换或再现来实现，还可以通过译者发挥"译者主体意识"，忠实于"意义"和"形式"，从而摆脱原文语言的束缚和作者对译者的阴影，完成从一种语言到另一种语言的转换，处理翻译中"意义""形式"和"神似"的关系。

因此，从某种意义上说，真正的翻译特别是文学翻译，不仅是"忠实"的体现，更是一种叛逆，一种作品再创造的过程，因此说它是新一轮的写作过程并不过分。法国著名文论家埃斯卡皮曾在《文学社会学》中指出："说翻译是叛逆，那是因为它把作品置于一个完全没有预料到的参照体系里（指语言）；说翻译是创造性的，那是因为它赋予作品一个崭新的面貌，使之能与更广泛的读者进行一次崭新的文学交流；还因为它不仅能延长作品的生命，而且又赋予它第二次生命。"

忠实与叛逆这两个矛盾的两极，决定了绝对的忠实在翻译实践过程中是不可能和不可靠的。由此可见，翻译的困难在于译者在翻译过程中受到"忠实"

和"叛逆"的双重性质及其程度的困扰。在大多数译者看来，翻译的困难在于缺乏足够的自由，导致译者无法走出作品中投下的阴影。文本形式的机械变化无法传达文本的灵魂，最终无法实现精神共鸣对盲目忠实的通信，以及难以把握的得失程度。许多翻译家甚至认为翻译是困难和难以创造的。

### （三）对翻译工作的重视不够

目前，国内翻译队伍仍然是一支新生力量，各体系理论不仅不完善，而且还没有引起各方面的重视。如何转变将翻译现象当作外语文学的附属物的情况，使其成为一个独立的学科，是一个不容忽视的问题。大学翻译领域当前的建设状况、课程设置、研究生教育和师范教育仍然存在许多问题，导致专业翻译人员的培训水平较低。近年来，在语言和文学课程中，虽然外语专业的学生设置了大量翻译方向。实际上，它是语言和文学指导的一个分支，具有语言和文学教育的鲜明特征。翻译专业的许多研究生都接受语言学和文学专业的翻译培训，但没有专门的翻译课程。由于没有翻译老师，一些学校不得不提供语言和文学课程并且是必修课，以支持学生，但是它们很少与翻译相关。结果，学生努力学习以完成学分，但毕业后发现他们实际上无法将其用于学习，因此他们应该专注于翻译实践而不是考试。

在教师培训方面，一些面向翻译的研究生教师正从语言学转向翻译研究（部分研究方面），这种转变需要一段时间，很难确保学生学习系统的翻译理论和研究方法。此外，许多翻译部门都有某种强调理论而不是实践的指导，这严重影响了对具有理论储备和出色写作技能的综合翻译人才的培训。当然，理论研究很重要，但是实践才是理论发展繁荣的基础条件，如果翻译组织中的大多数组织成员是"理论型"或"为理论而理论"进行翻译的思想，没有翻译实践的结合，翻译的目的必然不能实现，更不能满足人才市场的实际需求。翻译研究人员纽马克指出，翻译理论无法使翻译成为实践，懂翻译的人也无法理解或识别翻译。实际上，即使译者对本国语言和外语有相同的理解，只要尊重事实，并在不学习翻译理论的情况下努力拼写，仍然可以进行翻译。即如果一个人有艺术才华，那么在表演时他无须训练就能表现出色。

综上所述，美国蒙特利国际翻译研究所鲍川云提出了一套翻译教育体系。笔者认为，本科外语课程可提供通识教育并提供良好的语言基础。虽然在大学课堂里翻译课程是教授外语的一种手段，但并不旨在促进翻译。因而，真正意义上的翻译教学实际上发生在学生完成学业并进入更高的教育学府时。研究生可分为两个方向：第一，培养专注于翻译实践的专业翻译人才；第二，理论研究的上移。如果可能的话，这些人才将在促进翻译领域的建设中发挥积极作用。

### （四）国内欠缺一个健全的市场

国内翻译市场尚未形成，这是由于优秀的专业翻译人才严重缺乏，专业翻译的社会地位有待提高。如今，高校教师已不再是翻译工作的主力军。中国译协名誉主席季羡林在接受采访时就这一问题发表了自己的看法。他认为，目前中国翻译市场存在"偏食"现象。只注重对英美文化作品的翻译和引进，以及只注重畅销书的翻译和引进，对于引进国外先进文化和专业学术著作远远不够。为解决这一问题，季先生建议，要加强对翻译市场的统一规划。但注意精神产品不可能全部转移到市场进行调节。例如，那些具有较高学术和艺术价值或填补空白的人需要通过规划给予必要的支持。对于重复翻译，也需要通过策划加以限制，以达到质量好、结构合理的真正繁荣。同时，在翻译报酬方面也存在着不合理的现象。口译报酬高于翻译报酬太多，这种差异也给翻译教学带来了一些负面影响。与口译课程相比，翻译课程呈现出不那么受欢迎的趋势。

上述这些问题都会导致翻译市场的不健康发展。由于缺乏高水平的专业翻译，大部分翻译工作仍处于比较零散的状态。对很多人来说，翻译并不是他们谋生的唯一手段，而是为了临时客串的需要，所以不难理解为什么很多新的翻译充满了误译，这不利于从业者职业精神和能力素养的培养。当然，从长远来看，也不利于行业标准的提高。专业标准不高，自然也不会受到重视和尊重。如果能够形成优胜劣汰的翻译市场和相对专业、完善的翻译机构，就可以聚集遵守职业道德的高水平译者，提高翻译质量和译者待遇。只有这样才能够继续为推动我国翻译事业的不断进步和翻译市场的不断完善发挥作用。

## 三、文学翻译学习中的语言运用问题

人们称翻译为一门艺术。如果从文学艺术的角度解读翻译，翻译就是一种艺术创造，强调语言的创造功能和翻译的艺术效果。严复所提出的"信、达、雅"是翻译优秀与否的评价标准，文学翻译是其中重要的评价主体之一，所以我们必须遵循这三个标准。同时，文学翻译也是一种文学创作，它注重的是创造性和随机性，要传达原文的艺术境界，把译文提高到一个新的水平。文学作品是用一种特殊语言创作的作品，它具有艺术性、形象性、历史性，体现了作者独特的风格。因此，文学翻译要求译者反映原作者的文学修养和表现力，以及原作品的精神风貌。

## （一）语言的节奏

节奏是对现实一种抽象的审美反映形式，能为整个作品营造一种统一的审美氛围。任何文学作品都离不开节奏。优秀的文学作品总是通过句子的长短和语气的高低来表达人物思想感情的变化和发展。节奏是传达情感最有效、最有力的媒介。文学翻译不仅是文字和符号的转换，更是原意的正确表达，应尽量在风格上与原作保持一致。理解是翻译的前提和基础，对原文的理解还应包括对文本节奏美感的理解。

## （二）语言的个性化再现

不同的作家，语言的风格不同，同一作家在描写不同人物角色的时候使用的语言也会不同，因而译者在翻译这些文学作品时一定要把原作的语言个性再现。

人物是文学作品的灵魂。其中对于作者受教育程度和生活氛围的不同，在表达自己思想和情感以及点题时，使用的语言肯定是不同的。一个好的作家在描述这些具有不同身份的人物时，会使用不同的语言，有的喜欢豁达直奔主题；有的喜欢含蓄。因此，在翻译这些不同的人物角色时，我们应该注意上下文的内容，只有这样才能完整地突出作者的意图。

## （三）语言的形式美

每一位作家都有自己的风格，他对词语和句子的选择也有自己的特点。在他们的作品中，会有双关语、同音词和语义差异，以及平行、对偶、对比和押韵等创作技巧。英汉语言的差异导致翻译很难完全再现两种语言的特点。但作为译者，我们应该让读者感受到语言的形式美，使译文尽可能接近原文。

## （四）语言的准确性和表现力

文学作品在创造艺术形象和描绘事物时，注重语言的准确性和表现力。同样，在文学作品的翻译中，语言的准确性和表现力问题能否得到很好的解决，也决定了翻译能否保持与原文相同的审美效果。

文学翻译要尊重信、达、雅的原则，必须注重语言的精练；使语言表达准确，忠于原著，充分展现原著的语言风格，体现原著的生动性和人物的特点。因此，文学翻译不仅是语言的转换，也是艺术的表现。

## 四、当代文学翻译的问题对策分析

首先,文学翻译的民族化。在中国现当代文学翻译过程中,翻译主题是体现其民族特色的主要因素。中国现当代文学翻译作为一种文学表现形式,与作者所处的环境密切相关。中国是一个幅员辽阔、民族众多的国家。因此,文学作品创作中会出现一些具有中国民族文化的主题。例如,中国著名学者余华创作了一部名为《活着》的作品,该作品因被翻译为多种文字而获得了许多国际奖项。除了作者向身高超的创作技巧外,其成功与作品主题选择水平的中国化也有很大关系。这表明文学翻译的民族化在一定意义上就是中国现当代文学翻译的民族化。

其次,文学翻译的人文化。文学作为一种艺术表现形式,在一定程度上也是一种思想和创作情感的表达。一方面,基于文学作品创作者所处的地理文化环境,一些文化体系的内容将成为其文学创作的主要思想基础;另一方面,在中国现当代文学翻译过程中,中国传统文化思想逐渐影响着中国现当代文学翻译,使其在创作和翻译的表现中逐渐具备了一些传统文化的精神内核。因此,在一些具有代表性的中国现当代文学翻译作品中,我们会欣赏中华民族的传统文化,其中最重要的是儒家思想的精髓。

再次,文学翻译的创新化。虽然我国学者们已经针对中国现当代文学翻译发展中存在的问题进行了科学的分析和思考,并且论证了系统思维与实践相结合的必要性。但是,没有科学实践证明而产生的新思想、新翻译理论或新翻译方法,不能称之为真正的创新。基于此,在中国现当代文学翻译的未来创新中,必须将正确的创新理念与创新行动相结合。具体来说,在今后的现当代文学翻译发展中,我们应该从时代进步和发展的角度,不断探索其内在需求与时代发展的关联性。只有与现代文化理念很好地互补,才有更大的空间进行当代文学的翻译和创作。

最后,文学翻译交流的国际化。今后,在保持文学翻译发展严谨性和科学性的基础上,我们应该继续探索文学翻译发展中面临的挑战和解决问题的方法。在理论层面,我们可以尝试在高校和科研机构建立定期的学术交流机制,通过定期的学术讨论,关注未来文学翻译方法和相关理论的发展。同时,在不断发展和完善的基础上,建立国际学术交流组织,更好地将文学翻译的相关标准与国际水平的突破结合起来。

## 五、当代文学的发展趋势

首先，文学翻译的文化使命将会更加突出。中国现当代文学翻译在继承和弘扬文化方面发挥着重要作用。这种精神的艺术表现和表达，已经成为中国现当代文学翻译的重要方向，甚至在一定程度上成为一种精神支撑。从现当代文学翻译的本质来看，最突出的是文化氛围和文化内涵。因此，在未来的文学翻译中，一方面，有必要从文学的角度进行全面的研究和优化，另一方面，由于文学翻译中有大量知识的结合，其中存在翻译技巧在一定程度上需要与艺术文化需求相补充的问题。应该指出的是，这种文化的融合倾向于两个方向：一是吸收借鉴优秀文化资源，二是消除不良文化因素。文学翻译内容复杂，因此，在未来的文学翻译发展中，我们应该从时代的进步与发展的角度，不断探索其内在需求与时代发展的关系。只有在现代文化理念的补充下，文学翻译才有更广阔的发展空间。

其次，美学原则在翻译中的使用。美学原则追求不同的美感。这种差异美体现在文学作品中的人物性格、精神面貌、行为方式和人生历程上。正是经过比较这种差异，美感才会更加突出。例如，我国古典小说《水浒传》在人物塑造方面，运用对比原则，使人物形象更加鲜明、立体。其中故事中详细描写出的人物情感，都体现了比较美学原则在人物塑造中的运用。在众多的美学原则中，对比原则是文学创作中最突出的原则。一方面，在对比度的作用下，作品中的人物形象更加饱满，更有质感；另一方面，通过对比的运用，在情节设计和叙事张力上有了更大的发展空间。因此，从比较美学的角度更容易理解文学创作中的创作手法和作者所表达的主要思想。

最后，翻译作品中凸显和谐思想。无论是对生态平衡的追求，还是对自然与人性的追求，这些理念的最终目的都是与自然同甘共苦、和谐相处，即要从根本上改善人与自然的关系，一个非常重要的观念转变就是热爱和欣赏自然。我们热爱大自然，因为它给了我们很多。我们在翻译作品中倚重自然，崇尚生态和人文理念，从个体生命发展的角度看，没有自然作为人类生存和发展的基础，所有的人类梦想都像空中楼阁，无法实现。因此，在未来的发展中，必须对影响人与自然和谐的各种行为加以控制。

# 第二节　文化建构背景下的英语文学翻译

首先，作为一名专业的文学翻译人员，其自身应该具备过硬的专业技能，这样才既能准确翻译英语文学作品的词汇和展现的语境，又能深刻理解文学作品的内涵，从而保证翻译的英语文学作品的准确性，帮助读者感受在英语文学作品中体现出的西方文化魅力，并对西方国家有一个全面的认识。

## 一、文化建构背景下英语文学翻译的现状

不同的文学翻译家对翻译的看法不同，但是在翻译英语文学作品时，应注意西方文学作品的语言和艺术美以及英语文学作品的社会文化功能。只有做好这些工作，才能确保英语文学作品翻译的质量。同时，文学翻译人员在翻译英语文学作品时会面临一些选择。原始文本是否都有必要真实还原原作使译文变成复制品？这从侧面说明：用于翻译的翻译语言必须具有外语发音。文学翻译面临的问题可以说是非常复杂的。如果这些问题处理不当，将影响文学翻译的顺利发展。

在翻译英语文学作品时，文学翻译者经常会因缺乏科学领导力而造成翻译错误，甚至一些文学翻译家缺乏认真的工作态度。他们对文学作品了解不多，也影响着东西方的文化交流。因此，这一问题应引起文学翻译家和文学翻译部门的关注。有必要对这些问题进行全面客观的分析，以制定目标解决方案。由于以直译形式翻译的文学作品会扭曲原著的含义。有时，由翻译人员翻译好的英语文学作品不仅改变了原意，而且还错误地翻译了某些单词和上下文。可以说，这样的文学作品毫无价值，难以鼓励读者阅读。这些问题不仅影响英语文学翻译的准确性，而且影响东西方文化的交流。因此，这一问题应引起文学翻译家和文学翻译部门的关注。

## 二、文化建构背景下提高英语文学翻译准确度的措施

### （一）忠实于原文

在翻译英文文学作品时，文学翻译者必须坚持原文，即遵守忠实原文原则。

只有遵循这一原则，才能确保文学翻译的真实性。这就表明，在任何情况下都不得更改原始文本，这是译者的责任和对原始文本负责。可以说，文学翻译家是否忠于原著将影响文学翻译的质量。只有忠实传达翻译风格才能帮助读者诠释原文学作品。在某些社会和历史环境中，作家将通过观察和体验生活，获得特殊的经历和感受，然后形成独特的文学风格。因此，文学解释对于文学翻译非常重要。如果当一种语言翻译成另一种语言时原始风格消失了，那么翻译就是不成功的，文学作品也无法传达有效的文化信息。英国文学的主要功能是继承西方文化，这就意味着如果文化意义的原始属性在翻译中丢失，将无助于西方文化的传播。

文学翻译写作是一项艰巨的任务。因为即使文学翻译者理解了文本的含义，也可能无法翻译文本的样式。这就需要翻译人员对原始文本不仅要有一个综合性的了解，而且必须了解每个句子和单词之间的含义，感悟到文学作品的语言的语音语调，并在翻译过程中保留原始文本的文化信息。阅读这一原则下的文学作品，读者可以获得愉悦的阅读体验，并且这些文学作品具有特定的文学价值，是英语文学翻译的示例。

### （二）提高文学翻译工作者的翻译水平

要提高英语文学的翻译准确性，首先需要提高译者文学翻译的水平。为了使文学翻译家能够参与教育，可成立文学翻译训练部来组织文学翻译训练，以便他们掌握翻译的基本知识和技能。这种教育过程将有助于文学翻译者认识翻译的缺点并提高他们的翻译技巧。

### （三）准确翻译英语文学作品中的词汇

1. 正确理解词义

文学翻译人员需要正确理解单词的含义，以确保翻译质量。正确理解单词的含义也是做好翻译工作和为将来的翻译工作做准备的基础。为了确保词汇翻译的准确性，文学翻译人员可以使用双重字典方法查找未知单词。文学译者还应该认识到，很难使用看似简单的单词。简单的话在原文中也很重要。因此，在寻找字典时，文学翻译人员必须首先分析单词的含义，然后根据上下文正确翻译句子。在文学作品中，某些英文单词和中文单词的含义并不完全重叠，但是有两种类型可以重叠或不完全重叠。因此，为了准确理解单词在翻译工作中的含义，有必要在英汉词典中追溯词源并找到原始的英语注释。这避免了翻译期间文字翻译的模糊性和机械问题。一些文学翻译者没有意识到英汉单词的含义在翻译过程中完全重叠，因此翻译后的句子很僵硬，有时会改变其原始含义。

2. 准确锤炼译词

文学翻译应该在正确理解单词的含义之后进行翻译。只有正确翻译文本，才能不仅使读者理解翻译的含义，而且确保翻译的准确性。因为单词含义的准确性决定了翻译的准确性，因而我们所见过的每本经典译本都能经受得住准确的审查。翻译质量低下的文学作品通常是由于翻译不准确和错误造成的。准确的文本翻译为翻译提供了动力，保证了翻译的流畅性，使读者感到阅读舒适，并能在流利的文本中体验作者的思想和感受；低质量的翻译无法实现这种阅读效果。这就是翻译质量的差异。阅读高质量的译文时，阅读文字可以帮助读者查明作者的想法和感受，使其当前的阅读情绪比较高。如果读者误读了一篇比较笼统的译文，将很难把握作者的思想和感受，阅读思路也不清晰。因此，高质量的翻译对读者来说更为重要。同时，理解单词的含义是一个长期的过程，因此要做好翻译工作，需要进行长久的坚持。

## （四）适度地发挥创造性

文学翻译具备翻译的创造力，这一观点存在争议。关于文学翻译的创造力，有两种观点：一种是主张文学翻译者在翻译句子时必须具有创造力，另一种观点是反对文学翻译者最大限度地发挥其创造力。经过长期的研究和探索，文学翻译家发现，翻译文学作品时，单词和句子不能机械翻译。当他们机械地翻译单词和句子时，文章的内容变得更加僵化和机械化。因此，文学翻译者在翻译文学作品时可以发挥创造力，我们说的主要有两种不同的创造力：一是文学翻译的创造力，二是作家的创造力。艺术家的创造力通过文学作品反映客观现实的方式反映出来。文学翻译者的创造力反映在作者用另一种语言反映的客观现实中。因此，我们得出了一个重要的结论：忠于文学翻译家的原创作品，并不代表忠于作品的文字或忠实于美学作品的形式。

文学翻译者需要传播思想，拓宽视野并从社会、时代和读者的角度探索文学作品。如果文学翻译人员需要翻译一个高级单词和句子，则机械翻译会降低翻译的准确性。因此，文学翻译者需要深刻理解两国文化，并且具备两种语言灵活运用的能力，以及领悟作家的精神和思想的能力。

## （五）把英语文学作品翻译成艺术作品

合格且成功的英语文学翻译，应确保读者在阅读译文和原文时具有相同的感受和接收到相同的文化信息。英语是一种特殊的语言。一个文学译者需要修剪翻译中的所有单词，以这种方式翻译的作品应符合生动和民族的审美习惯。因此，文学翻译者必须认识到，英语文学作品的翻译不仅是对单词和句子的翻译，而且是对文化信息的翻译，并确保该文学作品具有一定的艺术价值。文学翻译技术意味着文学作品不仅丰富了祖国的语言，而且确保了祖国语言的纯正。对于文学翻译者来说，传达文本的美学信息也是一个重要的要求。因此，文学翻译者需要在表达方面准确地描述原始语言的特征，以丰富其家乡的语言。当然，文学翻译者必须明确，在确保本地语言丰富的同时，必须确保本地语言的标准。由于母语不能完全符合原始文本，因此翻译技术必须涵盖母语的丰富性和特殊性以及创造力。当文学翻译家将英国文学作品翻译成精美的艺术品时，很容易唤起读者的阅读兴趣，读者会深深地沉浸在文学作品的艺术魅力中。

每个文学翻译者都必须注意文学翻译中需要注意的问题并实现自己的使命。文学翻译者不仅翻译英语文学作品，而且在文化交流中也起着重要作用。因此，他们必须按照尽职调查和语言标准进行文学翻译，提高英语文学翻译的准确性，促进东西方文化交流。

# 第三节　大学英语文学翻译的探讨

目前，英语是世界普遍认可的通用语言，在全球化过程中起着重要的文化联系。英语教育一直被视为高等教育系统中的重要基础课程，近年来，世界各国之间的文化交流不断深化。在这个时代，中国正在积极融入全球化的趋势。不过，中国大学英语翻译教学中存在很多问题，例如一般语义问题、文化干扰错误以及接受问题等。这些问题的主要原因是翻译学习和发展的概念不正确。在学习英语翻译的过程中，许多英语专业学生对翻译的自我概念和翻译技巧的学习的看法各不相同。如果没有正确的英语翻译学习概念和完善的学习系统，那么诸如翻译准确度低、效率低下以及其他常见的问题等就容易产生，并将对英语专业的学生以后的工作甚至是生活造成困惑。

因此，在中国大学英语文学翻译教学中，我们必须不断创新教学观念和教学方法，不仅要提高学生的基本词汇和语法水平，还要发展学生的跨文化交际能力，使学生对英语文学翻译中的中西文化特征和差异有较深刻的理解，并不断提高英语翻译教育水平。

# 一、大学英语文学翻译教学常见问题分析

## （一）教师

（1）英语翻译教学重视程度不够。英语翻译教学在教学重点和教学时间上相对落后，主要体现在以下两点：一是文学翻译教学时间短，文学翻译教学内容少，师生在英语翻译上投入的时间和精力相对不足；二是考试要求低，没有对翻译教学效果进行测试。忽视英语文学翻译教学的原因主要有两个：一是高校师生对翻译能力在学生职业道路中的重要性认识不够全面和深刻；二是许多教师希望在有限的课时内充分利用英语，努力创造一个完整的英语语言环境，培养学生的听说能力。长此以往，文学翻译教学就容易被边缘化。

（2）英语文学翻译教学目标不明确。目前，我国大学英语的教学内容和教学大纲普遍强调听、说、读、写的教学，特别是非英语专业。而目前大学英语教材的主要教学内容也是培养学生的英语听说读写能力，很少涉及文学翻译的内容，尤其是缺乏翻译技巧的教学内容。这种情况导致教师在缺乏指导标准的情况下自由发挥，并根据个人喜好开展英语文学翻译教学，极不利于文学翻译教学的规范化。

（3）教学模式和方法较为陈旧。为了提高大学英语文学翻译教学的质量和效率，英语教师必须有丰富的翻译理论和实践基础，充分理解东西方语言文化的特点，以及英汉语言的比较差异。同时，要不断创新教学模式，采取符合时代发展趋势的创新教学方法和手段，提高学生对英语翻译的兴趣和翻译技能。目前，我国大学英语教师的学科来源很多，如语言学、教育学以及西方文学等，只有少数教师来自英语翻译专业方向，多数教师缺乏翻译理论和实践知识。此外，大学英语文学翻译教学大多遵循以教师为中心、以课堂为中心和以教材为中心的传统教学模式。它强调知识和技能的传授，忽视了对学生自主学习能力的培养和学习潜能的发掘。这就导致在教学实践中，翻译教学方法单一，主要由教师讲授和示范；师生之间缺乏有效的互动和沟通，学生缺乏翻译实践和自由表达的机会。除此之外，许多老教师还习惯于逐字逐句地翻译和讲解各单元的课外翻译练习。然而，这种单向的灌输式教学既不能充分发挥学生的主动性，也不能激发学生学习英语文学翻译的兴趣。

（4）教师忽视了学生的主体地位。在课堂教学中，教师忽视了学生的主体地位，大多数教师只关注教学自身，教师在教学过程中缺乏对学生文学学习

技能的引导。文学研究是一种有目的、有方向的研究，是学生心理活动的过程。学生在文学创作过程中具有积极的学习心理。他们的大脑不断地分析和记忆进行文学翻译创作时所看到的知识，教师要认真指导和纠正。然而，在实际的教学过程中，教师应以一些学生为例，找出存在的问题，并在教学中及时发现学生的缺点并予以纠正，否则会影响学生的学习进度，影响学生的英语学习兴趣。

（5）不能有效地激发学生学习的主动性。英美文学作品的阅读能力与学生的全面学习和发展密切相关。传统的教学方法忽视了学生的主动性。在翻译中，教师一味向学生灌输知识和技巧，完全忽视了学生学习的主动性。然而，学生所听到的知识和他们所理解的知识是不一样的。只有自己的知识被理解才能让学生接受。另外，教师不注重创设教学情境，让学生积极参与学习，不能取得良好的效果，使学生形成的知识没有针对性，也不能灵活运用。

（6）教师工作时间紧，任务重，工作压力大。随着高校扩招和办学规模的扩大，教师特别是部分专业教师严重短缺，师生比例失衡。大多数新教师都很年轻，缺乏教学经验。教师的教学任务繁重，很多教师带 2~3 个班甚至更多，备课、教书、批改作业、科研、指导毕业论文、评卷等各种工作让老师们疲惫不堪。

（7）教学翻译对翻译教学的负面影响。由于专业教师的缺乏，许多翻译教师以前都从事过英语教学。教学中的翻译属于教学翻译，是语言教学的方式和手段之一，目的是促进语言学习，培养学生的语言能力。然而，翻译教学的目的与翻译教学有很大的不同，它以翻译理论、翻译方法和翻译技巧为目标，培养学生的翻译能力。在翻译教学中，这些教师受到惰性思维的影响，缺乏对翻译教学的理解和相关经验，这必然会影响教学的效果和质量。

（8）考核评价重结果，轻过程。课程的评价一般包括三个部分：课堂表现、家庭作业和期末考试。但由于一周只有两个课时，教学内容多，时间紧。在课堂上，教师以教学为主，学生几乎没有时间练习。虽然老师布置了课后翻译作业，但由于工作量大、精力有限，很少有时间进行深入细致的点评。一般来说，老师会提供翻译样本供学生参考。评价很难调动学生的积极性，导致学生的学习积极性不高。

## （二）教材

无论是哪一种专业性的翻译教材都具备优缺点。其优点是不同版本的教科书之间可以产生良性竞争，可确保教材编辑人员将教材的质量放在第一位；主要缺点是教科书不统一，质量参差不齐。但是可以明确提出的是，无论是综合教科书还是非统一教科书，下面简述的缺点多少都会存在。

一是内容陈旧、单一并且与学习者需求脱节。翻译实例的内容比较陈旧，内容主要集中在文学、政治和历史等方面。二是翻译技巧和方法的理论联系薄弱。翻译理论与实践之间的关系是辩证的。翻译理论来自翻译实践和指导实践。因此，我们可以得出这样的结论：翻译实践与翻译理论之间的关系密不可分。没有翻译理论的指导，翻译实践不可能成功完成。三是句子翻译比文本翻译更重要。分析教科书可以发现，几乎每一章的翻译示例都集中在句子翻译上，而在教科书后面则是许多论文翻译。但是，对于短文本翻译，教科书仅提供参考翻译，没有任何解释和说明。四是它不反映学生的主观和中心地位。如果教材的结构和内容反映了教师的主观和中心地位，那它仅适合于教师教育，不适合学生自主学习或以学生为中心的课堂教学。五是教师过于注重传统教学方式，太多的重点放在诸如翻译加法和减法之类的精细技术上。这样的教学实际上是不值得的，因为它对学生来说太复杂，对实际使用来说太麻烦。但是当他们返回翻译实践时，他们不知道何时添加单词，何时缩短单词，减少或增加多少。

## （三）大学英语文学翻译教学优化策略

### 1. 中英文双语并重，重视文化差异

大学英语文学翻译教学不仅要求教师有较高的英语水平，而且要求有较强的汉语文学素养和处理东西方文化差异的能力。然而，能学习中西方知识的双语英语教师却很少。在英语翻译过程中，教师本身可能不是翻译专业的学生。这就要求高校在引进英语教师时要注重教师的专业素质，建设一支具有优秀专业管理、素质和技能的英语文学翻译教师队伍。同时，英国文学翻译方面的教师需要具有较强的文学素养、丰富的中国文学和英语文学知识，以及深厚的文学基础，为文学翻译的准确性打下坚实的基础。此外，大学英语教师在进行文学翻译教学时，不仅要把西方文学传授给国内学生，还要注意中国文学向世界的传播。教师可以比较中西文学，让学生深刻理解东西方文化的差异。比如，教师可以选择唐朝诗人李白和英国诗人华兹华斯的诗歌，让学生体验汉英翻译的变化和特点。在这一教学过程中，教师不仅要培养学生的英语应用能力和翻译技能，而且要注意对中国文化理论的传承。

在文化差异方面，在翻译英语文学作品的过程中，既会在风俗习惯、地域、语言习惯等方面产生文化差异，也会在翻译中国文学作品时产生文化差异。但是在文学作品中，中国与欧美地区文化差异的存在是不可避免的。在翻译过程

中，我们不应忽视这种差异，而应正视这种差异，找到解决问题的有效途径。例如，要正确区分文学体裁，就要根据不同体裁和风格采用不同的翻译技巧。尤其是在小说、诗歌、散文和戏剧的翻译中，由于文学元素丰富、文学性和艺术性高，译者在翻译过程中需要对文本的文化背景、文化范围和文化语境有一个全面的了解，为翻译工作做好准备。这样，译者不仅能忠实于原文，保证翻译内容不丢失原文的思想，而且尽可能符合中国人的文化理解能力和语言表达习惯，从而提高整个作品的翻译质量。另一个例子是通过学习动态对等的概念来处理汉英文学作品中的文化差异。所谓动态对等，是指在英语翻译过程中，译者将一个英语单词或短语翻译成相应的汉语短语，使其意义一致。但是，由于中英文化的差异，如果直接根据字面意义进行直译，就会产生意义表达上的偏差。即要求在翻译过程中，要努力保证原文与译文在词汇、句法、文本、体裁等方面的一致性。只有这样，在翻译结果中不仅能符合原作的真谛，符合读者的文化环境，而且也能提高翻译质量。

2. 创新教学模式

传统英语文学翻译教育注重知识注入。教师使用黑板写字和幻灯片来讲解知识点、主要困难和测试技能。学生只能被动地接受老师的解释和教育知识，并且跟随老师的教育节奏，没有时间和精力进行思考和理解，模糊了教室的气氛，使学生无法个性化学习并灵活利用知识。这种注入式教学方法可以鼓励学生在短时间内了解特定的翻译知识并掌握某些翻译技能，但无法培养学生的独立翻译技能，并限制了翻译水平的进一步提高。

因此，教师必须及时创新教学模式和方法，给学生更多的翻译实践机会，激发学生的自学兴趣。例如，为了使英语文学翻译教育更加开放，从而达到英语教育的目的，可以向学生开放课程，以便他们在更加舒适和活跃的课堂氛围中对文化差异更加敏感。开放课程的主要目的是通过激发学生的自学，建设以学生为中心的课堂教育，充分激发学生的学习热情以及从被动接受向主动学习的转变来有效提高英语翻译学习的效率。建立适当的教学内容。换句话说，老师要求学生组成 3~5 人的小组，老师分配或每个小组选择感兴趣的作业；然后在指定的时间内完成相关任务，例如进行小组讨论，沟通，并以一个月为研究期限，最终以电子或书面形式呈现翻译结果。随后，老师应该安排一个讨论和分享课程。每个小组派代表向其他学生展示小组的成绩，并分享翻译的材料、方法和经验。学生以积极的态度和热情，积极地参与翻译工作，并从中学习如何收集材料，如何使用材料，如何正确翻译，如何完成学校对等课程，如何总结翻译规则、方法和经验等方法，逐步培养对其他语言的语言感受，在转换过程中了解其他语言的特征，最终真正提高学生的翻译技能。

3. 增加跨文化交流机会，提高教师素养

在教授英语翻译学习方法时，由于各国之间地理分布、宗教信仰、传统习俗和语言习惯的差异，最终导致语言文化方面的差异，这是无法避免的。因此，在大学英语文学翻译课上，教师应在业余时间积极引导学生更多地了解外国文化，从而加深对世界其他文化的了解。另外，教师或者是学生自己可以通过阅读外国书籍，观看外国电影以及与外国学生建立友谊，来达到提高对外国文化的兴趣的目的，并充分吸收西方文化。学校在外教之间的文化交流中也发挥着积极作用，它使学生在学习外教的过程中能更多地了解其他国家的文化特征和生活方式，从而在翻译文学作品时根据自身对中西文化差异的理解，从容应对这些差异造成的困境。

首先，大学英语文学翻译老师需要强大的双语能力，但是许多大学并未拥有大量的"双语型"专业教师，并且许多教授翻译课程的老师本身并不是翻译专业的。为此，学校在引进教师时，必须注意教师的专业素质，形成一支具有专业管理技能、优秀素质的英语文学翻译队伍。其次，英语文学翻译的教师必须具有特定的读写能力，对中外文学有深刻的理解，并基于文学和正确的翻译概念提供坚实的文学土壤。

同时，正确的翻译概念应着眼于两种文学语言之间的平衡和相互作用。在向学生教授西方文学时，教师还应注意对中国文学的传播。例如，教师可以通过比较中外文字，使学生可以感觉到其他语言文字的翻译特征。老师可以选择中国唐代诗人李白和英国诗人华兹华斯的诗歌，让学生体验汉诗的英文翻译以及古代中国人的英语翻译。在此过程中，教师应注意中国文化的传播理论，如钱锺书的"化境说"和傅雷的"神似"理论下的翻译，都具有美学和实践价值，为学生提供很好的文学翻译观。此外，中国文学独特的"意境"和"意象"在翻译过程中为学生提供了文学观念。因此，教师应具有广泛的阅读基础，熟悉文学观念，教育学生学习这些文学翻译理论，并结合理论和实践，以提高翻译的质量和文化吸引力。

## 二、英语文学翻译学习现状及改善措施

如今，英语已成为一门国际语言。无论是在国际商务还是跨国界文化交流中，人们都愿意把英语作为第三语言进行交流。在学术上，各国学者在发表论文或著作时，只有掌握了英语，才能将其作品翻译成英语，以便他人阅读和参考。所有这些都足以说明英语的重要性。在学习英语的过程中，翻译是一项必须掌握的技能。翻译包括口头翻译和书面翻译。口头翻译通常用于口头交流，而书面翻译则用于帮助人们理解文本。无论哪种翻译模式，学生都应该熟练掌握。

### （一）英语翻译学习的现状及原因

在中国，从小学开始就开设英语课程，直到大学都要学英语，并进行阶段考试。可以说，经过长时间的学习，学生能够熟练地掌握英语、口语和书面语。但事实并非如此，在现实生活中即使是大学生也可能无法熟练地翻译英语。造成这种情况的原因如下。

（1）英语基本功及学习时间欠缺。尽管学生们很早就开始学习英语，花了很长时间来学习，但他们真正花在英语学习上的时间是不够的。学生只能保证上课时间学习英语，休息时间接触英语的机会并不多，英语课时也有限。语言在生活中被用来帮助人们交流。如果学生不能用英语交流，就很难熟练地掌握英语。由于缺乏学习时间，学生对基本词汇和短语的掌握程度必然较低。同时，学生课后英语阅读量难以保证词汇积累丰富。这就导致了学生在英语翻译方面的基本技能较差。在阅读中，如果大多数学生不认识单词和短语，翻译整篇文章是不现实的。同时，英语和汉语在词序上并不完全一致。由于缺乏英语阅读，学生很难熟悉英语阅读模式和英语翻译的要领，导致中文式翻译的频繁使用，最终结果就是翻译译文不尽如人意。

（2）对英语学习缺乏激情，态度不够端正。在应试教育的影响下，学生忽视了英语学习是为了交流和文化交际。目前，学生通常只满足于完成教师布置的英语翻译练习，很少使用英语进行日常交流或阅读英语作品。随着时间的推移，学生对英语失去了兴趣，这对学生今后学习和使用英语非常不利。通常，学生在遇到无法理解的内容时不喜欢思考，而是倾向于依靠翻译工具来解决问题。从长远来看，他们的翻译能力不会提高。一些学生仍抱着今后不出国、不与外国朋友接触的消极心理，只是为了应付考试而学习英语，并没有充分认识到学习英语的重要性。

（3）教学翻译对翻译教学的负迁移。在中学、高中以及大学低年级进行的翻译，都属于教学翻译，其目的是英语语言的学习，以及促进某个短语、语法结构或知识点的把握和巩固。

长期以来，思维模式的形成使学生很难进入翻译教学的状态，影响了教学效果。

（4）对翻译技能重要性和必要性得认识不足。许多学生对翻译技巧的重要性认识不足，仅认为只要英语能学好听、说、读、写等技巧，就能自然而然地翻译出来了，但事实并非如此。在《中国翻译教学研究》一书中的"最终成果简介"中指出，对英语专业的毕业生来说，他们的英语水平主要体现在口笔译能力上，听、说和读等几种能力最终都要从翻译能力上体现出来。因此可以说，翻译能力是学生外语各方面能力和知识的综合反映，必须经过专业的训练。

（5）跨文化交际意识和能力的欠缺。翻译实际上是一个跨文化交际的过程，需要对双方的文化背景和差异有深刻的了解。在翻译过程中，存在着一种尴尬的情况，即段落中的所有词语都被理解，而段落的真正含义却不被理解。这反映了文化背景知识的缺乏，制约和约束了学生翻译水平的提高。

## （二）改善措施

### 1.端正态度，明确目标

目前，我国大学英语翻译专业的学生在学习过程中缺乏正确的学习态度。此外，他们不善于学习英语翻译知识，经常遇到难以理解的翻译知识就放弃。这反映了大学英语翻译学生存在畏难情绪的现象。许多英语翻译学生的学习观念仍然停留在实际的英语交流中，认为自身有一定的英语基础，能与他人顺利沟通，因此忽视了对英语的深入学习和理解。此外，学生不明白普通英语对话不是英语专业学习的最终目的，只是一个基础和开始。大多数英语翻译专业的大学生在英语学习中普遍认为，他们毕业后必须从事英语专业工作，英语知识已经成为他们自己的一种能力。

然而，英语翻译并不是一个简单的交际辅助工具。翻译是一门博大精深的学问，其形式包括口译和笔译，其内容要求准确、流畅、突出。甚至在某些情况下，它还需要语言美，这些翻译条件可以通过英语翻译学生多年的学习实际来实现。这也表明，英语翻译实际上是一个终身学习的目标，只有经过多年的经验积累和技能研究才能实现。因此，在英语翻译中，大学生应端正英语翻译学习态度，把它作为一个值得学习和深入学习的专业，只有这样才能真正理解翻译实质。

### 2. 增加阅读量

为了准确地翻译英语，学生必须打下坚实的基础。在课堂上，学生要按照老师的步骤，掌握课文内容，记住课文中的单词、短语和特殊句型，课后复习总结，多练习巩固内容。阅读更多相关的英语作品，课后积累新词汇，熟悉英语章节，为今后的翻译工作打下良好的基础。

### 3. 提高学生独立学习能力

英语文学阅读是学生运用自己的知识和学习能力对语言进行解读的过程。教师应鼓励学生通过阅读英语文学作品，理解文章的意义；运用师生互动或学生互动的方法，促进学生积极思考，这些都有利于学生在英语文学翻译方面的学习，提高他们的分析判断能力。教师完全投入教学过程中，可以提前准备一篇文章，让学生在课后自己分析，分析文章的内容，找出文章中的难点知识。之后，教师可以在约定的时间内，在课堂上进行统一的讨论和分析。在全班同学的共同努力下，理顺要学的文章，了解知识点，让学生有阅读分析与思考过程，实现自主学习能力的提高。

### 4. 融会贯通多种翻译技巧

英语的句型表达与中文存在差异，这就要求翻译者掌握不同的翻译方法来辅助翻译工作，如直译法、意译法及逆译法。只有在翻译过程中根据具体情况，采用适合的翻译方法，才能更好地翻译英语。

### 5. 明确学习规划

英语翻译是一门深入的英语专业课程，可以说是双语学习的更高阶段。在这一深入的学习过程中，需要一个正确有效的计划来提高英语翻译的效率。目前，我国的英语翻译教学在学习计划上有了一定的改进，如英汉翻译、汉英翻译、口语翻译、文学翻译等方面的课程，都有相应的教学程序，但仅仅是表面的系统还不足以使学生对英语翻译的认识更加深刻。教师要细化教学过程，厘清英语翻译教学中的每一个关键点，针对学生自身翻译能力的不足，精心策划。因此，只有明确英语翻译的学习计划，并且循序渐进地实行，才能从根本上提高大学生的英语翻译水平。

### 6. 借助有效的语法知识分析文章

借助有效的语法知识对文章进行分析，教师可以通过句子与句子之间的语法关系或人与人之间的关系，正确理解所读文章的语言特点，并通过分析获得作者所表达的信息，从而达到学生的阅读目的。因为在学习过程中并不注重语法知识，所以所学的知识只能是肤浅的，我们知道英美文学作品中有很多复杂难懂的句子。在阅读过程中，如果学生遇到难以解决的问题，需要及时向老师咨询。老师在帮助学生分析这些句子方面起主导作用。只有这样，才能在提高学生阅读速度的同时，提高学生的理解能力，丰富语法知识。

# 三、翻转式下的英语文学课堂活跃性探析

## （一）概述

课堂活动是吸引学生注意力、提高课堂效率的有效途径。然而，专业和课程特点的限制导致翻译英语文学课堂的活动不尽如人意。根据最新修订的《高等学校英语专业英语教学大纲》，英语文学被列为英语专业知识的主干课程。在传统的综合性大学或师范大学／学院中保留的"英语＋语言文学"的培养模式中，英语文学通常是高校英语专业的一门必修课，有严格的开设学期、学时以及年级和班级的规定，但在英语专业复合型人才培养模式"专业＋方向"中，如英语翻译专业的英语文学课程受到了严重的冲击和削减。为了追求以技术和市场为导向的"实用性"，英国文学课程被完全边缘化和美化。

由于专业和课程特点的限制，翻译专业英语文学课的教学活动不易开展。本书从翻转学习的角度出发，对翻译英语文学课缺乏互动性提出了一些策略和建议。

## （二）翻转式学习

翻转式学习就是让学生先独立学习，然后教师在课堂上以提问方式进行教学。这种学习方式是对传统教育体制的重大改革，极大地调动了学生的学习积极性，提高了学习效率。翻转式学习追求全面教育和素质教育的目标。这种学习理念使学生成为学习的真正主角，激发学生学习的积极性和创造性，使学习成为一种乐趣，最终实现教学的全面发展和质量提高。

翻转式学习提倡学生应该是学习的领导者，而不是教师，让学生主动选择和学习如何主动学习，而不是被动地接受教师的学习方式。翻转学习首先提倡"教育的目的是学习，而不是教"。这是因为在教育过程中，应该为学生提供多种学习形式供他们选择或实践。学生不必以同样的方式学习不同的内容。在"学习"的早期阶段，教师应该知道学生的主要责任是学习如何学习，他们可

以寻求帮助，但教师不能把学习强加给他们。

此外，翻转式学习还对本科教育的功能提出了具体的要求和说明。首先，本科教育要反对"实用主义"，要有趣味。大学应该关注那些对学生有内在价值的方面，即学习乐趣方面，而不是那些实际的外在价值方面。这样才能体现大学本科阶段的目标："提供一种环境，让学生有机会、有闲暇时间愉快地涉猎广泛的知识领域和各种人生体验。"这样的目标可以调动学生的学习积极性，培养学生的人文素质。在大学里，学习艺术可以是因为他们喜欢艺术，所以他们可以更好地享受艺术。学习文学、历史、哲学或各种科学则纯粹是为了学习的乐趣，头脑不必考虑从事什么样的职业。这样，本科教育最终实现了素质教育和全面教育。其次，翻转式学习还强调了本科教育应具备的另一项功能，即培养和鼓励学生的创造力，使学生能够不断发展学习的能力和终身保持学习的内在动力。这样才能在本科教育的学习过程中获得内在的回报和愉悦。

由此可见，翻转式学习倡导以学生为本的学习方式，重视本科教育的兴趣、学生学习的积极性和创造性，重视素质教育和综合教育的理念，这些要求同大纲不谋而合，也为翻译专业英语文学课堂活跃性的探索提供了一定的借鉴。

### （三）基于翻转式学习理念下的改善措施

翻译专业的特殊性及其专业框架下的英语文学课程特点限制了翻译专业的课堂活动。翻转学习的概念可以提高翻译专业英语文学课堂的活动性。因此，笔者结合自己的教学实践，试图根据《教学大纲》的要求，提出以下策略和建议。

（1）教材的合理选择。翻译专业的突出实用性，极大地制约和减少了英语文学课程的设置，使其成为每周两小时、一学期必修的考试课程。这种短而流畅的课程节奏凸显了选择合适教材是关键。英国文学教科书种类繁多，但大多是按历史时期和文学流派编排的，内容枯燥琐碎。与每周两个课时、翻译专业只有一学期的英语文学课程相比，这些教材势必使课堂难以取得良好的预期效果，使课堂显得无序、枯燥，严重挫伤了学生的学习积极性。

（2）考核方式的适当改变。课程的评价方法必然会影响课堂活动。传统的英语文学课程仍然采用闭卷考试的方式。这种评价方法导致对考试成绩的重视而忽视了学习过程的结果，也影响了学生在学习过程中的兴趣和积极性。

鉴于以上情况，翻译专业英语文学课程评价方法的改革势在必行。根据笔者的教学实践和翻译专业课程的特点，教师应尝试放弃让学生死记硬背的评价方法，取而代之的是一种能充分调动学生学习积极性的灵活的评价方法。总体设计如下：平时成绩包括出勤率、课堂演示、课堂参与和现场测验；最终成绩是基于自我命题，但需要有一些创新性的课程论文。平时成绩占总成绩的30%，期末成绩为70%。平时成绩中的课堂展示部分形式灵活多样，例如，英语诗歌朗诵、英语小说或散文介绍、英语文学典故解读以及英语戏剧角色扮演等，以充分为学生提供多种学习和展示方法，这也是"以学生为中心"而不是"以教师为中心"的翻转式学习方法的实践。当然，课堂参与能更好地调动学生的学习积极性。在课堂提问中，学生应尽量避开死记硬背的客观知识点，而注重表现能力、文学术语的翻译，以及深刻把握作品主题和文学流派特点的主观问题。在论文部分，我们要坚决防止平庸或下载抄袭，这也符合翻转学习中对创造力的培养和鼓励。

（3）师生和学生间的良性互动。近年来，大量研究证实，互动是语言课堂的关键。师生的积极互动是课堂活动的重要保证，因此可以采取多种方式进行。其中，教师提问，以及鼓励学生提问，然后引导学生回答甚至讨论，可以充分调动学生的积极性和课堂活动性。这与翻转学习要求本科教育要有趣味性和教师在课堂上提问的方法的本质不谋而合。以课堂展示为例，许多学生会选择古希腊罗马神话中的文学典故作为主题。这些话题会引起大多数学生的浓厚兴趣，让他们向主持人提问，主持人会再回答他们。有时，教师会参与提问过程，并在必要时指出错误和总结。学生陈述，师生问答、总结的良性互动，不仅增强了课堂的趣味性，而且激发了课堂的活跃性。

## 四、大学英语翻译发展特点

（1）精细化的发展特点。近年来，随着我国经济的快速发展和与国际接轨的日益紧密，国际人才已成为我国更重要的资源之一。大量的企业需要专业的英语翻译，大量的文学作品也需要英语翻译。可以说，英语翻译在中国越来越受到重视。因此，大学英语翻译应与时俱进，使英语翻译课程更加精细化，使学生毕业后能找到更好的工作。翻译是一门博大精深的学问，正因为如此，才更值得认真研究。精细化教学有助于学生加深对英语翻译的理解。只有在大学英语翻译教学中对专业翻译和文学翻译进行分工和管理，才能有效地提高翻译水平。

（2）体系化的发展特点。洋务运动以来，中国出现了一种特殊的英语翻译教学。这一时期，英语翻译教学方法僵化，教学资源不足，缺乏良好的教育体系，培养的学生不尽如人意。在教学体系中，教学主要是由浅入深，由点到面，让学生对英语翻译有一个全面的了解。英语翻译学习也应该有这样一个完整的学习体系，这样才能不断地把自己包裹在这个体系中，变得越来越强大，形成一个坚实的英语翻译知识网络。

（3）个性化的发展特点。与数学问题只有一个答案不同，英语翻译并不是只有一个正确答案。由于每个译者的思维、文化水平和对英语的理解不同，英语翻译并不是只有固定的内容。有的译者更喜欢直译的准确性，有的则在强调准确性的基础上增加一些成语或古语。中国文化博大精深，不同的词表达相同的意思是很常见的。因此，在英语的教学过程中，某个英语单词可以被翻译成各种各样的词汇。但是，也有学生认为直译对本土人民来说是一种更简洁、更有效、更易懂的翻译方式，也有学生认为将英语翻译成汉语，使用更优美的词汇，可以反映出我们的中华文明博大精深。在大学英语翻译教学过程中，教师应肯定这两种翻译态度，突出英语翻译专业大学生的个性，使英语翻译更加灵活多变，并将其应用到更多的场合。

## 五、英语文学翻译教学的实践分析

（1）诗歌作品翻译。文学翻译中最重要的是传达文化意境，尤其是诗歌翻译。诗歌是一种表达人物丰富情感世界和各种复杂形象的简短语言，其中情感与意象共同构成诗歌的意境。在英语诗歌翻译中，译者不仅要有深厚的文化基础和较高的审美水平，而"要懂得汉英诗歌的写作技巧。英语诗歌的翻译主要从以下几个方面进行：第一，要多次朗诵翻译文本，了解所要翻译的文本的韵律，揣摩最佳的翻译词汇；第二，要抓住英文诗歌中的关键词，了解诗歌的主要大意（包括诗歌描述的景色和人物情感）；第三，抓住意象，感受意境；第四，根据中文和英文之间的语言差异，感受诗歌翻译技巧；第五，再次朗诵，感受中、英文两种意境，揣摩用词。

（2）小说作品翻译。小说是一种叙事与故事相结合的文化载体。小说的表层结构与故事情节的发展相关联，在翻译过程中不能随意改变或重组。然而，在实际的翻译中，英汉语言在形式上会有很大的差异。如果没有调整，就无法实现翻译，应做出适当的修改。这里所谓的改编，主要是指一些词和短语，有时是一句话，有时是为了使翻译后的小说更流畅，个别句子会进行调整，但小说的表层结构不能随意改变，所以在调整小说的表层结构时，要保证原作的场景结构文本不能被破坏，也就是说，当调整被限制时，场景边缘不能被跨越。

# 第四节　新媒体视域下的英语文学翻译思维探析

## 一、英语文学翻译中引入新媒体理念的重要性

基于自身的特征和社会环境下的传统英语文学翻译模型，实际上并没有考虑国家民族主义、地理区域和传统文化等之间的差异。在新媒体时代，英语文学的翻译经历了跨越性的变革：使用先进的新媒体技术。因此，我们不仅可以在互联网上找到相关的翻译内容，而且可以在基于大数据的多媒体平台上学习高级英语翻译思想和技能。这一进步促进文化交流以及商务和政治沟通，具有积极意义。因此，如何充分利用新媒体的优势来提高英语文学翻译的效率和质量已成为一线教育工作者面临的关键性难题。

近年来，中国英语文学的翻译仍然符合传统的写作习惯。这就导致了翻译内容的刻板枯燥，即使句子翻译过来流利，单词可以表达简单的意思，但总体效果并不理想。随着新媒体技术的出现，世界各国对文化的需求不断增长。如果文学作品在英语翻译中仅使用自己的文学术语，那么整个作品的阅读效果将大大降低。但是在新媒体技术的支持下，可以通过互联网以直观的方式向世界各地的读者宣传中国丰富的文化意义。此外，在英语文学翻译中引入新的媒体技术，对于提高译者的翻译效率，改善和优化英语文学翻译的思想，提高文学作品的翻译质量也可以起到积极的推动作用。

## 二、新媒体下英语文学翻译的问题

（1）缺乏同时具备两种文化的专业人才。随着社会的发展进步，读者的阅读体验感要求越来越高。传统英语文学翻译模式的采用不仅影响读者的阅读，而且质疑作品本身的意义和价值。一些翻译者对文学知识的了解程度相对较低，但他们专注于翻译的速度而不是文学作品的质量，以便尽快完成任务。有时，许多翻译人员在无法正确翻译某些句子模式或语言时，会在阅读者阅读时使用歧义词造成严重的歧义。这就要求翻译英语文学时，学生需要扎实的中国文学基础和对古典文化的理解。但是，鉴于中国目前的情况，迫切需要兼具两种文

化翻译技能的专业性人才。

（2）提高翻译质量是关键。在英语文学翻译中，经常会出现翻译准确度低的问题，这不仅影响文学研究的质量，而且影响读者的阅读热情。各国许多伟大的文学作品都是以书面形式交付的。对于其他国家的读者而言，阅读是理解本土传统文化的最重要方式。因此，为了满足读者的需求，有必要保证英语文献的翻译质量。由于国内交流的语言是中文。译者的主要目的是将文学作品翻译成英文，但是使用直译并不容易，因此译者需要深刻理解中国文化背景和文学作品的创造力。

## 三、新媒体视域下提高英语文学翻译思维的有效途径

（1）通过形象思维，增强英语文学翻译效果。形象思维在翻译过程中的使用，实际上对减少翻译错误和翻译问题十分有效。因此，在翻译教学过程中，教师可以利用新媒体在教室中播放英语视频片段，诸如《简·爱》这一经典英语文学影视作品，节选简和罗切斯特会面的这一场景，并在多媒体屏幕上配上英语字幕，以供学生翻译。播放结束后，老师可以依次核实学生的翻译，然后根据学生的译文进一步分析这些译文的特征，我们可以发现翻译对比原文来看，其内容并没有进行完整传递。这就表明在进行英语文学作品的翻译时，应指导学生适当使用注重形象思维的描述手法，只有这样才能使翻译译文更具魅力和艺术效果。

（2）运用扩展思维，满足读者的审美需求。在人物立体形象塑造方面，可以说中国古典小说的描写手法极其细腻又辞藻优美，在世界的影响力极大。其中人物塑造中最具代表性的作品之一，是中国四大名著—《红楼梦》。我们可以借助新媒体技术播放《红楼梦》视频剪辑，同时教师可以发布原始汉语供学生进行英语翻译。这就表明，要想表现出当时的人物情景，在翻译过程中必须注意开阔思维，识别词性，结合语境，以增强读者的阅读体验，满足读者的审美需求，这样才能完美地得出译文。同样，文学翻译本身就是恢复事实并追踪其起源的过程，因此不能采用"直译"的翻译手法，否则将会损害原始文本和读者的阅读心情。

（3）融入情感思维，深化文学意境。在翻译诗歌和文学作品时，应注意诗歌的情感表达。在数千年的诗歌文化中，中国诗歌有着无与伦比的情感和意义。因此，在诗歌翻译过程中，译者应该理解诗歌并解读诗歌的意境。诗歌翻

译中最重要的是要达到"神似"这一翻译境界。与其他国家不同，中国诗歌历史悠久。因此，我国对诗歌创作、诗歌阅读的态度非常严谨，既有严格的形式要求，又有精神和意境并存的艺术审美要求，这就是中国古诗词中强调的"形神兼具"的特点。因此，在诗歌翻译中，译者必须从读者的角度理解诗歌，提取诗歌中包含的意义和情感，然后用另一种语言进行思考以恢复诗歌含义的主动性，并完整地传达给读者。

不得不提出，由于中西方文化和文学思维方式之间的差异较为明显，因此在翻译过程中对语言文化的融合造成了层层阻碍，最终导致诗歌的内涵和诗人想传达的美好愿望无法延伸到读者的心灵深处。例如在翻译诗经中的《关雎》这一诗歌的经典节选："关关雎鸠，在河之洲，窈窕淑女，君子好逑。"短短的 16 个字，实际上可以延伸出一个浪漫的爱情故事，其写作手法包含了暗笔，需要读者切身体会，用心探究。因此，只有我们花心思去理解诗歌内容，才能切实感悟到这一诗歌的艺术美。

综上所述，要从新媒体的角度提高英语文学的翻译效果，必须运用形象来拓展情感思维，以教材为核心，采取有针对性的方式，并结合新媒体技术对学生的翻译进行分析和总结，从而全面提高英语文学的翻译水平。

# 第六章　英语文学教学及其改革概述

英语文学教学作为高等学校英语专业教学的重要组成部分，其意义和作用在于使学生通过阅读分析英语文学作品，深化在基础阶段所学的知识，提高语言运用能力，增强对西方文学及文化尤其是英美国家文学和文化的了解，培养文学鉴赏力和审美的敏感性以及敏锐感受生活、认知生活的能力，进而从整体上促进学生人文素质的提高。本章将围绕英文文学教学及其改革展开研究。

## 第一节　英语文学欣赏的层次与境界

### 一、英语文学欣赏层次与境界概述

英语文学教育旨在培养学生的能力，即在使学生具备英语语言能力的基础之上培养学生的英语文学欣赏能力；或者说从语言能力培养入手，逐渐培养文学欣赏能力。英语文学教学的主要目的是帮助学生掌握一些基本的文学知识与常识，重点培养学生的文学欣赏能力，进而提升其综合素养。

根据学生的文学欣赏能力，文学欣赏可分为不同的层次与境界，从基本的层次逐渐上升到比较高的欣赏层次，是一个盘桓上升、依次进阶的发展过程。文学阅读者从最初简单的阅读者经过系统而科学的训练逐渐发展成为训练有素的文学欣赏者，甚至是专业的文学研究者、评论家。文学阅读欣赏大都可粗略分为语义、语篇和审美三个层次。

不同层次和年龄的读者都可在莎士比亚博大精深的剧作中寻找到适合自己的部分，从故事情节、性格冲突、遣词造句、音乐般的节奏到深刻的含义等。我国古代著名文论家刘勰在《文心雕龙·辩骚》里评论屈原和宋玉的楚辞对后世诗人的影响时也曾指出："故才高者苑其鸿裁,中巧者猎其艳辞,吟讽者衔其山川,童蒙者拾其香草。"刘勰认为,后人并没有真正认识到屈原作品的精髓,只是"荒其鸿裁""猎其艳辞""衔其山川"和"拾其香草",模仿其艳辞华彩。那些才能较高的人可以从屈原、宋玉的楚辞中获取重要的思想内容;具有小聪明的人则可学到优美的文辞;一般阅读者所喜欢的不过是那些关于自然山水的描写;比较幼稚的人则只能明白关于美人芳草的比喻。刘勰指出这一点,说明他意识到在文学创作中有两种不同的创作倾向,他早已注意到了文学欣赏的层次以及欣赏者的不同层次。周国平也曾指出:"对于不同的人,世界呈现不同的面貌。在精神贫乏者眼里,世界也是贫乏的。世界丰富的美是依每个人心灵丰富的程度而开放的。"在文学欣赏中,读者应逐渐使自己成为内心丰富的人,唯有如此才能欣赏到丰富多彩的文学之美与艺术之美。由此观之,每个欣赏者因不同的欣赏层次与能力,可分为若干个层次;也可根据欣赏者在不同欣赏阶段的欣赏水平与能力,把文学欣赏分为若干欣赏境界。

优秀的文学作品如取之不尽、用之不竭的宝藏,任何探索者、每一代人都能从中发掘出属于自己的宝藏,而无须担心会耗尽它美的储藏。随着人们年龄的增长,这些优秀的文学作品在人们面前越发呈现出日益丰富的景象。从阅读文学作品中,人们不仅获得了无尽的美的享受,而且更加深刻地理解了别人与自己。这些优秀的文学作品还给人们一种以超然态度观察自己与世界的能力,人们会逐渐把自己的有限生命看作无限永恒生命的一个部分,达到人生豁然开朗之境界。文学作品的欣赏不仅可以陶冶性情,而且可以开阔胸襟,涵养浩然之气。经过优秀文学作品涵养与滋养过的人,不仅精神生活丰富、感情细腻,而且志趣高远、气宇轩昂。优秀的文学作品还给人们一种圣洁的美感满足、美学享受。此外,文学作品还能够帮助人们认识历史、认识社会、认识自然、认识生活。

在文学欣赏中,从最基本的语义层面,稳扎稳打,步步为营,逐步进入语篇的开阔地带,统揽全局,然后在总体把握语篇之后,再从审美的高度居高临下审视文学文本,不仅感受美的文辞、篇章,而且还要感受美的意象与意境,达到审美的最高境界。一般而言,人们总是从最基本的阅读开始,从微观到宏观,逐渐进入审美的纵深层。

## 二、英语文学欣赏的具体层次

### （一）语义层面——文学欣赏的开端

任何文学欣赏都必须从语义、文辞的基本层面开始，先在微观的层面获得比较初始的美感。文学家在运用他们的形象思维再现生活时，既要巧妙运用语言、遵守语言规约，更要发挥自己的创造性，偏离语言规约，另立一套自己的语言规约。因此，读者不仅要理解语词的理性意义和联想意义，更要洞悉语词的超常规意义，读出语篇的字里行间意义。

英语文学欣赏通常借助汉语译本或直接阅读原著领略其深刻含义，不再依赖译文，客观上也造成了外国文学期刊读者的流失。不管是借助汉语还是直接阅读英语原文，都存在英汉两种语言词义理解问题。本书主要研究英语专业的学生如何直接利用英语原文阅读欣赏的问题：就英语专业的学生而言，虽然是在直接阅读原文，所欣赏的对象是英语文本，但是他们大多需要借助英汉词典或由英汉词典逐渐过渡到全英词典。在语义层面上，英语词与汉语对应词在语义、语用以及文化等特征上很难一一对应，英汉词语的不等值／不对等必然会给文学欣赏带来许多问题，影响阅读者对于原文语言信息的接受，还会影响阅读者对于原文审美意象、意境等的欣赏和感受。

一般而言，"英语词和汉语词在意义上有完全对应、完全不对应和不完全对应三种情况。其中，最值得注意的是不完全对应关系。这种关系不仅表现在词的多义现象的参差交错，而且表现在同一义项的内涵差异上。有的词，其英语形式和汉语形式表面上似乎完全对应，实际上意义相距甚远，用法各异，不解释原词的意义而将二者等同，势必会造成意义理解上的混乱"。英语词在汉语中的对应词大致有三种情形。

第一，完全对应／等值：专业术语和物体称谓，如 Physics= 物理，bike=自行车。这一情形比较少，尤其在文学领域更是少之又少。

第二，不完全对应／不同程度等值：英语词与汉语对应词在语义、语用和文化特征等方面重合部分的大小不同。这是英汉两种语言在语义对应方面的主要情况。

第三，完全不对应／不等值：某些英语词汇在汉语里基本没有对应词，因为它们表示特殊的语言和文化现象，在汉语文化中不存在或情形完全不同。

在英汉词语的三种关系中，最值得研究的是不完全对应。不完全对应的词语及句子、语段在双语转换中占绝对优势。这正是必须采用诸多变通手段的依据，而且不完全对应有细微的程度差别，多数词语属于此范畴。

在词汇这个层面，作家为了达到自己的文学目的，采用了一系列手段，选用文化含义丰富的词汇、用典、双关语、倒装等使词汇的含义变得丰富，容量增大，让读者感到有味道、有韵味。只有当读者对这些手段了如指掌时，他才能进行语义层面的欣赏，感受到文学语言之美。

## （二）语篇层面——文学欣赏渐入佳境

语言学家们对语篇的概念至今未达成共识。有的认为语篇包括书面语言和口头语言；有的认为语篇不包括口头语言，只包括书面语言；有些语言学家用"text"指"书面语言"，用"discourse"指"口头语言"。从功能主义、结构主义、社会互动理论等不同视角出发，语篇的概念也会有所不同。总体来说，语篇涉及所运用的语言、句子层面或句子层面以上的语言、用于进行意义互动的语言和在不同场景和文化语境中的语言。如果说在语义层面，欣赏者是"只见树木，不见森林"，仅仅"品尝"到优美的文辞与语句而已，那么到了语篇层面，则是能够从总体上把握，可以窥见文本之全貌，对文本之精髓与梗概了然于胸，避免了语义层面的狭窄与局限，渐入欣赏之佳境，为最后进入审美层面做铺垫与过渡。

进入语篇欣赏前，必须逐渐培养起欣赏者的文学欣赏能力，否则，便不能从语篇的层面欣赏文学作品。这个阶段非常重要，它承前启后，承继前面语义层面的欣赏，开启后面审美欣赏，在这个过渡阶段，读者的文学欣赏能力逐渐养成。卡勒指出："……任何一个对文学毫无了解、对文学作品阅读之法不熟悉的人在面对一首诗时总感到一筹莫展。他的语言知识使他能够理解词组与句子，但这一系列奇怪的词组意味着什么，他甚至连表层的意思都不知道。他不会把它当作文学来读……因为他缺乏复杂的文学欣赏能力，具有这一能力的人则可继续阅读并欣赏它。他还没有把文学的'语法'内化到自己的知识结构里，否则他就能从语言系列词组中读出文学结构和文学含义。"关于文学阅读和欣赏，可以有不同的释读，甚至还可把自己的思想赋予作品，"虽然对于一个文学文本没有终极性阅读——意义总是受读者与作者制约，因为它产生于读者与作者的关系之中，但是由于误读密码，人们会对文本产生不正确的阅读反应"。文本中的"密码"不仅有语言方面的，还有语篇等方面的，如不同事件的相互作用、人物之间的关系、各种思想与价值观念的碰撞、各种不同文体之间的相互"嫁接"以及与文本之外世界的交互作用。文学欣赏是指通过揭示文本的伪装，破解文本的密码来诠释文本的"微言大义"之处。所有这些构成了文学的惯例或规则。但是不同作家在自己的创作中除了继承文学传统之外，还会把自己独特的个性与创新的内容和形式熔铸到作品里。文学欣赏能力就是指对这一切了如指掌，具有破译"密码"的能力，知道哪些是惯例，不断引导读者的阅读过程，决定读者的期待视野。他还应知道优秀的文学不仅要继承传统，更要创新。具有文学欣赏能力的人在欣赏过程中自会识别那些并不一定显现的规则或怪异之处，保持对文本的高度敏感，不想当然地把文本中自己不能破解之处统统归结为"赘词""冗句"。其实在文学大师的笔下，那些看似闲笔之处，往往是作家的用心之处。

文学欣赏者总是根据自己的人生经验和文学体验解读作品，继而加深对文学所描绘的这个世界的认识。文学家往往会在自己的创作中有意打破读者的期待视野，以不断更新人们的审美经验，进而促使读者生活实践的期待视野也不断得以更新，如故意给作品一个"开放式"的结局，或者对作品人物或事件不下判断，还有干脆把作品里很多传统上"帮助读者"的线索掐断，使整部作品的时间界限和空间界限模糊，把读者放在一个"智者"的位置，使阅读过程变成一个妙趣横生的发现和探索的过程，甚至是一个再创造的过程。这不仅增加了阅读的难度和挑战性，也平添了欣赏的乐趣与刺激性。20世纪现代派文学作品在这方面就是典型的例子，到了后现代派文学甚至走得更远，读者的阅读不仅是发现和探索的过程，读者永远无法知道自己在探索中所获得的和发现的究竟离作者的意图有多远，甚至不知道究竟作者有没有意图。因此，读者永远处于不确定的状态，让人感到作者创作之初仿佛没有任何意图或永远无法知道作者意图。

文学文体是一种特殊的文体，是在崭新的文学语言规则约制下完成的语言审美创变过程，同时以构成人类重要生存基础的语言行为为依托。它与其他文体迥然不同，其特殊性在于它对于语言惯例与常规的不断偏离与经常违背。文体研究可帮助人们理解语篇的文学含义，尤其是文学中的偏离现象，"文学语言不见得偏离常规，但作家往往为了产生某种效果，微妙地或明显地偏离上下文的常规。"那么，什么是偏离呢？"语言现象出现的频率超高或超低都构成一种偏离。但是，只有出于美学目的的偏离才具有文学意义。"看来只有作家有意识地、出于美学目的的偏离才是有意义的偏离，才能产生美学意义。

## （三）审美层面——文学欣赏达到极致

审美层面可以说是文学欣赏的最高境界。如果说语义层面是欣赏的开始，即基础层面，语篇层面是慢慢进入佳境的过渡阶段，那么审美层面则是文学欣赏的真正主体部分。不达此境，不能说是真正的文学欣赏，或者说文学欣赏尚有诸多缺憾，仍需奋力前行，以求"登堂入室"达到审美境界。纵观中西方美学史，审美概念的发展变化都是以审美体验或审美经验为中心的。审美概念最初由德国哲学家鲍姆嘉通提出。此后，黑格尔（G.W.F.Hegel）也是在调和主客体关系意义上理解审美和审美经验的。审美经验在黑格尔那里便是主客体自由、和谐的审美经验。审美层面应是开放性的，具有无限可能性，因为语言之美就是开放的，具有无限性。一般而言，审美受审美主体的审美价值观与审美能力的制约。审美价值观决定审美主体对不同美学形态的喜好趋向，审美能力则直接制约着审美主体对美所感受的多与少、强与弱等。

然而，这样的释义改写或翻译表述都是不得已而为之的，很难把欣赏者在面对文学文本时胸中荡起的审美巨澜惟妙惟肖地描绘出来。俄国形式主义理论家们甚至拒斥对文本意义与文本形式的剥离，文学巨匠列夫·托尔斯泰甚至否定文学文本改写的可能性，拒斥任何形式的同义表达，"如果我想用文字说出我打算用长篇小说来表达的一切，我就得从头开始写出我已经写的那部长篇小说……在我所写的一切和几乎一切东西中，主宰我的是要把相互贯穿的思想连缀起来，以便表现自己，但是如果用文字表现的任何一个思想从它所在的贯穿关系中抽取出来，它都会丧失其含义，而大为减弱，这种贯穿本身不是由思想，而是由某种别的东西造成的，而这种贯穿的基础是直接用文字无论如何也表现不了的；只能间接地——用文字描写形象、动作、情景才行"。托尔斯泰所说的"某种别的东西"是指文学文本意义所赖以形成的形式建构过程及文本生成的形式本身，"由于作品意义和语言的这种不可剥离性，在文学中永远不存在换了一种说法而不损害作品的意义的。直接用文字无论如何也表现不了的"某种别的东西"，不就是超越具体有形描写的意蕴吗？再如《红楼梦》，如果不能把握超越具体描写之外的哲理意蕴，那么所看到的只是贵族生活的琐琐碎碎，男男女女，吃吃喝喝，玩玩乐乐。这还有什么意思呢？毋庸置疑，从这个意义来讲，任何文学简写本、缩写本等改写形式的文本都会或多或少地损耗掉一定的文学意义。这里举例仅仅为了说明文学阅读欣赏的审美阶段，读者只要从中感受些许道理就可以了。

为了行文方便，文中把文学欣赏的三个层次机械地分开。事实上，在文学阅读和欣赏过程中，它们的界限是很难划分的，往往是你中有我、我中有你，相互重叠，浑然一体。从最基本的语义入手，但并不等于此时的欣赏者只能看到"树木"，他或许对"森林"也会有一点隐隐约约的朦胧之感，初步感受到文学语篇优美的文辞；在语篇的欣赏中，有时为了透彻理解和欣赏，对某个重要的、文化含义丰富的词汇尚需做深入的探究，方能更加有效地把握文学语篇、感受一以贯之的文气；最后的审美欣赏完全建筑在语义和语篇的基础之上，但它既是对欣赏的深化和提升，又是在总体上和宏观上对文学文本美学意义的感悟。这不仅要求欣赏者具有扎实的语言基本功、语篇理解能力，更需要欣赏者具备良好的文学鉴赏能力和感悟能力。

# 第二节　英语文学教学存在的问题与改革思路

## 一、英语文学教学的重要性与必要性

文学与目标语语言、文化、人文素养之间存在着不可分割的关系，英语文学教学是英语教学中不可缺失的部分。

### （一）文学与语言

文学是语言的艺术，又是艺术的语言。生动的语言特征在于其源于生活，又反映生活，具有形象生动、凝练精美、典雅深邃的特点。英语文学课程选取的文学作品往往是英美国家语言的精华，为学习者提供了最好的英语学习和模仿素材，能有效地锻炼学生的语言能力，综合提升学生的听、说、读、写、译水平。英语文学作品本身就是一个丰富的语料库，包含不同地域、民族、时代作家的作品。学生通过阅读诗歌、散文、戏剧、小说感受鲜活的语料，沉浸在作者基于现实生活并经过艺术加工创造的世界里，饱览异国的风土人情和自然风光，体验经典文学语言的精髓和魅力，在学习和模仿中不断提升自己的语言水平，并接受人文、美学、哲学及人类文明的熏陶。这不仅有助于提高学习者对英语的语言感受能力和运用能力，也有助于提高他们的艺术鉴赏能力。

## （二）文学与文化

学习一门外语的原因，其一在于它的工具性，其二在于它的人文性和思想性。作为文化载体的文学，能有效地反映一个民族各方面的文化因素，可以说文学浓缩了一个民族哲学、美学、人文等方面的知识。英语文学所包含的丰富内容和知识为学习者提供了解英美文化背景知识的绝好机会。学习者超越时空的限制遨游于浩瀚的英语文学海洋中，仿佛亲历英美人民文明和西方文明的进程。英语文学是世界文学视野和历史的重要组成部分，对英语文学的学习和鉴赏可帮助学生学习到更多的文学技巧和方法，提升其文学欣赏能力，拓宽其视野，使他们接触到不同的思维方式。只有大量阅读能够反映出英美人民优秀文化的文学作品，才能有效地提升英语学习者的语言涵养和文化素质。

## （三）文学与人文素养

人文素养是事业成功的重要因素之一。英语文学课程是学生人格自我完善、提高文化素养及自身素质的重要学习内容。就丰富知识、开阔视野来说，很多经典英语文学作品都充分反映了英美民族的社会现实和历史变迁，学生可以英美文学作品为桥梁，对英美国家的发展状况进行直观而全面的了解，由此不断优化知识结构，开阔文化视野。例如，通过乔叟的作品可以了解神权的至高无上，通过莎士比亚的戏剧可以触摸中世纪人文精神的萌芽，海明威的小说则让读者看清人民的反战情绪和美国民主的实质。

通过英语文学课程的学习，一方面，学生可以获得一定的文学基本知识；另一方面，学生品读、鉴赏文学作品的能力可以得到有效的培养和锻炼，从而进一步提升当代大学生的审美品位，陶冶他们的情操，培养他们用心感受生活和体验世界的能力，激发他们的同情、怜悯、包容之心，如此，有助于他们增长智慧、净化灵魂。这些高尚的道德品质无疑是当代大学生人文素养的重要内容。

## （四）文学与跨文化意识

英语文学课程有助于当代大学生跨文化意识的培养。在当今社会，能够对英语语言本身熟练运用，却欠缺目标语国家文化背景知识的英语专业毕业生，已落后于时代发展要求。综合型与复合型英语人才成为各领域各行业急需的对象。因此，高等教育必须注重大学生跨文化意识的培养。英语文学课程蕴含英美国家的文化知识，通过学习，学生不仅能丰富自己的西方文化知识，还可从中国文化的视角更好地审视西方文化和文明，思考中西方文化的起源和异同，从而培养自身的跨文化意识。这种跨文化意识对跨文化英语人才的培养尤为重要。

## 二、英语文学教学改革思路

### （一）选用合适的教材，合理设置课时

教材是教师授课和学生学习的主要依据。在选择教材的时候，要根据学生的实际情况，选择难易程度适中的课本；要根据教学内容的多少，合理设置课时，真正地做到优化教学资源、节省教学时间。

### （二）采用灵活的教学方法，充分调动学生的积极性

教师应利用现代化的教学手段将文学课程置于网络环境下，改变英语文学传统的教学模式和学生的学习方式，形成集读、看、讲、写于一体的教学模式，充分调动学生的积极性，使其由被动学习转化为自主学习。

1. 读

让学生大量阅读经典名著，把握英语文学的精髓。英语文学的学习是以阅读大量文学名著为前提的漫长学习过程，如果不大量涉猎英语文学名家名著，就无法真正理解文学的发展脉络、文学流派、时代主题等。建议教师在每学期开课之前，根据英语文学发展的不同阶段，列出各个时期最具有代表性的作品，让学生有计划、有目的地阅读英语文学名著，多写读书笔记，养成良好的阅读习惯。

2. 看

让学生观看经典英语文学电影，感受文学作品魅力。建立英语文学视频库，按照授课内容给学生播放相应的影片，以便学生加深对文学作品的直观印象及感受。根据教学计划，列出每学期学生应观看的英语文学经典影片。为了减少盲目性，可在观看之前引导学生对作品进行细读，如作品中人物的性格、对时代背景的反映、所表现的重大事件、语言艺术，在观看之后对这些问题进行讨论。

3. 讲

让学生自己选择一位作家，参与课堂设计和资料的搜索、查找工作，发表看法和感受，进行课堂设计和讲授。这会促使学生自觉地对某个作家、作品或背景知识进行了解。学生在消化吸收并形成自己的看法和感想后进行授课，和同学们一起讨论。这种做法有助于学生增强对文学作品的鉴赏能力。

4.写

按照授课计划，定时给学生布置撰写文学论文的任务。首先，这会促使学生主动地、有意识地寻找知识的重点，针对较有价值的一点挖掘更深一层的含义和蕴藏的价值。其次，促使学生对于知识的来源、看待问题的视野不再局限于教科书，而是把目光投向图书馆、阅览室以及网络。他们要对浩繁的资料进行判断、选取并加以利用，这无疑能够培养并锻炼学生的自主学习能力。

## （三）充分利用现代教育技术手段，全面提升教学效果

随着科学技术发展和办学条件的不断改善，各高校认识到利用现代科技手段提高教学水平的重要性，在教学中运用多媒体技术已成为高等教育的发展趋势。英语文学课信息量大，理论色彩浓厚，而且具有很强的形象性，再加上大量的文学名著已被拍成电影，使得文学教学采用多媒体教学成为可能。在教学实践中，教师可以利用网络、多媒体和影像资料等手段备课、上课和进行课后检查辅导。具体做法是，教师在课前准确把握和分析教学目标及教学内容，充分准备和设计信息资源，对网络信息进行筛选、整理和提炼，然后利用计算机技术制作好相应的电子课件。在课堂上，教师可以根据需要穿插介绍背景及知识点，放映名著片段，设计问题，让学生思考和讨论，引入名家观点或点评，并留思考题，指导学生在课后继续通过网络寻找相关信息，以达到深化学习的目的。

# 第七章　课程与英语文学教学改革

英语文学课程是英语专业教学的重要内容，加强学生对文学作品的鉴赏能力能有效提升学生的人文素养。英语文学课程教学要求学生对作品进行深层次的解读，为了实现这一目标，学生要掌握扎实的语言基础，了解中西方文化差异，能够熟练使用修辞手法。如此才能提升自身的审美能力和鉴赏能力，体会和理解作者的写作意图和情感思想。本章主要介绍的是课程与英语文学教学改革的相关知识。

## 第一节　课程与英语文学改革概述

### 一、英语文学课程与综合英语课程之间的渗透

#### （一）英语文学课程中综合英语课程知识的渗透体现

文学作品本身是有着极强的时代性特征的，因为各种文学作品都是作家对于其所处时代的真实感受。因此，要想了解文学作品所具有的真实内涵，不仅要掌握作家所处的时代所具有的文学气息，还需要在作品中融入自身的感受及体验，从而与作者实现深层次的交流及沟通。从英语专业的角度分析，学生在阅读英语文学作品时，想要对作品真实的意图与意境进行掌握，就需要真正地融入文学作品之中开展深入的探究，从而掌握作品所具有的艺术特色及形式，使其阅读鉴赏的能力得到充分提升。也就是说，在开展教学的过程中，教师必须根据文学的理论以及概念，并依据英语文学作品主要的类型开展分类教学，保证其教学具有较强的针对性。

## （二）综合英语课程中英语文学知识的渗透体现

在进行综合英语课程教学的过程中，大部分单元内容和英语文学之间是有着紧密联系的，并且其内容基本是英语文学作品。即使英语文学知识不是综合英语课程的核心部分，也是不可缺少的内容。英语文学知识需要依照英语文学的作品对课后习题进行设计，而所设计的习题基本上与文学知识以及作品有着直接的关系，目的就是要使得学生能够更加深入地掌握与了解文章及作品。

此外，在进行综合英语课程分析的过程中，需要引进一定的诗歌题材进行阅读理解。这就需要教师对于阅读理解的内容进行充分的了解，并适当地拓展一些课外的内容，使得学生掌握相关文学知识，从而使得学生自身的英语鉴赏能力及感悟都得到充分的提升。

# 二、课程理念的反思与英语文学教学改革

## （一）现代主义和现代课程理念

关于现代主义始于何时，众说纷纭。翻阅史集，不难发现，15 世纪到 18 世纪，一些历史事件促进了西方社会由前现代时期向现代时期转变。这些事件既标志着也推动了现代时期的到来。这些事件包括1439年古腾堡采用活动字体；1520 年路德反对教会当局；1543 年哥白尼发表《天体运行论》；1630 年笛卡儿发表《逻辑和知识哲学》及伽利略对天文和机械的贡献；1687 年牛顿出版了《自然哲学的数学原理》；1776 年瓦特（Watt）改良蒸汽机，工业革命到来。笛卡儿强调物质和运动是自然的根本特性；牛顿的物体存在的形而上学论着眼于空间和时间，从诞生以来，就对科学思维有着巨大的影响。17 世纪，笛卡儿、牛顿的思想和亚里士多德思想分道扬镳，强调知识哲学和形而上学正是基于自然研究的量化和科学研究的数学化。自然研究的量化和重视无生命物质偶尔相互作用为现代科学发展设定了日程表；同时提供了宇宙的内部结构图，这种机械观为潜在的控制逻辑提供了肥沃的土壤。

控制的逻辑是科学的理性和现代主义的基石。这种逻辑的产生可追溯至中世纪机械钟的发明。时间本身由于机械钟的发明被赋予了新的意义，并促进了可量化的宇宙理论的发展。

现代课程研究形成于 20 世纪初。这个时候现代主义正处于黄金时代。它以课程开发为核心，目标指向行为和结果的改善。在现代范式中，课程是指令

性的传输计划，它突出程序和指令的执行，这些指令被认为具有普适性。它以自然科学为依据，遵循经验证实原则，坚持自然科学的方法和程序，尤其从量化的角度分析和处理问题。这种技术观点导致对预言和控制的兴趣，乐于对过程做简单化处理。

### （二）后现代主义及后现代课程观

后现代主义源于人类知识的迅猛发展，量子物理学和相对论的诞生更是有力地促进了后现代理论的发展。后现代主义的产生有其独特的政治经济背景。第二次世界大战和越南战争之后，生产国际化迅速发展，劳工市场重新组合。非全日性工作人数增加，临时用工增加，自办企业人数增加，妇女就业人数增加，第三产业就业人数增加。与此相反，传统领域里的从业人数减少。大企业雇用人数减少，中小企业雇用人数增加。大量增加的承包与转承包使得生产更具灵活性。通过发放允许生产证书和授权生产等方式将大规模生产化为小规模生产。人们因此要求更多的自由，也须承担更大的责任。管理人员则要求去"中心"，精简管理。技术方面，集装箱运输、集成电路、航天工程、基因工程、新材料和数码技术大幅度地提高了生产率，让人们可以选择不同的生活方式。简言之，生产率提高，人们要求减少控制、增加灵活。此外，20 世纪 60 年代，西方激进政治运动（如法国 1968 年 5 月学潮）对后现代主义也有影响。

后现代课程研究起始于 20 世纪 70 年代的概念重建活动，它推动了课程研究。20 世纪 80 年代又出现了批判性后现代理论和建设性后现代课程理论。前者主要对传统的课程理论展开了批判，揭示其二元论的认识论根源及其表现；后者除了对传统课程理论展开批判外，还试图建立一种超越传统课程理论的新课程理论。

## 三、英语文学课程教学的重要性

《大纲》中指出："文学课程的目的在于培养学生阅读、欣赏、理解英语文学原著的能力，掌握文学批评的基本知识和方法。通过阅读和分析英语文学作品，促进学生语言基本功和人文素质的提高，增强学生对西方文学及文化的了解。"

教师和学生应该认识到蕴含在文学作品中的人文精神的坚固内核凝聚着对至真、至善、至美的不懈追求，凝聚着对人的灵魂寄托、人的生死意义的深切关注。人文精神是不朽的——岁月磨不碎，强权压不碎，拜金浪潮也冲不碎，这正是全面提高素质教育所需要的。在当今的商品经济社会里，文学的作用就是能够以其思想内容和艺术形式影响个人，进而影响由众多个人组成的社会。英语文学能起到的最大的积极作用就是弘扬人文精神，提高人的素质。因此，它的教育功能是显而易见的，文学教师应该利用这一功能为"教书育人"的宗旨服务。

现在许多人在谈教育的理念、大学的理念，在笔者看来，这个理念应该就是人文精神。人文精神是教育的灵魂，它决定了教育的使命、目标和标准。没有人文精神，教育就没有灵魂，就是徒有其表的教育。当今教育的重要问题就是人文精神的失落，而文学教育则是弘扬人文精神的最佳途径。

综上所述，从理论上讲，英语文学课程开设的意义已远远超过学习英语文学本身的一般知识。英语文学的学习不是单纯的语言学习，它有思想性与艺术性相结合所产生的独特影响。

## 四、英语文学课程改革势在必行

### （一）英语文学教材的改革

英语专业英语文学课程通常包括英语文学史和英语文学选读两个内容，各高校在课程开设时有分别开课的，也有合二为一的。在我国近 20 年出版的最为流行的英语文学教材中，无论是文学史还是选读，几乎无一例外，采用的都是以史为序的编排方式。这种排列的优点是脉络清晰，有利于学生对英语文学有一个宏观上的认识。弊端是由于文学的广博性，初学者最先接触到的是时间距现在最远、语言最艰涩的部分，再加上课时被缩减，往往上了一个学期的文学课后，到学期结束时还有很多重要的作家、作品没有讲到。

以英国文学为例，按照现行教材的体系，学生首次开始文学学习的探险就遭遇最为艰涩的古英语诗歌《贝奥伍夫》。教学实践表明，为了达到基本的理解，大量时间被用在诗歌用词、术语、格律等的解释上，文学课堂成了精读和语法课。《关于外语专业面向 21 世纪本科教育改革的若干意见》中指出："市场对单纯语言文学专业毕业生的需求量正逐渐减小。我国每年仅需要少量外语与文学外语与语言相结合的专业人才。"据此，英语文学教学的改革在教材上首先要打破过去"以史为序"的框架，采用类似"断代文学"的做法，不妨从注重情节、语言规范、最适合初学者的 19 世纪文学学起，打破以往的学习顺序；题材的选择上也依照学生的接受程度，按小说、散文、诗歌、戏剧、评论排列。

其次，在文学史与文学的选读的关系上，基本遵守"以文为纲"，但为了保持文学发展的整体面貌，清晰地呈现文学的产生与继承发展的线索，在选读进行当中加入部分文学史的课程，或者作为课外阅读布置给学生，课堂上只进行讨论和概括。如此，可收到事半功倍的效果。

### （二）英语文学教学模式的改革

长期以来，以教师为中心的教学法主宰了英语文学课堂。教师是演讲者，作为知识的源泉，把自己所知道的一切源源不断地灌输到学生头脑中去。不可否认，这种独白式的教学是传输知识的一种方式，但是文学课不仅是语言艺术的形式，更是纷繁复杂的社会生活的浓缩。文学课不应该仅向学生们灌输随处可以查阅的常识，文学知识的吸收更有赖于接受者的参与、交流和体验，体现在发掘学生的创造性、批判性思维上。

因此，英语文学课教师应该启发引导学生，唤起学生的感受与参与热情，而不是处处用透彻的讲解去代替学生的思考，这种做法实际上剥夺了学生的审美自由。成功的英语文学课教师善于调动学生的思维、情感，采用对话的方式促使学生批判性地看待文学作品，学会从文学中认识世界和人性，提高学生的审美能力，培养学生的批判性思维及人文精神，从而让课堂真正成为学生学习、研究、提高素质的场所。

教师在授课时可以将课堂教学与科学研究相结合。一是教师将教学研究成果特别是最新研究成果应用于课堂教学之中；二是引导、鼓励学生运用所学理论方法撰写文学赏析论文，为在高年级独立开展学术研究、撰写毕业论文奠定学科基础；三是在传授知识的同时更注重传授方法，"授人以鱼，不如授人以渔"，引导学生批判性地看待文学作品，使学生逐渐养成独立思考的能力。教师应将课堂讲授与讨论式、启发式和研究式教学相结合。在讲解文学流派或作家、作品之前，教师应设置好思考问题，让学生在阅读原著或观看影片时，一方面熟悉讲课内容，对讲课内容获得直接的感性认识，一方面独立思考，准备思考题的书面答案，在课堂讨论时和大家一起切磋、交流，锻炼英文读写能力。此外，教师还应在课堂上引导学生对当前美国文学研究中的热点、难点和重点问题进行充分讨论，以促进学生积极思考，激发学生的学习潜能。

另一方面，英语文学教师要跟上当前教育现代化的步伐。多媒体和网络技术对传统教育模式提出了前所未有的机遇与挑战，教师要大胆探索教育模式改革的新途径。教师在授课过程中须充分利用现代化的教学手段，制作出生动形象的文学课程的教学课件，并辅之以西方社会、历史、文化运动和社会思潮的背景资料介绍，还应搜集英语文学经典影片的光盘，培养学生浓厚的学习兴趣，努力将素质教育的理念融入英语文学课的课堂教学中。

最后，改革传统的考试方法，突破单一闭卷考试模式的限制，大胆进行开卷考试模式的探索。试卷提供可供学生根据自己的兴趣点进行灵活选择的主观分析题和文学文本，以考查学生对社会思潮、文学现象、文学流派的掌握，鼓励学生运用基本的文学理论方法进行文学文本分析，最终培养学生独立分析问题、解决问题的能力。这种灵活、开放式的考试模式侧重对学生运用知识的考察和综合素质的培养，是对传统死记硬背的应试模式的有力突破，使学生从偏化、被动的思维习惯中彻底解放出来。

每个国家的文学都集中体现了这个国家复杂多样的人文状况，阅读文学作品就是阅读一个民族、一种文化、一种精神。通过英语文学的学习，广大英语专业学生可以更好地掌握所学习的语言，深入文化内涵，提高与其他文化或文明交往的可能性与流畅性，培养人文关怀精神；同时将文学与文化、哲理相贯通，可以提高学生的辨析、思维和批评能力。

文学是一种资源、财富和修养。一名英语专业的大学生，不管以后从事何种工作，最起码的文学修养是必不可少的。文学鉴赏水平是一个人是否成熟的标志之一，文学教育是素质教育中不可或缺的内容。在英语的工具性变得越来越迫切的今天，教师应该重视英语人文思想教育内容。在教学过程中，英语专业英语文学教材、课程模式的改革亦迫在眉睫。

# 第二节　基于多角度课程内容设计体系的英语文学教学

## 一、课程设计改革体系下的英语文学课程内容设计

### （一）确立明确的教学目的

《大纲》中提到英语专业文学课的目的是"促进语言学生的语言基本功和人文素质的提高以及增强学生对西方文学及文化的了解"。因此，英语文学课程改革应该建立在以学生为中心的基础上，把语言与文学结合起来培养学生英

语语言技能,发展学生创新思维,促进学生人格的健康发展。在课程内容设计中,教师应该关注文学教学方法的使用、课程内容设计方法的采纳和课程内容设计标准的把握等因素。

## （二）精选教学内容

英语文学教师需要精心选择和优化教学内容,提高学生的学习兴趣；综合运用多种教学方法,努力提高学生文学课的参与性；充分运用现代教育手段,提高文学课的趣味性；积极开展实践教学,提高学生文学学习的主动性。在教材内容的选择方面要注意课程内容的难易度应符合本校大多数学生的英语水平,课程内容应尽量与学生生活、情感、经历有所关联,以便引起学生的共鸣。按照《大纲》的要求,结合专业特点和地域特点,教师要对英语文学教学内容进行适当调整。

## （三）划清英语文学课的学期

为了扩大学生文学知识阅读量,英语文学课可以分为两个学期,英国文学和美国文学各设一个学期。鉴于英国文学史较长且作家偏多,可以将英国文学设为每周四节课,美国文学每周两节课。

## （四）选择合适教材

选择教材时要考虑内容简单和选读内容丰富的教材,如王守仁主编的《英国文学选读》和陶洁主编的《美国文学选读》。这两本教材在前言中分别有关于英国文学的发展史和美国文学的发展史的汉语介绍,改变了以前英语文学选读课本中缺乏对英语文学史发展的总体介绍的状况,在对英国文学和美国文学的整体发展历史加以梳理的过程中,直观地展现了文学发展的历程,给予学生一个自主阅读文学作品的参照体系。由于文学创作的独特性、复杂性和多义性以及文学发展史的相对模糊性,对文学史进行横切面分类十分必要。

教材以 17 世纪英国启蒙时期文学为例展示了这个时期英国文学发展的简单历史,也展示了这个时期出现的著名作家及其主要作品。如此一来,便于学生自主研究个人感兴趣的作家和作品,避免了教师在课堂教学中由于个人的好恶漏讲文学作品而缩小学生的文学视野的弊端；同时教材中作者简介和选读内容提要均采用汉语介绍的方法,降低了学习的难度,增添了学生自主学习的积极性。作品选读内容长度的相对缩减及汉语注释的采用消除了学生的畏难情绪,课后较为简单的英文思考题增强了学生对所学文学内容的创造性思考的能力,课后多个网站的提供拓宽了学生的文学阅读视野。

## 二、专门用途英语教学理论下的英语文学课程内容设计

专门用途英语（English for Specific purposes，ESP）是英语语言教学的一个分支，是相对于通用英语而言的。专门用途英语是与某种特定职业、学科或目的相关的一种英语语言的变体。ESP 教学在英国大学教学中颇受重视，如阿伯丁大学。在这种理论下进行课程设计可以促进教师教学行为的转化，能够丰富教师角色的内涵。ESP 教学的特点是建立在对学习者需求分析之上的，可以根据学习者的需求确定教学目标，选择教学内容和采纳灵活多变的教学方法。

实践证明，合格的 ESP 教师在教学中应该具备以下角色功能：合格教师；课程设计者；教学材料的提供者；学生的合作伙伴；教学研究人员；ESP 的测试和评估者。英语文学课作为英语的专业课程有着特殊的教学目的，和其他基础英语专业课程在课程设计方面有所不同，它的课程设计符合 ESP 教学理论要求。英语文学教师有必要在教材的基础上进行符合教师自我和学生水平的课程内容设计，在教学中努力做到符合 ESP 教学要求的多种角色。

首先，英语文学教师必须具备专业知识，有良好的文学素养。在课程内容设计中不拘泥于教材，能够根据学生的实际水平灵活处理教材中的内容。作为教学材料的提供者，能够利用各种现代化手段及时为学生提供更多具有丰富相关教学内容的英语文学知识阅读材料，如通过多媒体课件展示丰富阅读材料、提供相关网站的名称、提供有关作品改编电影的光盘。

其次，英语文学教师在课程设计中，尤其是在教学任务设计中，把学生当作合作伙伴，如给学生机会以 PPT 的形式展示作家的生平和写作背景、介绍作品、参与和讨论作家及其作品。教师于课下对英语文学教学方法进行研究，并能够以 ESP 理论测试和评估学生的学习能力。

## 三、任务型教学法理论下的英语文学课程内容设计

任务型教学法是指教师通过引导语言学习者在课堂上完成任务来进行的教学。任务型教学法以任务组织教学，在任务的履行过程中，以参与、体验、互动、交流、合作的学习方式，充分发挥学习者自身的认知能力，调动他们已有的目的语资源，在实践中感知、认识、应用目的语。语言学家斯温纳（M.Swain）在 20 世纪 80 年代后期提出的输入假说强调：学习者不仅需要"可理解的输入"，

更需要"可理解的输出"。

任务型教学的基本特点：①通过完成任务来学习语言，鼓励课题教学活动之间的联系；②强调以学生为中心而不是以教师为中心，使学生的主体作用得到充分的发挥；③加大语言实践的活动量，鼓励学生创造性地使用语言；④强调学习活动和学习材料的真实性；⑤在现实性的交际活动中，在完成语言任务的过程中，语言表达的流畅性重于表达的准确性。

英语文学教师在课程设计中，可以利用任务型教学法，结合英语文学课程的特点，对学生进行需求调查。需求分析是课程内容设计的重要环节，有利于教师了解学习者所需求的语言知识和技能，判断现有课程内容能否满足学习者的需求，了解学习者在学习过程中遇到的问题。

王守仁、虞建华认为，英语文学课程是一门素质培养课程。学生通过阅读英语文学作品，主动参与文本意义的寻找、发现、创造过程，逐步养成敏锐的感受能力，掌握严谨的分析方法，形成准确的表达方式。这种把丰富的感性经验上升到抽象的理性认识的感受、分析、表达能力的培养方式可使学生受益良多。任务型教学能够充分体现以学生为主体、以人的发展为本的教学理念。在英语文学教学过程中，教师应根据不同层次学生的水平和不同的文学题材设计不同的教学任务，让学生通过与学习伙伴合作协商去完成任务，同时让学生在学习的过程中反思、顿悟和自省，从而最大限度地调动学生学习的内因，让学生在完成任务的过程中体验成功的喜悦，增添对文学美的鉴赏能力。

设计英语文学课堂教学相关的任务之前，应先进行详细周密的筹划。在设计任务时可以根据中国课堂教学中学生人数较多的实际情况，对学生小组活动的安排分成几种形式：学生单独完成任务，两人小组、四人小组、八人小组和以班级为小组的形式来进行。这样有利于培养他们的英语综合能力、沟通能力、团队合作能力、创新能力等。参加课堂的小组讨论能够发展学生的创造性思维和健全学生的人格发展，背诵英文诗歌和模拟英语戏剧对白有利于培养学生的英语语感；进行有关文学的写作练习不仅可以提高学生的英语写作水平，还可以提高学生的分析能力和科研能力。

# 第三节　英语文学课程教学改革策略

## 一、重视将人文素质教育内化于英语文学课程教学中

人文素质教育是英语文学教学的目标之一。人文素质教育就是要通过特定的教学过程提高人的文化修养、道德修养、理论修养。简单地说，就是使大学生懂得做人处世的道理。从英语文学教学的目的来看，英语文学教育应和人文素质教育紧密地结合起来，将二者分离开来有悖于设置英语文学课程的初衷。在英语文学教学过程中应充分发掘作品中蕴含的人生启示，要引导学生对相关文章进行有深度、有广度的学习，发现作品中包含的人生真谛，通过学习树立正确的世界观、人生观、价值观。由此看来，成功的英语文学教学课程既应该是对英语知识的学习课程，也应该是关于素质道德、价值取向等的教育课程，这关键取决于教师如何合理地开展英语文学教学。

## 二、传统教学法与互动教学法优势互补

经过调查发现，现阶段我国许多高校仍采用文学史结合选读的英语文学教学模式，许多教师仍按照"教师教、学生学"的传统教学方法进行教学。由于教学缺乏生动性及师生、生生之间的互动，有的学生便会失去对英语文学学习的兴趣。针对这一问题，笔者认为应从以下两个方面加以改进：一是要强调学生在课堂中的主体地位。这样做有利于打破传统的封闭式教学模式，有利于发挥学生的能动性、创造性。二是重视教学过程中师生之间、生生之间的互动。缺乏对问题的讨论会大大降低英语文学在培养学生人文精神中的作用，英美教学过程中应对作品中反映的实际问题进行积极讨论，教师应起到引导监督的作用，使学生的人格及修养向有益的方向发展。

## 三、将英语专业综合英语课程与英语文学课程有机融合

### （一）重视英语文学教学同综合英语教学的融合

当前大学英语综合英语课程的教学过于重视对学生英语基本素养的提升和教育，从而导致学生无法感受和理解英美文化。而通过对于英语文学课程内容及方法的有效引导，能够使得学生感受到英美语言具有的魅力，了解更多的英文语言知识内容。教师在对综合英语中有关文学的知识进行讲授时，必须与英语文学课程中的部分内容相结合，进行有效的补充与提升。综合英语课程，特别是在《基础英语》教材之中，有极多的教学内容都和英语文学的原著与基本的研究方法相关。教师在对其进行教学的过程中，就要对英语文学中与之有关的内容开展有效的分析及归纳工作。

### （二）利用教材中的短篇小说激发学生的学习兴趣

仅以《新编英语教程》中有关文学体裁的选择来说，大部分都是短篇小说、自传以及半自传体的小说。而在实际的教学过程中，学生也往往偏爱这些文学作品。所以在进行教学的过程中，教师就需要对于这些素材进行充分、灵活地应用，使英语文学知识在综合英语课程教学中得到有效的渗透。教师在课前先给学生布置作业，要求其对作者及与作品有关的资料进行查阅。课堂教学时，教师需要学生对作品的内容及叙述方法进行有效的分析。而在对部分文学作品进行分析时会发现，大部分的文学作品所遵循的基本阅读原则都是"文本细读"和"整体细读"相结合的，即不仅要对遣词造句进行分析，还要对文章的叙事结构及策略进行关注，并通过对作品语境的考察，实现对于短篇小说内在含义的有效掌握。课后要依据学生现有水平，为其制定一些针对性的阅读书单，可以提前为其概述一下故事的内容及主题思想，将学生的阅读兴趣与积极性充分地激发出来。

### （三）通过教材的合理利用，对现代文学、哲学及心理学理论进行渗透

《新编英语教程》中还有很多的课文，其本身并非传统意义上的文学作品，大部分是对于一些著名人物作品及思想观念的引用。英语文学作品是学生对西方思想史、文学史进行了解的重要途径之一，教师需要有效把握此次机会，更加巧妙灵活地对现代西方文艺理论的相关内容进行渗透。

例如，在对多丽丝·莱辛对所著的作品进行教学的过程中，教师需要对于其所倡导的女性主义理论进行渗透，使学生在了解其背景以后对作品中的精髓内容进行掌握。通过对文学作品的学习与理解，学生还能够对于西方哲学理论及心理学观点进行认识，丰富自己的内涵。比如，其中一篇课文主要是对于弗洛伊德这位伟大的精神分析学家进行追忆的。因此，教师需要对此心理学家提出的精神分析理论、三重人格结构等理论内容进行简单的分析，同时给学生推荐一定的阅读书籍。学生在了解到其对于精神研究领域做出的贡献以后，才会对课本中文章的内容感同身受。这样的教学方法，在对学生思维空间进行拓展的同时，能够使其学习效率得到提升。

## 四、基于网络建设的文学资源平台建设与文学课程的多角度结合

在 21 世纪的今天，互联网网络和电子信息媒介广泛而深刻地改变了传统意义上的大众生活，也促进了一些学科交叉研究的兴起。这既可成为学术创新的起点，也是对现有学科发展方向的补充。"学科交叉"的概念来源于"跨学科"一词，最早于 20 世纪 20 年代在美国纽约出现，其最初的含义大致相当于"合作研究"，学术界也称作"交叉科学"（学科）。第二次世界大战后，欧美国家广泛设立专门机构从事研究与实践，20 世纪到 60 年代至 70 年代，跨学科教育与研究已经得到教育界的普遍认同和应用。一方面，学科交叉在科技领域已经成功地显示了其独特的科研优势；另一方面，各类人文学科本身与社会相关的多维性和亲和性具有相互交叉的天然优势，并有待进一步拓展。

随着科技的发展，英语文学研究者对于文学课程开展了进一步研究。例如，北京市科技创新平台项目的研究，其结合点就是电子视像中的美国文学研究。该研究采取了文学名著的电影版本作为研究的客体，结合文学文本、电子影像技术与文化内涵，从多个方面对大众媒体与文学艺术的结合体进行了阐释和评价。在这个研究项目的开展过程中，一批青年教师的参与既为项目带来了丰硕的研究成果，也使其对讲授相关课程有了有益的依托，形成了教学、科研和青年教师成长的三赢局面。基于研究实践的英语文学学习方式对提高学生的学习自主性、积极性和学习效果都起到了非常好的作用。

"特色教育资源库建设项目"是北京市教委组织的以充分发挥北京高等学校特色资源优势、促进高等学校优质特色教育资源共享、服务教学科研、服务社会为宗旨的研究项目，自 2005 年以来每年对 10 项左右的项目进行支持。

"现代美国文学"资源包基于网络平台，对现代美国文学资源信息进行分类、提取并进行推介与评价。

"现代美国文学"资源包来源于美国文学课程教学的现代部分，融入了现代美国文学研究的一些最新研究成果以及在大众媒介上对文学经典的重新诠释。该项目使用中、英两种语言，融专业性、普及性与趣味性为一体。资源包根据文学的特点，充分结合了现代观众的喜好和欣赏习惯，因势利导，将核心内容分为四个板块："文坛风云""名师巨匠""传世经典"和"影视之声"。这四个板块以简洁的文字、连续的图片画面和动画介绍了现代美国文学的文化来源、时代背景、代表作家与文学的影视改编信息。在每个大的板块内，除了设有对重点信息的介绍，还充分发挥了互联网灵活多样的受众沟通优势，设计了互动的模块，使读者可以通过网络实时地与资源包管理人员及时沟通，并通过趣味小测试了解自己对本单元内容的掌握程度，加强在线沟通的实效性，提高读者参与的积极性。

## 五、加强对文学作品中文字的解读，提高教学效果

在文学作品中，需要反复斟酌和揣摩核心词汇的用意，只有准确掌握了这些词汇的意思，才能准确掌握整个文学作品的思想内涵和作者的写作意图。文学作品中的词语并非单一存在的，其含义也并非简单的字面意思，需要联系上下文的语境和情景进行字面意思的深化和拓展，作者在使用时有其既定的使用意图和所要表达的思想内容。所以在英语文学课程教学实践中，教师要加强学生对作品文字内涵的解读，反复分析和揣摩，准确掌握作者的使用意图。这有利于大学生准确理解作者的思想情感，深刻体会作者用词的精妙之处，同时喜欢上这个作者的写作风格和写作手法，并进行相关文学作品的延伸和拓展。

因此，教师在高校英语专业文学课程教学实践中，要充分加强学生关于文字的解读，让学生掌握科学的解读技巧，真正体会用词的准确含义，不断提升学生的思想内涵。

## 六、把握文学作品中的中西方文化差异，提高教学效果

中西方文化差异是影响大学生对文学作品进行准确解读的重要因素。在通常的文学作品赏析中，大学生往往会用固有的中国式思维方式去理解和揣摩作

者的写作意图和思想情感。文化差异决定了写作方向，英语文学作品中，作者对于人物的素质和故事情节的构造带有典型的西方思维方式。特别是在不同社会背景和语境下，人物的思维方式、语言表达方式和行为方式也各有不同。教师在进行英语文学课程教学实践时，需要加强对中西方文化差异的讲解，让学生充分利用西方思维方式去理解和解读文学作品，这样利于学生的对作品内涵和作者思想情感的把握。很多经典英语文学作品之所以受到世人的喜欢，是因为它敢于冲破世俗思想的禁锢，展现出常人不敢想及不敢做的行为方式，是一种思想的突破，带动了世界文学的发展，如以女性形象为题材的文学作品的产生，极大地转变了女性的思想价值观念。

因此，在高校英语专业文学课程教学实践中，教师要加强对于中西方文化差异的解读，分析当时文化大背景下的文化差异，有利于学生更加准确地分析和理解文学作品，不断深化自身的思想素养。

## 七、掌握文学作品中作者的写作风格，提高教学效果

在英语文学作品中，有很多伟大的文学作者都有自己特定的写作风格和擅长的写作手法，或唯美，或浪漫，或幽默，或犀利。在赏析文学作品之前，教师要引导学生对作者的社会背景、成长环境、生活遭遇以及创造背景等进行分析，以便了解和体会作者的思想情感和写作风格。掌握不同作者的写作风格，有利于读者把握整个文学作品的写作性质，可以有效加强对作品的理解分析。因此，教师在高校英语专业文学课程教学实践中，要加强对作者写作风格的分析，从而深化文学作品的写作内涵。

## 八、注重英语文学精品课建设的内涵和实效

为了提高英语文学课程的教学效果，教师可以适当组织一些英语文学学科的专家进行英语文学的精品课建设。但是，英语文学精品课的建设应该着眼于激发大学生学习英语文学的兴趣，提高英语文学课程的教学质量，而不应该以发表学术文章、申请研究课题为主要任务，尽管后者也有助于提升教师的教学水平。其中最关键的一环无疑是培养英语文学教学名师。英语文学教学名师的主要标志是有献身英语文学教学的激情，熟悉英语文学史和作品，有娴熟的教学技巧和接近英美国家母语水平的口语表达能力。

# 第八章 英语文学教学新型教学法实践

英语文学作品作为西方语言与文化的表现形式，作品本身承载着精神财富和人文内涵，不仅为英语学习者提供了丰富的学习材料，而且架起了学习者了解西方政治、历史、宗教、哲学等知识的桥梁。之前的几十年，我国的高等教育规律也有了焕然一新的改变，高等教育现在已经慢慢成了培养专业技能人才的主要力量。同时，高等教育的蓬勃发展也在促进着教育的改革。高校的英语教学在培养复合型的人才方面是特别重要的，教师结合学情改进教学方法，可以充分挖掘诗歌、小说、戏剧的内涵，充分运用文学作品动人的故事情节、丰富的想象力和优美的语言吸引学生，提高学生对英语的学习兴趣。在指导学生开展文学作品阅读的过程中，教师运用灵活多样的教学方法和鼓励性的评价，可以激发学生学习英语的兴趣，让学生积极地投入阅读过程中，进而实现让学生的能力得到全面提升的教书育人的目标。本章将着重介绍交际教学法、交互式教学法、翻转课堂教学法、文学体验阅读 READ 教学法及其他几种教学方法，并分析这些教学方法在大学英语文学教学中的应用，旨在为大学英语文学教学课堂上教学模式的建立提供借鉴，进而提高我国大学英语文学教学水平，提升我国大学生的英语素质。

## 第一节 交际教学法下文学融入大学英语教学的实践探析

### 一、交际教学法简介

克拉申所代表的交际教学法的一方认为，关键是为学习者提供可理解的输入。克拉申强调语言输入的意义而不是形式，是语言输入的可理解性和趣味性，输入的可理解性主要是通过使用交际手段来提高的。传统的语言教学强调通过培养学生的听、说、读、写能力来提高学生的交际能力。事实上，交际能力不只限于语言能力，即我们通常所说的语言、语法、词汇方面的知识，而且包括实用能力（语言在实际交际中运用的能力）以及认知与感受的能力。

### （二）运用交际教学法的目的

《高等学校英语教学大纲》提出了新世纪教育培养目标，新大纲也强调了学生创新能力。英语创新人才的内涵由创新个性、创新知识、创新品质和创新能力构成。创新个性可量化为思维方式、求知欲和质疑精神；创新能力可以分成研究能力、社交能力、综合能力和实践能力；创新品质可以量化为道德素质、心理素质、政治素质和意志素质。按照大纲的要求，英语知识课程中的文学教学的主要目的是培养学生欣赏、阅读和理解文学原著的能力，同时要掌握文学批评的基本知识方法。坚持阅读和分析英语文学作品，可以提高学生的人文素质和语言基本功，增加学生对西方文化的了解程度。当然，若是按照传统的教学方法，肯定是可行的，但是传统的教学方法是以教师为主体，学生为辅导，这对培养学生的创新品质、创新个性和创新能力有阻碍作用，所以偏离新大纲的要求。

### （三）交际教学法在英语文学课程中实施的要求

交际教学法不仅重视培养语言知识能力，还强调教授给学生运用知识的能力，而且要培养学生的感受认知能力。交际教学法强调交际是有目的、有内容、有需要、有自由的，而且具有不可预见性，同时交际教学法强调交际的目的是传递信息，因而注意力应侧重于内容，而非传统教学法那样集中于语言形式上。

英语课程应用交际教学法对老师、学生及教材都有一定的要求，对教师的要求是，在给学生交代任务前应先给他们理论上的指导，让学生掌握一些基本的分析方法；在设计交际任务时要遵循循序渐进的原则，由表及里、由客观到主观、由显性到隐性等；所选的阅读材料应符合学生的水平，同时具有某些方面的代表性，还要有趣味性及现实意义。

将交际教学法运用于大学英语课程的教学要求学生具有较强的互动性，这种互动性应当在进入大学阶段就开始培养。注重互动性的教材也是交际教学法能成功运用于大学英语课程教学的保障。

## 二、大学英语课堂中交际教学的实际应用方法

### （一）讲述英语文学简史

在课堂教学的开端，教师要花一些时间给学生讲一下英语文学的简史和文本分析的基本方法，并且鼓励学生把这些方法用在分析文学作品的过程中。在这个阶段，教师可以布置一些针对某个中篇小说的读书报告，让学生说出这个小说的背景、主要冲突和主人公的外貌性格以及小说的情节发展，来巩固学生对历史背景和文本分析法的理解。为了让学生真正学有所得，教师选的文学作品在语言上要符合他们的水平，矛盾冲突和情节发展是比较典型的。学生完成读书报告之后，老师要进行点评，及时发现学生对文本分析法的运用和理解的不足之处。

### （二）给学生布置阅读任务

给学生留一些阅读任务，并让学生提前准备下一节课的针对目标文章内容的测试，这样可以监督学生完成老师布置的阅读作业。教师选择的阅读材料要在文本特征或者是历史背景上有某种鲜明之处，如象征手法、人物性格塑造、冲突、情节发展等。材料的难易程度不同，教师既需要布置一两个口头报告，让学生大概说明一下文章的基本特征，也要提一些具有启发性或者导入性的问题，进而激发学生的阅读兴趣。

### （三）在教学过程中贯彻任务教学

教师的职责不再是单纯地给学生讲解知识，而是和学生一起用知识开展各种活动任务，学生能否真正学会，就要看教师是否恰当设计了任务活动。教师应该以目标文章作为刺激物，引导学生由客观世界到主观世界、由表及里、由远及近地完成任务，这样才能达到交际目的和效果。

首先，教师设计的任务需要对学生的记忆有利，比如，对目标文章内容的测试，测试的内容应该可以在原文中找到答案，如谁是文章的主人公、这个故事是在哪里发生的等。

其次，要让学生用多媒体做英语口头报告，他们需要讲清目标文章的文本特征和在什么历史背景下创作出来的。比如，分析霍桑的《牧师的黑沙》这篇短篇小说，其目的是让学生分清 conflict 和 Symba 两个概念不同，因此，教师给学生布置的口头报告的题目可以是小说中有哪些冲突？小说中的牧师为何要

戴黑纱，戴黑纱有什么特殊意义，这个黑纱的特征是什么？在学生做完口头报告后，教师可以让学生分组讨论口头报告的内容，并说出本组的评论理由。

再次，教师把学生的讨论结果总结出来，然后把这些结果提升到通用理论基础层面，使学生理解文章的时候更容易。还以《牧师的黑纱》为例，教师要让学生明白最主要的冲突和主题结构之间有什么联系，因为主要的冲突体现出来的问题通常是小说的主题，冲突最激烈的时候是高潮。也就是说，教师要让学生熟练掌握分析冲突角色和布景的方法，在教学的过程中要有针对性地进行训练。通过训练，学生就会逐渐掌握用文学语言去分析文学作品的方法，提高了他们分析事物的能力，即认知感受能力。

最后，教师要设计换位思考的任务，让学生分组讨论如果自己是主人公的话，会怎样做以及为什么会这么做，然后对学生的选择提出一些令人深思熟虑但有现实意义的问题，以此来指导学生的处世观、价值观和人生观。

比如，在讨论《麦田的守望者》时，请学生谈谈自己是否也有过对成人世界的恐惧、对失去童真的担心，假如以后自己的孩子出现了类似的问题，应当如何提供帮助，通过这样一个过程，学生提高了为人处世能力和英语运用能力。

大学英语教学中要贯彻上述教学思想，对培养学生具有较强的创新意识、创新能力（社交能力、实践能力、研究能力和综合能力）、创新个性（质疑精神、求知欲和思维方式）、创新品质（道德品质、心理素质、政治素质和意志素质）大有裨益。另外，在英语文学课上联系实际的一些扩展问题或换位思考问题将引导和启示学生思考如何面对挫折、面对竞争等一系列社会现实问题，帮助学生形成优秀的心理素质、坚强的意志品质和良好的道德品质及政治素质。

# 第二节　交互式交际教学法下文学融入大学英语教学的实践探析

英语文学是大学英语语言文化教学的重要内容，大学英语教学旨在培养学生综合运用语言的能力，强调听说能力和读写能力并重，使学生能运用文化知识进行口头和书面的信息交流，并在学习语言的同时享受阅读和交流的愉悦，从而有效提高学生综合文化素养和语言交际能力。利用交互式教学法讲授英语文学知识，不仅有助于学生形成英语思维习惯，提高语言交际水平，而且有助于改变传统的教学模式，有助于形成以学生为主体、以教师为主导的全新教学模式，有助于培养学生的自主学习能力，有助于充分调动教师和学生的积极性和创造性，使师生在互动交流的过程中共同提高人文素养和语言文化交际能力。

# 一、交互式教学法简介

交互式教学法是出现在 20 世纪 70 年代的一种教学方法，主要培养学生的语言交际能力，它以学生为主体、教师为主导，用有意义的材料设计出真实的语言环境来培养和提高学生的语言运用能力。海姆斯的交际能力理论和韩礼德的功能语言学理论是交际法建立的理论基础。海姆斯认为，语言交际能力可以把一个人潜在的语言知识和能力的运用表现出来。韩礼德认为语言是一个可以表达出意义的体系，他从语言运用的角度提出了语言所具有的三大功能，即语篇功能、交际功能和概念功能。交互式教学法的目标就是培养学生的语言交际能力，理论基础就是交际法。

交互式教学中特别需要注意的是，学生是主角，要让学生积极主动地去参加课堂中的各种活动。交互式教学法比较重视目的语国家文化的学习，也注重培养学生跨文化交际能力。以交际活动作为课堂上的主要活动，活动选择的材料都是真实实用的，课堂上的语言形式各种各样，不管是师生互动还是生生互动，如小组讨论、短剧表演、角色表演等都是英语课上经常会用到的活动方式美国著名心理学家罗杰斯指出，成功的教学依赖于和谐安全的课堂氛围和相互理解信任的师生关系。教师要发挥自己的主导作用，控制好教学进程和节奏，要清楚地给学生示范各种理解性的策略的使用方法。伴随着教学内容的深入以及学生对各种理解性策略的熟练掌握，教师要指导学生灵活运用理解性的策略去进行语言交际活动。

# 二、交互式教学法在大学英语课堂中的应用效果

## （一）可以激发学生的学习兴趣

英语文学课程为学生提供了丰富多彩的语言形式和文化语境差异平台，更有利于建立互动式课堂，使学生既享受阅读和交流，又能提高英语交流能力，证明学习英语的实用性，这样学生就能学到知识和技能，体验成功的喜悦，还能更好地理解中外文化的差异，拓宽视野，激发学习兴趣，从而形成良性循环。

## （二）能够培养和锻炼学生的英语基本能力

内容丰富的英语文学教材的表达方式也是多种多样的，不仅能让学生对阅读有兴趣，还可以培养学生的语感。学生在朗读背诵的时候，也逐渐加深了对文本内容的理解，然后说出来或者写出来，还可以提高学生的英语写作能力、口语能力和阅读理解能力。

## （三）有利于学生个性的成长和发挥

因为交互式的教学方法以学生为主体，所以可以让学生自由发挥，并选择自己喜欢的和擅长的，再用不同的形式把自己的看法表达出来，然后和同学一起讨论。

# 三、大学英语课堂中交互式教学的实际应用方法

## （一）开展交互式教学活动

1. 开展名著朗读赏析活动

在课堂开始前，先由教师以旁白的形式对本节课中所学的文学作品进行作者、背景以及大体剧情的介绍，并讲解其中的文化内涵，使学生对文学作品有大致的了解，使他们在朗读赏析过程中能够就文章内容进行讨论和理解，并欣赏其中精辟的语言措辞和艺术表达力，达到陶冶情操、提高文学修养和鉴赏力的目的。此外，教师还应该鼓励学生在课外进行自主学习，并以读后感、报告等形式表达自己的个人心得和体会。

2. 多组织学生看英文电影

学生只有有了学习兴趣，才会有学习英语的动力，所以，教师可以通过组织学生观看电影让他们对英语学习产生兴趣，而且要观看文学类的英文电影，这样可以让学生充分了解文学的内容.还可以让学生与电影中的人物产生一种情感共鸣，这样，学生就能了解中西文化之间的差异，同时把语言交流提升到了情感交流。

3. 举办英语话剧、模仿小说创作等教学活动

教师可以让学生将文学作品改编成英语小短剧并进行演练，最经典的例子就是莎士比亚的四大悲剧——《哈姆雷特》《奥赛罗》《李尔王》《麦克白》，使学生通过自我演绎来增强语言表达能力并了解莎士比亚作品中蕴含的人文主义精髓；也可以开展模范小说创作评比活动，既可以是《爱丽丝梦游奇境记》

等童话故事，也可以是《福尔摩斯》等侦探类小说，这些都能够非常有效地提升学生的英文写作能力和语言表达能力，并发挥他们的聪明才智，使课堂充满趣味性，激发学生的学习兴趣。

## （二）利用多媒体交互功能进行文化知识教学

目前，多媒体在英语课堂上比较常见，因为它可以活跃课堂氛围，增加授课信息量，可以让学生多方位地接受信息，对教与学的双向交互是有利的。而且多媒体技术的发展为文学欣赏教学提供了新的教学方法。在大学英语课堂上，教师会利用多媒体来提供视频图像、声音、文字、动画音像、图表等各种信息。英语文学名著拍成电影之后，增添了许多特色，表现形式更为形象直观、通俗易懂，更具娱乐性。学生在观看电影之后，教师可以在BBS论坛上开辟讨论专栏，学生在讨论中可加深对作品人物与语言的理解，从而有利于增强学生的自主学习能力，让学生有一个宽广且有弹性的学习空间。

## （三）注重课堂上师生情感交流

教师在课堂上要充分发挥组织者、协调者、帮助者、引导者的作用，围绕文学作品内容，布置课堂活动，鼓励学生进行讨论和角色扮演，督促学生课后通过网络资源查询资料，帮助学生养成自主学习的习惯，同时通过提问、小组表演等多种形式了解学生对所学内容的掌握情况，发现学习过程中存在的问题并予以纠正。

## （四）创建灵活互动的大学英语课堂导入方法

良好的开端是成功的一半，精彩的导入可以达到事半功倍的教学效果。英语文学作品有丰富的文化背景知识，教师可以采用背景知识导入法，通过介绍作者和作品背景，让学生感受到真实的情景。课堂不仅是教师演讲的舞台，也是学生表演、展现自我的平台，在课堂一开始，教师可以给学生 3~5 分钟的表演时间，表演内容应具有浓厚的趣味性和可操作性，如故事接龙、辩论、编英语小品和戏剧等，以此激发学生的竞争意识、合作精神，增强学生对自己英语语言交际能力的自信心。

## （五）合作开发制作精美、高质量的教学辅助课件

英语文学辅助课件内容应紧扣教材，以提高学生听、说、读、写能力和增强教学效果为目标，根据课时、课型安排自动启动朗读、翻译、解说、练习等功能，轻松向学生传递大量视听信息，使学生的思维处于活跃状态，学习的积

极性和自主性被调动起来。很多英语文学名著被拍成电影，教师在制作课件时可以利用剪辑技术，选取经典电影片段在课堂上播放出来，以此吸引学生的注意力，学生观看之后会更深入地理解作品人物性格和作品思想内涵，从而激发他们参加课堂讨论的欲望，这有利于师生互动、生生互动，有利于交互式学习模式的运用。

# 第三节　翻转课堂下文学融入大学英语教学的实践探析

## 一、翻转课堂教学法简介

随着信息技术的发展，当代的大学生习惯了搜索式和点击式的学习，所以，教师可以根据大学生的习惯和认知规律，对教学方法进行改革，这样可以让学生的综合素质和思辨能力得到提高。翻转课堂就是在信息化的环境下，教师提前把教学视频给学生，让学生在课下完成观看学习的任务，然后再在课上一起讨论完成作业的新型教学模式。在国外，翻转课堂作为一种概念被明确提出始于 2000 年，如今，翻转课堂的理念在北美被越来越多的学校接受并逐渐发展成为教育教学改革的一波新浪潮，引起了全球教育界的关注。

翻转课堂把知识学习环节前置，释放课堂的研讨空间，把课堂建构为知识内化的主要场域，再把知识升华环节延伸至课外。其中，最重要的是让学生提问，老师作答，而不是之前的老师讲，学生听，这样有助于学生实现有效学习。不管什么时候，学生都要自主学习，课前学生自学，在学到知识的同时，还可以提高分析能力；课上教师要引导学生自己去解决探究问题，能够清楚地把自己的想法表达出来；课后学生做一些训练，可以巩固知识，提高综合判断和理性分析的能力。

在大学英语文学教学中，课前自学是指利用信息平台观看视频教学和阅读相关信息，完成研究任务列表，及时反馈学习结果，这对教师设计课堂讨论内容有很大的帮助。以文学批评为主线，以文学专题研讨为基础，以知识转移训练为讨论内容，实现了导师制内化的需求。

# 二、大学英语课堂中翻转课堂教学的实际应用方法

## （一）重构教学流程

笔者选择英国文学浪漫主义时期华兹华斯的一首小诗《我孤独地漫游，像一片云》作为教学案例，逐步介绍翻转课堂的教学流程。

第一步（课前自学）：确定研讨课题从英美新批评的视角分析这首小诗；布置视频观看任务；完成任务单（让学生通过观看视频回答问题，这为之后的课堂教学提供了真实依据）。

任务单中的问题分为知识型与思辨型两类，举例如下：①英美新批评的理论主张是什么？②概括新批评理论主要的批评策略。③英美新批评理论中最难理解的是什么？④如何开展《我孤独地漫游，像一片云》的新批评解读？

根据学生的反馈，教师可以把学生的问题集合到一起。大部分学生不理解新批评理论中的关键术语，不能准确地用新批评理论把文本解析透彻，因此，学生的那些真实反馈是教师设计课堂内容的重要依据。

第二步（课中内化）：首先，教师要做的是把学生提出的一些难题进行解析，这是后面知识探讨的一个基础。其次，了解到学生掌握知识难点的程度后，教师要及时让学生分小组自由讨论，引导学生完成新批评视角之下细致解读《我孤独地漫游，像一片云》这个任务。当学生自由讨论的时候，教师要在旁边多引导学生，帮助学生更容易理解和运用知识点。翻转课堂的特点就是师生协作、个性化辅导和生生互助，一起完成知识构建。

根据布鲁姆的认知能力目标层次，知识构建应在六个层次完成：记忆、理解、应用、分析、综合和评价。学生在理解了知识之后，需要运用知识来加强自己的认知能力，在本节文学课中，要求学生及时完成知识的传递和应用，也就是说呈现每个小组的讨论结论。但是因为时间有限，每个小组只能对批评任务的一个小点进行论证和分析，如"诗中的张力是什么"和"悖论在哪里"。知识的内部化需要学生对学过的知识点进行深入的分析，以提高学生的批判性探究和思考能力。展示课应该鼓励学生互相提问，通过提问和回答问题以及老师的评论，帮助学生逐步实现知识的内化。总的来说，课堂内部化要求教师具有较强的课堂控制能力，要求学生具有探究和合作的能力，这是实现有效翻转的另一个关键。

第三步（课后升华）：我们通过研究可以发现，很多教师将翻转课堂停留

在课堂内化的层面上，不知道课后升华的重要性。事实证明，学生认知能力的最终实现，依赖于两个高级别的集成和评价。除此之外，学生文学批评思维能力的提高还需要不断的、逐步的培养训练。因此，有必要在课后拓展和升华知识。结合之前说过的内容，在课后实现知识的升华，要求学生继续思考英美新批评理论，回答教师拓展型提问，进而提高综合评价能力。因此，我们设计的扩展主题旨在提高和训练学生的思考和辩论能力，主要包括两个方面：①旨在引导学生对理论进行能力允许的思辨；②旨在帮助学生学会知识的扩展性运用。

除此之外，教师应该提供一些与之有关的资料和案例来保证课后升华的有效性，还要利用网络交流平台修改反馈学生的批评作业，加强教师和学生的合作、交流。

## （二）拓展教学资源

从某种意义上讲，翻转课堂教学法是教育教学改革的产物，合理有效地利用信息化手段有助于翻转课堂教学活动的有效开展。为此，可以以 Moodle 教学平台为依托，整合拓展教学资源，加强信息化教学，延展文学思辨空间，具体而言，教师可以从以下三方面开展课程的信息化教学，把文学学习从课堂延伸到课外，从根源上引导学生学习方式的转变，优化教师的"教"与学生的"学"，实现"课内"和"课外"衔接、"线上"与"线下"互联。

### 1. 合理使用微课资源

微课是为了方便学生课前学习而就某个知识点进行讲解的简洁精短的教学视频，可为教师自制，也可以采借国内外优质文学课视频（如网易公开课、MOOC 课程）。无论形式如何，仅为达成帮助学生实现有效学习的教学目的。目前，针对英语文学内容的微课或精品课程资源极其丰富，要求教师结合实际教学目的和所授学生对象的特点进行有效筛选，在激发学生文学学习兴趣、拓宽文学视野的同时，帮助学生获取有效知识。较之网络微课资源，教师自制的微课会更具针对性，同时要求教师精心准备、认真制作，提供给学生较为真实的学习语境和浓缩精练的文学知识。此外，关于微课学习，最好有与内容相匹配的主客观问题，用于激发学生的学习动力与检测学生的学习效果。

### 2. 开辟自由讨论专区

教学活动的魅力不仅在于知识的有效传递与获取，更在于师生、生生间的情感互动，由此文学教学不能只停留在知识教学层面。教师可借助摩灯教学平台开辟自由讨论专区，可以进行诸如疑难话题提问与回答、文学与人生散谈、文学作品评述、经典人物点评等活动。通过开展围绕文学话题的自由讨论，于潜移默化中引导学生树立正确的人生观、培养学生的人文素养，同时进一步拉近师生间的情感距离。

3. 创立展示反思平台

为及时了解学生的学习效果与学习困惑，教师可以创立另一种线上专区——作品展示与学习反思。展示的作品围绕文学学习应做到多样化、创新化，比如，诗歌背诵音视频、戏剧表演视频以及文学批评论文等。文学课程是训练学生语言基本功的一个重要平台，借助一些经典文本帮助学生习得语言能力是方便可行的。此外，除了作品展示，教师可要求学生在平台上完成反思日记的写作，总结学习心得、交流学习困惑，以此作为教师总结教学效果、更新教学方法的重要参考。

## （三）开放考核体系

实施文学翻转课堂教学，打通课前、课中、课后的学习时间及线上线下的学习空间，旨在最大限度地提升文学学习效果。这必然要求学习评价体系的改革，从考核评价层面保证学生学习文学的激情，引导学生随时随地释放思辨活力。在教学评价体系方面，为了避免"学考脱节""一考定成绩"的现象发生，教师应加大过程性评价的比重（占学期总评的 60%，期末综合试卷占 40%）。

全方位、多元化地考查学生课前、课中与课后的学习效果，保证翻转课堂后的自主学习质量。而且，重点考查的内容不再是以往的文学知识点的硬性记忆情况，而是在整个学习过程中所进行的文学思辨效果，包括对文学史段的总体评价、文学思潮的认识、文学作品的多维度解读以及文学经典人物的多元化批评。

另外，把第二课堂融入评价机制，如各类文学表演活动、文学类的素质拓展项目等，以额外赋分的形式进行。

# 第四节　文学体验阅读在大学英语教学中的实践探析

READ 模式主张大量阅读文学作品，在正确的语境中发现新知识，认识新事物，接触新思想，发展逻辑性思维、批判性思维和创造性思维三种思维能力，以达到培养语言、创新思维的发展性目标，符合大学英语的教学特点。

## 一、文学体验阅读 READ 教学法简介

READ 教学法由 Reading（阅读）、Exploring（探究）、Assessing（评价）和 Developing（发展）四个要素构成。其中，阅读包含朗读、默读、研读三种读的形态；探究包括思索、分享、讨论三种活动形式；评价采用自评、他评、互评三种评估方式；发展指向促读、促写、促思三维阅读目标。READ 模式中的四个要素及其内涵相互交织，层层推进，螺旋上升，构成文学体验阅读圈。

在文学阅读教学模式方面，有国外流行阅读圈和可持续的默读两种模式。格雷弗·弗提出的教学模式阅读圈适合高年级学生，步骤是阅读—思考—自己联系—询问分享，学生活动团体的 4~6 人一组，每个人都有一个角色，负责一项任务，有目的地阅读，学生再在小组讨论和分享。继续提高默读式文献阅读模式，这个过程是"阅读—注意—讨论—监控—检测"，强调给学生提供大量的书籍、小组讨论优秀作品，让学生体验阅读的乐趣，形成独立阅读的好习惯。国家大学英语阅读教学模式是韩宝提出的"拼写单词—听朗读—分级阅读—自读"模式，鲁子提出"课堂教学到课外阅读再到课堂真正使用任务"模式。前者以"语感阅读法"为基础，选用最能体现人文和文化特点的文学作品作为输入语料；后者基于"真实阅读"理念，践行个性化阅读、任务型阅读、大容量输入的课内外互动阅读模式。其他还有柯安利的"以美导引""以情陶冶""以意贯穿"指导模式，旨在让学生在赏心悦目的审美情境、活动情境和思维情境中领略语言的魅力，通过语言贴近文学形象的心灵世界。

阅读分为朗读、默读、研读三种形态。朗读是口语化阅读，能够促进词语识记和阅读理解，要求在准确理解作品的基础上，读者个人情感与作者思想感情相融合，流利准确地朗诵作品。通过朗读，学生能积极主动地亲近文本，声情并茂地感受语言。默读是无声阅读，学生在自主阅读中输入大量语言信息，

并概括大意、了解细节、厘清结构、分析事实、推断事件。研读是读者与内容的深度互动，以阅读思考题为线索，运用综合分析、分类比较、演绎归纳、抽象概括以及推论、质疑、诠释、评判等思维方法探寻文学作品的内在意义。

探讨涉及思索、分享、讨论三个层面，展现了个人阅读活动的社会化过程。思索主要是个体与阅读文本互动，如筛选和处理有价值的信息，通过质疑发现问题、分析问题、解答问题，根据文字信息和文本结构进行预测、判断、推理，获取新信息，证实作者的观点，修正个人见解。分享是个体与群体互动，如学生在班上朗读作品，诵读优美的段落或句子，解析难懂的语句和段落，解读作品人物和事件，谈论阅读心得、体会和经验等。讨论是交互影响、相互启发的小组合作学习，如针对所读作品的某一问题或信息，小组成员发表见解，同伴之间交流看法、交换意见。

评价是以自评、他评、互评为形成性评价，贯穿体验阅读整个过程。自评是个性化评价，每个学生在阅读中进行自我调控，阅读后自我评估知识、能力和情感三方面的发展情况。他评是教师动态评估学生阅读表现，综合考评学生的朗读水平、思考题完成情况、自评表信息以及阅读日志等，其重点不是评价阅读技巧本身，而是评价阅读态度、阅读进程、思维能力以及通过阅读学习新知识的能力。互评是生生之间的活动，在小组合作学习中，同伴互相评价阅读的进展与表现，以此作为教师评价学生的参考依据。

发展的目标是促读、促写、促思。READ 模式是运用阅读、探究和评价的方法与手段来发展学生的三维能力。一是通过文学阅读扩大词汇量，培养阅读策略意识，增强阅读兴趣，提升阅读素养；二是在文学阅读中学习语言形式、意义和语用能力，以写的方式促进创意表达；三是以文学阅读的方式大量接触真实的语言，在阅读中培养逻辑性思维、批判性思维和创造性思维能力。促读、促写、促思的三维目标有助于思维能力、语言创新水平和个性品质的共同提升，有利于智能、品德和心理的协调发展。

## 二、大学英语课堂中文学体验 READ 教学的实际应用方法

### （一）"导读—共读"阅读模块，导读是导目标、导内容、导动机、导方法

导目标就是要明确阅读任务：学生每学期需要阅读 75000 词汇，每天只需要用二三十分钟阅读 800~1000 词，算下来每分钟阅读 50~100 个词，然后每天

把阅读信息记录在记录表上，并且回答一些需要思考的问题，而大学生只需要让阅读量翻倍就可以了。

导内容是教师慢慢引导学生去读一篇文章，如介绍作者的一些信息和某篇小说的目录、创作背景和内容。内容一般会简述作品中所含的人物、每个故事之间的联系、写作特点和文本上的结构等，这样可以让学生对文章产生阅读的欲望。

导动机其实就是情感上的教学，从自信、兴趣、好奇、成功、需求等方面可以出现动力，如解读英语阅读自评表、介绍成功案例和渗透文学阅读理念等，要先让学生对阅读产生兴趣，这样他们才会用积极的态度参加阅读活动，而且学生也会特别享受和投入。

导方法就是指导学生自主阅读，比如说，阅读的重要性就在于要了解故事发生的情节、把作品的大致意思理解清楚、一些事件要推理判断出来，不用太关注作品的语法和句型；当文章中出现了不认识或不熟悉的词语时，自己先根据前后意思，大致猜一猜，然后再去查词典；在读的过程中可以标序号、编提纲、在书中画线、做图解、做标记、写评注、画星号等。

共同阅读是指师生共同组成学习共同体，共同阅读文学作品，共同完成教学任务。在默读和朗读的基础上辅以阅读，大学生应该在三种阅读形式中增加学习的强度。特别需要注意的是，为了做好阅读指导，教师不仅要和学生一起阅读，还必须在备课阶段加强文学研究，和学生在交流时能有共同的语言，进而指导和帮助学生更有成效地进行阅读。

## （二）"互动—产出"探究模块

互动包括分享、思索和讨论三个活动，从教学主体上的参与来看，这三个活动其实就是老师和学生、学生和学生、老师学生和文本之间的互动；从语言技能的培养上看，它们又是听、说、读、写之间的互动。

思索就是个人操作的思维活动，它是学生的技能品行从量变到质变的过程，在这个过程当中，教师要做的就是给学生提供情感和策略上的支持，给学生建设一个思维空间，来保证学生可以每天阅读三十分钟。

分享讨论是教师和学生、学生与学生之间交流所给予的群体思维操作空间。其中，讨论一般要先确定问题，然后4~6人一组，用非竞赛的方式去探讨设定好的问题，分工合作，听别的组的表达，然后平等对话，最后，大家共享小组的成果。分享包括提出个人疑难点、朗读最好的段落、谈论观点和解析最难懂的段落等，是学生一起交流的成果。

产出是在学生阅读以后创意表达。教师依据平常的导学思路，设计一些阅读性质的思考题当作学生的课后作业。其中，思考题分为必答和选答两种，有的是有创新批判思维的未知问题集，有的是有开放性意义的最小问题集。学生读前应先熟悉阅读思考题，读后以书面形式作答，同伴互评后提交答案，由教师检查和评阅。

## （三）"引导—推动"评价模块

引导与推动是过程性评价，两者力学方向不同、时间节点有别。引导是"拉动"，是在活动的初始阶段将学生拉入文学阅读圈的轨道，形成前进的惯性。推动也就是"推"，给学生施加推力，使学生在文学阅读的轨迹上保持恒定的速度。"推"和"拉"是将外部动机转化为内在动机的两种力量。

为了达到给教师提供真实的评价资料和培养学生自主阅读习惯的目的，用能力、知识和情感的自评表，对五个项目评价是否满意还是基本满意，学生根据自己的阅读情况去勾选阅读等级，并且自由地表达、阅读和反思。

能力自评表是对自己的朗读和阅读技巧的评估，如预测、分析结构、猜测、判断推理、检验以及解释隐喻、复述事实、理解等能力；知识自评表是关注优美词语、词汇习得、英语国家文化、文学常识等语言知识；情感自评表是检验兴趣、阅读时间、自信心、动机、阅读进程以及阅读愿望等项目。

推动是指举办各种各样的文学阅读活动，如评选"三星"和"杰作"，它要求学生在阅读完后，有一些把作品改编成剧本、写一篇读后感、回答思考题、拍一段微电影、复述小说故事、编写或改写原作等有价值的成果，然后从那些成果中评选出优秀作文奖、优秀书面作业、最佳创作奖、优秀英文故事等，最后把这些获奖的作品放在班里展示，也可以在校刊或博客上发表或作为娱乐活动表演出来。"三星"指的就是思维之星、阅读之星和进步之星，它们分别颁给阅读思考最好的学生、阅读量最大的学生和进步最大的学生。这些都是发展性评价，就是为了让学生有一个活跃积极的学习氛围，能让每个学生都可以体会到成功的快乐。

## （四）"反思—超越"发展模块

反思是一种对行为的理性思考，是一种主动的意识状态，是一种预期的意识方向。文学阅读反思是以学习阅读为出发点，以转变观念、促进阅读为目的。反思的重点是个体的自我评价、同伴的相互评价、教师自己对信度和效度的评价，从三维的自我评价、同伴的相互评价、阅读的评价等方面进行打分，以获得反馈信息，观察阅读体验。教师应坚持写教学日志，记录事件，有意义的问题和解决方案，从不同的角度进行反思，采取不同的对话策略和问题策略。

文学阅读需要改变教学内容、课程结构和教学方法。学习行为的变化始于教学行为的变化，表现为"三减三加"，即减少练习题的量，增加课后阅读时间；减少教学比例，增加课堂阅读时间；减少机械训练，增加阅读思考的机会。加减法的计算需要教师反思的智慧和改革的勇气。

超越是指学生在阅读中的读写水平和思维能力有了极大的提高，并且慢慢地发展了综合素质。发展代表读者在阅读的轨道上是正向连续递归的态势，也称作正向反馈回环。它的存在也就意味着减少了老师的干预，可以加快事物发展的速度，班级内也会出现很多超出老师预计的好现象，比如，学生开始自己主动找书，自己控制阅读的难易程度，开始自己增加阅读的时间，慢慢地形成"爱读—会读—快读—多读—发展"这样一个良性循环的习惯，可以把自己的看法观点写出来，进而提升自己的阅读素养。所以，教师应该根据之前的经验，再增加阅读的教学化和课程化的力度，让阅读融入学生的生活中去，并推动阅读教学的发展。

# 第五节　其他大学英语教学方法

除了本章前面提到的几种教学方法外，还有众多的教学方法可以应用在大学英语文学教学中。本节将列举其他几种教学方法，以供参考。这些方法对于激发学生的兴趣，培养他们的文学能力等具有很大的帮助，可以使学生在文化觉醒的基础上进行有效的、深层次的英语交际，顺利完成大学英语中的文学融入教学。

## 一、在阅读讨论中欣赏的教学方法

在英语文学作品的欣赏过程中，教师应注重学生的阅读过程和阅读体验，不仅要指导学生进行有效阅读，而且应当鼓励学生就文学作品中的人物、情节、主题意义等方面开展讨论，这样既能使学生加深对作品的理解，也能使他们在讨论交流的过程中增进彼此的感情。许多关于文学作品理解的有见地、有深度的观点都是在师生、生生的讨论中诞生的，所以，在阅读讨论中欣赏英语文学作品，往往可以得到意想不到的收获。

英语文学作品的篇幅不同，有长有短，教师在教学中要合理安排课时，指导学生采用不同的阅读方式。对于短篇作品，教师可以让学生在课堂上尽情地阅读，或把它们的阅读作为前一天的家庭作业，从而保证学生有充足的阅读时间。读后可以让学生简要概述故事内容或尝试用英文写出自己对作品的理解。这种读写结合、输入与输出相结合的方式可以加深学生对作品的印象和理解。对于中长篇文学作品，教师可以先简要介绍作品的背景知识、主题思想、基本情节等内容，使学生对文本有基本的印象，然后在课堂上让学生阅读文章梗概和精选内容，在课后要求学生进一步阅读作品的其他章节或相关知识，加深对作品的理解，提高他们的欣赏能力。比如，查尔斯·狄更斯的《双城记》，教师可以让学生在课堂上先阅读小说的梗概，课外可以安排学生到阅览室去阅读小说的简写本，在课堂上，教师要让学生提出阅读时的困惑，并引导学生开展讨论。教师在指导学生阅读篇幅较长的文学作品时，可采取"拼图阅读"的方式，即根据作品的章节把它分成几大块，然后把学生分成几组，每组分配一块进行阅读，最后就阅读的内容进行讨论交流，形成对作品的整体理解，讨论的内容可以是作品的语言、作品中的人物及故事情节、作品的思想内涵等，所以学生在讨论的过程中，也学会了如何赏析语言、如何分析人物、如何品评作品的内涵等，其鉴赏水平也随之提高。

## 二、在表演中欣赏的教学方法

在欣赏英语文学作品时，学生往往会有自己独到的见解，教师可以鼓励学生在理解的基础上对作品进行改编，并组织学生进行表演。英语课堂采用文学作品欣赏与表演相结合的教学方式，其优点之一是可以把学生的主观能动性充分发挥出来，并且可以增强学生的语言运用能力。学生在改编和表演的过程中，不仅能在真实的场景中体验真实的生活，而且能真切感受到语言学习给他们带来的成就。

文学作品编演要以学生为中心，学生在研读作品、改编剧本、准备服装道具、背台词的过程中，也加深了对作品的理解。例如，指导学生对莎士比亚的名剧《威尼斯商人》进行编排，让学生在学校举行的英语话剧比赛上表演。教师可以把全班同学分成五组，分别是编导组、表演组、配音组、宣传组、后勤组。编导组研读作品，对剧本进行改编加工；表演组商定演员，进行排练；配音组练习台词；宣传组筹划海报；后勤组准备道具，各组之间都有分工，不仅要独自开展工作，也互相协作。演出结束后，要求大家写下自己的心得体会，可以是对作品中人物的理解，可以是自己在排练中的体会，也可以是对这场演出的评价。

英语文学作品欣赏与表演相结合的教学模式是一种十分受学生欢迎的教学模式，是文学课堂教学的延伸和补充。学生在欣赏中表演，在表演中欣赏，其乐无穷，同时，学生在排练表演的过程中不知不觉地习得语言。另外，对学生观众来说，观看表演也获得了可理解性的输入。

## 三、在影视中欣赏的教学方法

影视艺术声情并茂，能给观众呈现一个真实、直观的场景，因此，大量文学作品被改编成电影，影视本身具有的娱乐特质也能激发人们对文学作品的兴趣，并促进文学的发展。在影视中欣赏文学作品是一种深受学生欢迎的文学学习形式，影视中情景交融的场面能深深吸引和感染英语学习者，而且影片中所使用的对白堪称经典，体现了当代社会最为流行的语言文化现象，这些在英语教材中是很难见到的。可见，通过观看经英语文学作品改编的影视，学生可以更直接地学习语言，更真实地去感知文化。

例如，让学生观看《乱世佳人》《简·爱》《阿甘正传》等数部电影，在观赏之前，教师先对影片的背景资料做适当的介绍，包括影片的获奖情况、人物的活动情况及故事情节等，这样能帮助学生熟悉剧情，以便在观看过程中更好地理解作品。

## 四、让学生在尝试撰写文学评论中进行欣赏的教学方法

阅读是解码的过程，写作是编码的过程，将阅读与写作相结合，是将输入性技能与输出性技能同时运用。英语文学作品本身就是一种语言的输入过程，文学作品中蕴含丰富的词汇、多变的句法及得体的表达方式，学生在阅读欣赏过程中，可以获得源源不断的语言输入。如果将输入的信息及时输出，则能巩固、强化学生已有的知识，所以，教师在教学过程中，要尝试让学生撰写评论。这样看似对学生提高了要求，其实如果教师在教学中善于引导，先从词汇句型的

仿写开始，然后由句组段、由段组篇，还是可以完成的。文学作品本身是一种很好的写作素材，无论是作品中大的场景还是小的情节，都是很好的写作题材。

教师在教学过程中要善于挖掘，可以对一个场景进行描写，可以对一次活动进行讨论，也可以对某个人物进行评价。学生在撰写的过程中可以加深对作品的理解，而且写作的过程本身就是欣赏的过程。因此，学生不要把撰写文学评论看作一种高难度的任务，其实只要认真挖掘作品内涵，不断地练习语言的组织，还是可以圆满完成的，教师也应鼓励学生尝试撰写一些文学评论。

# 第九章 文学融入大学英语教学——写作能力培养

语言学习是英语写作的重要方面之一，写作的一个棘手问题就是如何恰如其分地选择词语，并把这些词语用正确的语法顺序和英文的话语习惯顺畅连接起来，表达作者的思想。大量研究证明，阅读在写作能力培养中起着重要作用，通过引入文学教学可以使英语写作教学变得更有效、更轻松。好的文章要求学生加强文学阅读与写作的有机结合。在写作教学中，学生对引用文学名著原文表示感兴趣，引用原文能增长写作方面的知识，了解思维方式的不同之处。教师认为，引用文学名著到写作课堂，既能让学生接触原汁原味的英语材料，又能加强学生的语言表达能力，提高他们的写作能力。文学作品为学生提供了生动的语言表达方式，大学英语教学应增强英语文学意识，将英语文学融入教学。英语文学教学与大学英语教学并不矛盾，两者可以相辅相成，加强英语文学教学，有助于改善我国英语教育现状，培养高素质人才。

## 第一节 英语文学作品在大学英语写作教学中的重要作用

目前，大学生并未意识到英语文学作品对写作的积极促进作用，写作水平一直停滞不前。作为高校教育工作者，我们必须加强对学生的引导，将语言精华在文学作品中的各种表现形式尽可能展现出来，使学生对英语文学作品产生兴趣，进而积极地阅读、分析和讨论，不断增加和巩固英语词汇量、语法知识；通过分析文学作品的语言表达、时代背景、语境等，不断提高学生的社会语言能力。大学教育工作者还要有效引进策略，实现英语文学作品阅读与写作的整合，使学生树立英语学习和写作的信心，达到提升写作能力的目的。

## 一、大学生英语写作现状分析

在听、说、读、写四项英语技能中，写作是大学生的薄弱环节。从教学实践中发现，大学生英语写作中的语言弱点是无意词、单句句式和不连贯语篇。

大学生英语写作现状不容乐观的原因主要有两个方面。一是英语写作教学中存在误区。我国的英语课堂主要教授写作知识和技巧，很少结合阅读进行，也就无从谈起欣赏了。学生为了写作而写作，文章单调乏味，缺乏热情与创新，没有亮点。二是大学生英语语言学习中存在着误区。部分大学生执着于单词量的积累，很少阅读英文著作，有的甚至认为文学阅读毫无帮助。

要走出上述误区，在英语写作的教与学中，教师应重视英语文学对于语言能力的培养，把英语文学巧妙地应用到英语写作中去，做到以读推动学习。学生通过学习英语文学，不但可以了解西方文化，培养自身的文化素养，还可以积累大量的语言知识，提高实际运用语言的能力。

## 二、大学英语写作能力培养的重要性

随着教育改革的不断深入，人们逐渐意识到英语学习的重要性，并在各个大学开展专业学科，以此来促进英语人才的培养。而在教学活动的开展过程中，要使学生熟练掌握英语，就必须加强学生的语言输出，具体的输出手段就包括写作。

大学英语教学大纲中对学生的写作能力提出了具体的要求，即掌握短文写作、篇章布局和段落写作技巧，并逐渐取代模仿范文写作和提示作文等。此外，大学生还要依据题材写出相关文章，做到思路清晰、用词恰当、语言通顺和内容充实。

写作是对学生听、说、读的检验，具有较强的综合能力，学生要写出优质的文章，就必须具有扎实的语言功底，包括复合句、单句、英语语篇思维能力和词汇。因此，英语教师应在平时的课堂中加强对学生写作能力的培养和训练，促进其写作水平提升。

## 三、大学英语写作能力培养过程中英语文学作品发挥的作用

### （一）英语文学教学有助于句子的理解和词汇量的增加

对于英语写作而言，其具有多种形式，但是无论进行何种写作，英语思维都是必不可少的，并且需要与大小写、标点、文字等书面符号进行规则性编码，并进行信息的传递。这就要求写作者的写作能力、语言表达能力、语法和词汇的掌握量达到一定水平。而增强语言输入、提高英语练习是可行而且十分有效的手段。在培养学生写作技巧的时候，自然而然加入一些基础的知识如词汇等，可以帮助学生建立良好的英语思维习惯，并且有助于他们快速掌握写作方法。语言能力属于含蓄语言知识的一种，也就是作者的语言知识是决定其写作表达成功与否的关键。作者写作时思维十分复杂，必须要把应用背景和语言知识结合进来。写作并非口语和书面语的简单转化，而是一种技能的培养和提升。达成语言习得必须要获得充分的可理解性语言输入，这里所说的"可理解性语言输入"即读者听到或者读到的可以被其充分理解的语言材料。语法知识和词汇是作者写作过程中不可或缺的组成元素，要想在大脑中快速地查找和反映出词汇，或者是习得生单词，就必须加强学生语境的培养，而培养的具体方法主要来源于语篇、句子和段落。

对于培养大学学生写作能力而言，提升学生的文学性语言、语言输入和应用熟练程度具有重要的意义，前者则是重中之重，因为文学是语言恰当的表达形式，在写作过程中输入文学性语言不可或缺，除了提供大量语篇内容，还使语言和文学相互结合并形成互补。同时，文学的中心是语言，但又不局限于语言，在写作中吸收和借鉴英语文学作品的语言、文化养分，能够使作者的情感更加丰富，语言特征更加突出。

### （二）英语文学教学有助于学生构思整篇文章

从英语文学语篇分析角度来看，英语写作是各方面语言能力的综合，如果学生写出了一段优美的句子，但不知道如何连贯，不知道如何开头，如何收好尾，那也不能从根本上提高写作能力。可见，构思整篇文章是写作的基本技巧之一。英语语篇的思维一般采用"线性结构"，先概括提出中心思想，再举例说明，即先用主题句开头，再分小点加以发展说明，主题句逐渐明朗。受汉语思维的影响，学生在写作时往往不能做到直截了当地提出主题，导致写出的英语文章

结构松散、层次不清、前后照应不当，带有严重的汉语倾向。

有人认为，文学是社会交往的一种形式，文学的规范只与特定的时间和地点、特定的社会阶层的读者相联系，有人把这种观点称为"社会性分析法"。在过去的二十多年中，应用语言学家对话语分析产生了浓厚的兴趣，所有话语类型中最重要的类型——文学成了研究的热点。文学话语形式的研究不仅是话语研究的重要内容，也是母语和第二语言教学的重要内容。文学语篇的能力更新改变了人们认识和感觉世界的方式。语言学家对文学作品感兴趣，其动机不仅源于文学在整体上增加了潜在的理解语篇的能力，而且它也适合教学。在大学英语教学中，精读教材的课文通常是英语文学原著，富有思想意义和写作特色的范文，在遣词造句、段落发展和篇章布局上都有很高的欣赏价值。因此，让学生学习英语文学，对提高他们的写作能力有很大帮助。

### （三）英语文学教学有助于学生写作兴趣的提升

很多学生在进行英语写作的时候，使文章开头不能开门见山地指出主题，最终的写作结果自然不尽如人意。而学生要想纠正在写作过程中存在的弊端，就必须加强英语文学作品的学习和阅读。

文学是一种社会交往的形式，多与写作的背景、地点和时间等具有密切相关性，成为当下人们分析和研究社会性发展的主要依据。对文学作品的研究，除了将内容和形式作为重点外，还包括分析文学语篇、转变人们感觉世界的方式，提升读者对文学作品的学习兴趣，增强语篇理解能力。将该理念和思维引进教学过程中，除了让大学生对英语文学原著进行通读外，还可将其作为英语写作的范本，并在写作过程中借鉴和模仿其篇章布局、段落发展和遣词造句，这样，学生产生了英语文学学习兴趣的同时，也潜移默化地提升了英语写作能力。

### （四）英语文学教学有助于强化学生的英语语言能力

在英语学习过程中，注重四个方面的学习——听、说、读、写。听、说是读的前提，读是写的基础，大量阅读优秀英语文学作品可以强化学生的语言技能，体现出英语的应用效果和学习目的。优美的英语词句将会成为学生积累英语词汇的有效方式，并有助于学生深入地了解文章的时代背景和作品中所蕴含的作者思想。在阅读英语文学作品的过程中，学生能够更有针对性地研究文学语言中存在的词义比较、遣词造句以及复杂句式的使用，进而提升学生的语言运用能力。文学会促进交际目的的达成，并对有限的语句进行创造性的发挥和使用。英语文学作品题材广泛，可以有效拓展学生的视野。文学阅读不局限于文本活动，而是借助于作品内容搭建起作者与读者沟通的桥梁。在文学作品中，语言的各种潜能得到了充分的发挥，语言得到了有效运用。此外，很多优秀的作家为了使自己的文学作品更加生动、引人入胜，往往采用各种写作手法，尤其是修辞法。以马克·吐温的《竞选州长》为例，作者就运用了多种修辞手法。实际上，文学不仅传达了一种意蕴，而且借助于特定的艺术手段把思想意蕴和语体风格融为一体。语体风格是作家在思想意蕴上的独特体现，是作家的艺术个性，不同的作家作品会有不同的语体风格。如果能在写作教学中结合文学作品的语体风格，既可陶冶学生的情操，又能使学生学习作家在遣词造句、修辞运用等方面匠心独运、卓然不群的功力。

因此，大学英语写作课需要结合文学教学和语言教育，为学生创造更为优越的学习环境，从而促进学生语言能力的有效提升。通过阅读文学作品，能丰富学生的语言知识，提高他们分析、判断及其灵活运用语言的能力，也能帮助一些认为英语单词枯燥难记的学生在不知不觉中扩大词汇量，并通过一系列课内外的语言实践活动锻炼学生的语言表达能力，使他们对英语学习有进一步的了解。

# 第二节　基于文学视角的大学英语写作的要点与方法

大学生应具有初步的文学鉴赏能力，能够感受文学形象，品味文学作品的语言和艺术技巧的表现力，初步鉴赏文学作品。实际上，文学课程的目的在于培养学生阅读、欣赏、理解英语文学原著的能力，掌握文学批评的基本知识和方法。通过阅读和分析英语文学作品能促进学生语言基本功和人文素质的提高，加深学生对西方文学及文化的了解。英语文学涉及广泛，不仅给学生以艺术美的享受，而且使他们得到精神的陶冶和思想的启迪。应当说，文学作品就是一个思想的宝库、知识的海洋，很多篇目的立意、内涵充满了智慧的哲理。教学实践表明，大量的阅读和欣赏，不仅能使学生的综合写作能力大大提高，也扩大了学生的知识面，使他们积累了写作素材。

# 一、基于文学视角的大学英语写作

大学英语文学教学要以课本为本，同时兼顾有目的、有计划地引导学生阅读一些参考书，有的放矢地对学生的文学教学能力进行培养。

## （一）重视文学教学选择

教师可根据本校的课程资源和学生的需求，帮助学生有选择地进行阅读和鉴赏。一是要读含有哲理、对社会生活有独特见解或有比较强烈的思想内蕴、令人深思的作品，修养身心，提升品位；二是要读有真情实感、对生活有积极健康的感悟的文章；三是要阅读构思有才气、形式有创新的"另类"文章。阅读优秀的文学作品，可以扩大学生对生活的认识，培养他们的辩证唯物主义世界观和人生观，培养他们欣赏文学作品的能力和运用语言的能力。教师根据教材的编排指导学生进行课外阅读时，可以由节选的文章向整部作品延伸，由作家的一篇文章向其他作品延伸，由一个作家向同时期的其他作家延伸，由一篇文章向同类型、同题材的作品延伸……这样，学生既能对一部作品、某个作家有比较全面的了解，又扩大了知识面，提高了文学修养，更主要的是学生获得了丰富的语言积累。

在鉴赏文学作品时，教师要引导学生思考，注意把同类文章放在一起进行比较，注意专家点评，并分析各家长短，还可以采用类比、联想、逆向等方式引导学生学习写作技巧，逐渐提高学生的写作能力。

## （二）重视文学教学积累

不会选择，就没有积累，对优秀作品进行阅读和赏析，要启发学生明其旨、获其识、得其法、积其材、聚其艺，从而培养学生的外文阅读能力，为写作能力的培养和提高奠定坚实的基础。教师要让学生养成阅读中积累的习惯，来增加自己的知识，可以积累自己喜欢的句子，也可以积累阅读内容的精华，要让学生有意识地吸收与消化英美文化中的精粹营养，有意识地接触与理解多元文化，站在对人类命运终极关怀的角度去研读、品味经典作品，去感悟、体味伟大的襟怀与纯真的情感，去领悟、体会深刻的思考与璀璨的智慧，去辨识、认同文化的底蕴与发展的价值。积累语言材料，其实是感性的语言模块的整体储存，它可以被看作生活经验材料，也可以看作形象材料，或者思维材料、情感材料，这些材料储存于大脑，会成为终身的财富，在一定时期一旦被激活，就会产生综合效应，有利于学生学习能力和表达能力的整体提高。

## （三）重视文学欣赏能力培养

欣赏活动只发生于作品与其欣赏者之间的过程，只在于它们之间构成的一种双向流动的理解、想象和情感交流行程，读者对作品进行多次阅读研究，了解作者情感，体会作品反映的含义，感受其中的情感，品评其中精妙之处。文学教学活动能使读者潜移默化地受到熏陶和感染，从而提高认识能力、培养审美能力、发展想象能力、加强思维能力，并且能够增强爱国主义意识、陶冶道德情操、发扬开拓精神、形成健全的人格。学生文学欣赏能力的培养和提高，关键是教师要引导学生细心、专心地多读，从题目的比较、内容的挖掘、语言的体味等方面多角度、全方位地去"赏"，引导学生赏标题、赏主题、赏语言、赏体裁。

在文学欣赏教学中，教师要尽力把作品中的精彩片段、佳句罗列出来，让学生认真地读，好好地体会，进而诱导学生品味佳句、美篇，作品中的一个标点、一个词语、一个画面、一个句子……都可以当作品味的切入点，同时要引导学生"比"，在比较中品语言的精妙，在比较中感悟语言的魅力。除了指导学生反复阅读、分析研讨以外，教师还要指导学生多练笔，因为多练笔能更有效地促进阅读，使鉴赏活动落到实处，并且能锻炼学生的文学欣赏、评论能力和写作能力，可谓"一石三鸟"。

所以，加强文学评论的写作，是提高文学教学质量的有效途径之一。文学评论是对作家、作品和其他文学现象进行评价的文章。教师要指导学生在充分阅读作品的基础上，恰当运用文学教学的理论常识，重点分析作品在内容或形式上的特点，进而评论作家的创作得失，最后把鉴赏过程和鉴赏所得写成文章。只有正确地指出作品的认识价值和艺术价值才称得上一篇好的文学评论，这种作品除了给人带来愉快，扩大知识领域，提供新的见识，促使积极行动以外，还便于人们掌握语言的描绘（通过色彩、形状、明暗、场景的描写）、思想、结构或语言的宏伟、作品的历史性（对于另一时间的描述）意义以及存在于许多散文和诗歌中的韵律。

# 二、基于文学视角的大学英语写作方法

## （一）占领学校教学主阵地

学校教学的主要途径是课上学习，因此我们要抓住课上的时间，教给学生进行课外阅读的方法，做到"得法于课内，得益乃至成长于课外""以课内促课外""以课外补课内"。因此，可以以班为单位，成立班级读书会，由外国文学课的教师任读书会会长，带领全班学生开展文学阅读，通过读书会组织各种形式的文学阅读活动，激发学生的学习兴趣。

1. 制订计划

教师负责每学期的文化素养教学并及时进行分析与总结，认真做好活动记录。

2. 选定书目

根据学生现状，教师采取推荐或指定等多种途径，与学生一起选定每学期的班级共读书目。选好书后，可以想办法让学生借阅或自行购买一部分共读书籍，以便开展阅读和讨论。如果条件不允许，可以采用小组传阅方式。

3. 激发兴趣

教师要想方设法调动学生参加文学学习和阅读活动的积极性，利用比较生动的场景，激发学生的积极性。文学是充满意义的语言，在文学作品中，学生可以充分体会英语语言的韵律美，欣赏文学作品中所蕴含的幽默，从而陶冶情操，激发阅读的兴趣。

4. 讨论活动

根据选定的共读书籍，结合共读活动的开展情况，每学期在班上进行几次班级读书讨论会，教师可以组织学生对共读作品进行讨论，也可以利用课外活动进行讨论。

5. 读书报告

撰写鉴赏、文学评论和阅读报告，既可以加深学生对文学作品的理解，又可以训练学生的表达技能，让学生主动参与，去发现、寻找作品的深刻内涵，养成善于思考的习惯，掌握严谨的分析方法，形成正确的表达方式，从而提高学生的英语水平。教师可以通过鉴赏、文学评论和阅读报告了解学生的阅读状况，借助网络平台实现师生互动，同时培养学生的观察能力和高雅的审美情趣，提高学生的写作能力；也可以通过鉴赏、文学评论和阅读报告的撰写训练学生的写作能力。另外，教师要加强对学生撰写鉴赏、文学评论和阅读报告的指导，培养学生良好的学习习惯。

## （二）抓住重点

提高学生的文学阅读和写作能力，除了引导学生多读、多练、多写外，教师还应当加强对学生写作基本知识的指导，重点注意以下问题。

①文学作品是一种独特的艺术形式，为了艺术地反映现实生活，有时往往要突破真人真事的局限性，创造出完整的艺术形象。

②根据情节安排人物，可多可少，但要有主次人物和各自的性格特点。

③符合生活规律安排，剧情发展要合理。

④抓住具体特征写，篇幅长短不定。

⑤文学作品要注意对环境的描写。

⑥写文章不是给自己看的，是给别人看的。因此，写文章首先要明确文章是给什么人看的，想让他们从中了解什么，对于不同的人、不同的内容，在遣词造句、表现方法上都要不一样。

⑦加强对写作各方面的理解认识，对文学素养的提高很重要。

⑧具体安排要妥当，对聚材取事、命题炼意、谋篇布局、定体选法等要考虑周全。

⑨在行文过程中应贯通文气，采用多种表达方式。

# 三、基于文学视角的大学英语写作学习模式

文学作品阅读是学好英语文学的关键，完成一定数量的英文原著阅读是英语学习者必须完成的课业任务之一。然而，单纯的阅读不仅提不起学生的学习兴趣，对提高学生英语语言技能也收效甚微。如果在学生完成指定文本的阅读后，以集体或分组的形式进行交流讨论，并经过总结、反思，完成建构文本意义的相应写作任务，把英语文学阅读与英语写作合二为一，就能收到一箭双雕、一石二鸟的效果。换言之，学生以阅读指定文本、参与交流讨论、进行信息反思、创造文本意义为内容的学习模式，实现了英语文学阅读和英语写作的有机结合，体现了读者反映批评理论对英语文学教学实践的指导。

## （一）阅读指定文本

文本阅读过程是读者阅读经验的时间流动过程，文本意义是读者文本阅读过程中的感受，也就是说，学生的经验结构对文本意义的产生起着关键作用。

在英语文学学习中，学生根据每个教学周的既定阅读计划，合理安排学习时间，反复阅读指定文本，提出问题、解决问题、得出结论又推翻结论的动态过程，就是逐渐形成经验结构、建构文本意义的过程。按照克拉申的输入假设理论，英语文学作品的阅读过程就是一个输入语言的过程，是为最终的写作活动搜集材料、储备信息的过程。

### （二）参与交流讨论

如何学习英语文学？在有充分阅读准备的前提下，学生参与集体互动，阐释自己的理解，比较不同人所理解的差别与共同点，分析造成差异的语言和文化原因，既是一个依赖阐释策略创造文本意义的过程，也可以对文本内容进行深入的理解。因此，交流方式以说为主要形式，而要输出语言就不得不思考、斟酌乃至犯错。无论阐述自我，还是指出其他成员的语言错误，都离不开语言的输出行为。说和写是语言输出的两个必需途径，因此两者关系极为密切。所以通过人与人的沟通可以加深对英语文学作品的理解，得出更加客观和接近作者的结果，还能使语言使用者直面语汇、语法问题，力争做到精准的口语表达，为写作打好基础。

### （三）进行信息反思

既然文本意义是读者对文本的感受和反应，那么读者每阅读一次文本就会产生一次反应，而且后一次反应必定是对前一次反应的反应。学生针对交流讨论中出现的不同理解和阐释，结合已有英语语言知识和所采用的阐释策略，在反复分析、不断比较的基础上，找出之前解读得合理或不合理、可取或不可取的地方，有助于进一步阅读文本、加深理解、建构意义。另外，这一信息反思过程也属于语言输出的范畴，可以促进学生语言技能的提高。反省是输出的功能之一，重审自己或他人的输出语言，既可以发现可能存在的语言问题，也能强化新鲜语汇和典型句式的意义及用法。总之，在学习英语文学作品过程中及时对摄入的信息进行反思，不仅可以改变学生对文本的理解和阐释，还能有效地促进他们对英语语言的学习和掌握。

### （四）创造文本意义

对于文字的批评，关注点不应当是文本的空间结构，而应当是读者的阅读经验，要做到围绕读者的文字的批评。读者对文本的理解和阐释——文本意义的建构——表现为语言输出（主要是写的活动）。阅读者开始对文章进行阅读，就会对文章产生不同的想法。尤其在英语文学的研究过程中，学生阅读作品、阐释和分析作品的过程，不仅是创造文本意义的过程，也是通过这种模式以读促写的过程。

# 第三节 文学融入大学英语写作教学模式构建

如何促使学生具备阅读和欣赏英文原著的水平，能理解英语文学著作所阐述的内容，一是将文学融入大学英语课程中去，二是选择优秀的文章使英语文学融入学习生活中，一旦激发了学生的兴趣，他们就可能掌握文学鉴赏中所需要用的批评方式的基础。

## 一、英语文学课与思辨能力培养

教育的目的包括两点，一是促进学生始终保持学习的心情，二是使学生学习后具备知识迁移的能力。这两个教育目的是由教育的目标所决定的。我们可以将其划分为记忆与回忆、理解、应用、分析、评价、创造等六类，它们通过不同人的思维的理解程度，形成不同的连续体。仅以学习的保持为目的的机械学习并没有理解知识，因而不能加以利用，而有意义学习产生了学习的迁移，为学生成功解决问题提供了必要的知识和认知过程，因为只有记忆和回忆与知识的关系最为紧密，另外五个认知类别与迁移的关系越来越紧密，它们不仅要求学生回忆所学的知识，还要求学生理解并能够运用所学的知识，这是出现有意义学习的标志。

因此，我们可以对教育的目的进行划分，让学生有意识地迁移，有学习的兴趣。但是现实情况中，很多教学模式本末倒置了，比如，有相当一部分的英语课侧重点在于简单记忆或者理解，而具有中级阶段的"应用"和"分析"往往不被使用，更别说处于更高阶段的"创造"与"评价"。调查显示，只有一小部分的文学和语言文化学习会把知识的基础阶段作为中心。

为了让学生对词汇和语法有更深层次的理解，课程是以英语文学为主的文学鉴赏，这些基本上可以让学生达到理解的程度，但是仅理解是不够的，还要从理解上升到应用，再从应用上升到分析、评价和创造等。这三种层次的不同阶段的要求，不仅是对学生思辨能力的提升，更为文学学习打下了基础可以这么说，要实现文学教育的预期目标，可以采用多种形式来评价文学研究，而文学教学的另一个预期目标是通过理解和评价上升到创新文学。

文学批评需要严谨而具有批评性的思考，但是思维的形成是一个很长的过程，因此，文学批评并不是简简单单地对文学进行表面上的批评，更重要的是要求学生对文学批评中的每个论证要有较强的逻辑性和论证的严密性，也就是说每一个论证都要有相应的强有力的证据作为支撑。而论据往往具有紧密的联系，我们可以将这些论据整理起来，构成一个有机整体，这样就更加具有影响力，采用推理的方法将论据与论据的关系相对接。

近年来，文学课程有很多弊病，包括轻文学鉴赏、重文学常识、重语言教育、带有诱发形式的错误引领等。更有一些教师对文学作品进行不恰当的点评，包括看轻个人意见、看重众人说法。他们将可以在课堂上进行的具有趣味的辩论变成一些死板的灌输，这完全违背了将思维能力一脉相承的文学的本质和教学的本质。因此，还原文学课的本色，还原教育的初衷，应以思辨能力培养为导向，重新规划文学课程教学。

## 二、英语文学课"思考—争辩—写作"教学模式构建

### （一）思考

为了激发学生思考的兴趣，我们可以用问题来进行导向，用诱发性的问题来促使学生探寻真理。思维导图就是一种很好的方法，可以通过文字、动画的形式将教学内容展现出来，使课堂更具条理化和趣味性。

思维导图是 20 世纪 60 年代英国心理学家东尼·博赞最先提出的。东尼·博赞最初认为人的思维是发散性的，思维导图的作用是可以利用人的自然功能对思维进行对视化和非线性思维的整理。在文学教学中，教师可以将人物关系、故事的背景与情节进行详细划分，这样学生就容易明白了。为了节省课堂时间，教师可以将关键词用单词来表示，以此来展示小说的要素和文本的关系，学生也可以通过绘制思维导图来表达自己对老师讲述的理解程度。

为了让学生更好地理解时间、空间的两种维度，教师可以在黑板上建立坐标轴，这样学生不仅可以更清晰地了解小说的层次，也可以通过时间与空间相吻合的方法理解何时为故事情节的高潮部分。这样，教师就可以利用文章发展的不同阶段来启发学生进行一些讨论，进而使课堂变得更加开放、更加多样。

## （二）争辩

为了培养学生的口头表达能力和思维能力，教师可采用争辩这一手段，在争辩中，学生仁者见仁、智者见智，可能会对同一问题有完全不同的看法。此时教师要注意，不要采用劝和的方式，而要鼓励争辩。

争辩中必须要注意以下几个问题：

其一，鼓励和帮助学生克服心理障碍，主动积极地对文学进行探讨，利用课堂讨论机会活跃自我思维。

其二，利用争辩这种教学手段，鼓励学生运用更具有条理性的论证来发表自己的观点。

其三，争辩要控制在一定范围内，以解决问题为目的，教师要占据主导地位。

## （三）写作

课堂写作氛围包括课堂即兴和测验两种方式，主要是对学生的能力进行训练：即兴往往发生在小组讨论的时候，某位学生有独到的见解，可以对他进行条理的分析。所以写作的目的是使学生奠定在更高层次上学术上的表达的基础。如果是针对某一问题而展开的写作，应着重于逻辑和思考，更加注重逻辑的严密性，因为学术写作的要求是思路重于行文。即兴写作主要培养学生的临时发挥和创造能力，而对文章情节的概括和对文章的理解程度及迁移程度则是课堂测验所能调查的。因此，我们可以给学生布置一篇学术报告，并将学术报告的成绩的 30% 计入期末成绩。这个作业是具有挑战性的，很多学生开始时无从下手，但是随着课堂的深入，他们慢慢有了写作思路，到最后，大部分同学都能够完成老师布置的作业。虽然学生的写作不是很完善，但是经过老师的修改之后，每个学生都会有一定的提高。

# 第十章　英语文学与翻转课堂教学模式

英语文学课程是高校英语专业的核心方向课程，其人文性是培养学生个人素养，实现英语专业学生全人教育不可或缺的要素。英语文学课程内容的丰富性和多元化给课程教学带来了较大的难度和挑战。突破传统教学模式的局限，实行翻转课堂教学模式，有助于学生专业知识的掌握、专业能力和人文素养的提升。

## 第一节　翻转课堂产生的背景

### 一、信息技术发展的时代背景

第三次科技革命包括空间技术、原子能技术、电子计算机技术等的利用和发展。电子计算机的广泛应用，促进了生产自动化、管理现代化、科技手段现代化和国防技术现代化，也推动了情报信息的自动化。第三次科技革命带来了信息技术的飞速发展，掀起了信息革命。信息革命以互联网的全球化普及为重要标志。信息技术的巨大变革引发了新的技术变革，对社会发展产生了深远的影响。

当今社会处于数字化、信息化时代的时期，新技术的快速发展和广泛普及对人的发展提出了更高的要求。在这个时代的转折点和关键点上，广大教师应重新审视教育制度和教学模式，思考如何在教育教学中充分利用现代技术并最大限度地发挥技术的有效性。处于信息化潮流之中，教育的目的之一便是教师们能够积极主动地处理信息，提高信息处理的能力（包括信息的获取、分析、加工等方面的能力）。

## 二、求知创新的社会需求

快节奏的社会生活对教师提出了更高的时代要求：要快节奏地学习新鲜事物，分析理解新情境，做一个学习能力强的求知者。不管是谁，都需要不断地发展和完善自己，以适应瞬息万变的社会，更好地应对未来的不确定性。

社会的飞速发展对教育提出了新的需求：现代社会不仅需要具备知识和技能的专业人才，更需要具有独特的个性、较强的学习能力、较大的发展潜力和创新能力的高层次人才。这促使教师重新思考教育问题——怎样培养学生，才能使学生将来更好地适应社会的发展。

# 第二节　翻转课堂教学设计

## 一、教学原则设计

根据对本科学生学习状况的调查，总结各校在混合学习模式教学中的优势与不足，笔者认为，基于混合学习的翻转课堂教学设计需遵循以下几项基本原则。

### （一）教师为主导，学生为主体的教学原则

翻转课堂绝不是指简单地把课堂交给学生，更不是指把课堂变成学生的习题课，教师的主导地位和组织作用不是弱化了而是应该得以加强，当然学习者在课堂学习中的主体地位也应得到确立。课堂学习过程应该是教师和学生双边活动的有机融合。教师应引导学生以发散性思维去思考问题，积极参与课堂讨论以及学习活动。在线学习中，教师组织学习者自主学习，引导学习者选择学习资源，参与在线讨论，达到学习目标。面对面教学中，教师应组织各个小组按照事先布置的学习活动进行学习，积极完成学习任务，此时教师要予以指导。

### （二）资源多样性原则

在混合学习中，课程资源是课程学习的重要组成部分。不同学习风格的学习者对于资源的需求是不一样的。有的学生喜欢视频素材，有的喜欢文本素材，有的喜欢 PPT 课件。因此，教师要尽可能地满足不同学习者对资源的需求。教

师在为学习者提供资源前应对资源进行精选，不仅要涵盖多种形式的资源，以供不同学习风格的学习者选择，也要对资源内容进行筛选与分类，使得处于不同水平的学习者都能在课程学习中得到帮助，方便学习者学习。

### （三）学习活动有意义性原则

在基于混合学习的翻转课堂教学模式中，学习活动是不可或缺的环节。设计学习活动时，教师应增加学习活动的趣味性和待解决问题的发散性，设计适合团队合作的学习活动。通过小组合作、组间竞赛、辩论赛、头脑风暴等形式，让学习者在实践活动中学到知识，培养团队合作精神。

## 二、教学目标设计

对于教学目标，不同课程各有特点，应根据课程特点进行具体设计，主要从以下四个部分入手。

### （一）认知目标

通过对课程的学习，学生能够熟练掌握课程所涉及的知识点，能在每一章学习结束后，自己总结出本章的概念图，对于有争议的议题，能合理地表达出自己的想法。

### （二）实践能力

对于课程中所涉及的需要运用原理解决实际问题的部分，学生通过学习应能够掌握课程原理的实际运用能力，灵活解决实际问题，从而对案例进行有效的解析。对于需要培养发散性思维的课程，应放手让学生尝试体验，并创造性地提出自己的观点或进行创新活动。

### （三）合作精神

课程学习中，学生应能够适应小组合作的学习方式，积极参与小组活动，提出建设性的意见，在小组合作中做出较出色的贡献。教师应在潜移默化中培养学生的团队合作精神，帮助学生树立科学合理的学习态度，增强学习的主动性、积极性。

### （四）逻辑思维与语言表达能力

教师应有意识地训练学生的逻辑思维能力和语言表达能力，通过对课程任务完成情况的汇报，训练其语言表达能力和在众人面前从容、淡定地演讲的能力。

## 三、教学内容设计

不能把翻转课堂简单地理解为把教师面授改为让学生看录像，或把教师讲授改为让学生做题。如果那样，教师就不能称为教师，而只是学生的管理者。教师在学生学习过程中的作用不能被忽视掉，教师应指导学生改进学习方法，体验学习的快乐，并且顺利完成学习任务。在翻转课堂的教学模式下，教师至少应将教学内容分成以下四个部分。

### （一）教师课前导学部分

教师首先应将准备学习的内容、重点、方法、步骤、要求以及应注意的问题告诉学生，并且提出一些问题要求学生在学习过程中思考，也就是要让学生明确下一步学习的目的和任务。

### （二）学生课外自学部分

教师在选择学生课外自主学习的内容时，应基于两个原则：一是应选择较容易或中等难度的内容，使学生在学习时既感到不那么索然无味又有一定的挑战性；二是选择不是特别重要的部分，即使学生自学时理解得不够透彻也不会对其他知识的学习造成重要影响。而对于重要性较强和难度较深的知识点，可以让学生进行前期的自主学习。当学生对这样的知识点有了一定的了解之后，教师再深入地讲解；或者虽要求学生全部学习，但课堂上教师依然要把难点和重点部分再系统地讲一遍，让学生把在自学过程中产生的疑问弄清楚。

### （三）教师课堂精讲部分

教师课堂精讲的部分应该是难度较大、重要性较强或需要拓展的内容。对于难度较大的内容，学生自学起来可能有一定困难，教师的讲授可以使学生更深入地理解这些内容。一般来说，重要性较强的内容不一定太难，但往往不是最简单的内容。由于其可能对其他知识的理解产生重要影响，所以教师的讲授可以加深学生的印象。需要拓展的内容往往是学生想不到的，由教师介绍非常合适。

### （四）课堂师生研究部分

课堂师生研究的部分应该是应用知识灵活解决现实问题的部分。通俗地说，就是案例解析部分或习题部分。将这部分放到课堂上讲解，有利于教师及时发现学生学习的盲点，启发学生进行深入的思考，并使学生掌握研究方法，在解决实际问题中积累经验。

## 四、教学评价设计

教学评价的目的是指既要对前一阶段学生的表现给出评判，又要通过评价做出分析和总结，对后面的学习起指引和帮助作用。在翻转课堂中，教学评价要从评价方法和评价内容上做综合设计，教师要做到综合评价学生，不片面地以对错和考试成绩评判学生。

### （一）评价方法和依据

在评价方法上，采用形成性评价与总结性评价相结合的综合评价方法。对学生课前自主学习测试和章节验收测试或作业直接按结果评分。对于课前任务反馈情况较好的学生给予加 1—2 分的奖励；对于课堂上表现（包括参与讨论、出勤、对小组的贡献等）优秀的个人给予加分；对协作好的小组给予每个组员加 1 分的奖励；对学生课前、课中参与互动情况、课后反思情况可采用 5 级制再转成百分制纳入总评。总结性评价主要依据期末考试的成绩确定。教师可以设计平时成绩和期末考试成绩各自占的比重。有些教师担心平时成绩占的比重太大，学生最后的总评成绩可能过高。其实，成绩只不过是用来检验或激励学生学习的手段，只要学生的积极性能够得到调动，达到了预期的教学目标，学生的成绩高一点又有什么关系呢？

### （二）评价者

课堂表现部分可以由教师、小组之间、组员三方进行评价，取综合得分。

1. 教师评价

为了尽可能地做到客观公平，教师要多注意观察学习者的表现，通过学习者提交作业情况、每章测试成绩、小组合作情况以及课前自主学习情况等多方面对学习者做出客观的综合的评价。教师的客观评价对学习者学习具有潜移默化的作用，适当的鼓励与提醒都是必不可少的。

2. 小组之间的评价

在讨论过程中，发言小组以外的其他小组可以对发言小组进行评价，针对课程不同，一般可以对知识掌握情况、知识运用能力、PPT 制作水平、汇报过程的语言表达能力、创新能力、小组的团队合作情况等进行评价。特殊课程或特殊活动评价指标可以单独设计，如增加项目的可操作性或作品的意义。

### 3. 组员评价

学习者从对小组做出的贡献、小组活动参与情况及小组讨论时的表现情况等方面出发，对自己的小组成员做出评价。这有利于学习者更好地参与到小组学习活动中，提高帮助他人及合作学习的积极性。教师可先告诉学生小组内每个成员的贡献度之和是 100%，在组员商量的基础上由组长进行分配，不得平均分给每个成员，必须有所差别，教师再根据学习者对其他成员给出的小组贡献度进行打分。

此外，有些人认为可以让学生进行自我评价，但是这种评价难免会出现不符合实际的情况，用来了解学生的学习情况或了解学生的心理感受可以，但是作为最后评价学生的依据是不合适的。

### （三）评价内容

#### 1. 认知方面

主要评价学生在认知方面的绩效，包含学生课前知识传递的检测结果、课上自主练习和合作探究的完成情况以及章节测试结果；主要考查学生对知识记忆的准确性，对知识理解与运用的准确和深刻性。

#### 2. 过程方面

主要评价学生参与学习过程的表现情况，包括学生是否全身心地投入到学习活动的全过程，是否参与了师生交流、小组讨论、动手实践和自主探究等活动，在参与学习活动的过程中是否开展了深层次的思考和交流，是否积极主动地帮助了他人。

#### 3. 情感态度方面

主要评价学生参与学习的状态与情感，包括学生是否愿意开展学习、参与交流与互动，是否愿意构建良好的合作氛围，是否在参与学习的过程中培养了兴趣爱好，是否愿意帮助他人共同进步，是否有文明的表现等。这些都可作为评价范围。

# 第三节　翻转课堂在英语文学教学中的应用

## 一、英语文学翻转课堂教学模式实施的必要性

在当今世界全球化形势下，学校教育，尤其是大学教育面临着培养"全人"的重要任务，世界范围内均重视学生全面素养的培育，通识教育成为我国高等教育十分关注的问题。培养学生的人文素养和良好的道德情操，是通识教育的重要内容之一。如何使学生拥有较好的个人品质和修养，与文学课程的教学是分不开的。为了更好地开展文学课程，尤其是英语文学课程的教学，翻转课堂模式的应用十分必要。

### （一）英语文学课程的性质使翻转课堂模式成为必要

文学即人学，是培养人文素养的重要课程，其目的在于"树人"。新形势下的高校教育必须是全人教育，因为"人是文化的人"，教育的内容必须包含人类的全部文化，而不只是特殊的技能培训和知识传授，是融知识技能教育、生命与生活教育及人性与文化教育为一体的综合事业。英语文学以其特殊的课程性质成为全人教育的重要基地之一，关涉学生英语专业知识、文化知识、文学素养、健康的社会价值观、良好的个人情感和道德情操、对全人类的爱与观照以及健全而完整的人格培养等方面。英语文学课程既是英语专业的专业核心课程，也是英语专业及非英语专业培养学生全面素质的通识课程之一。利用高校英语文学课程的教学以培养学生的个人品质，是英语文学课堂教学的重要目的。在翻转课堂模式下，学生利用课余时间广泛涉猎英语文学相关知识，领略经典的文学思想和文学艺术，利用小组活动互动交流，并利用课堂进行互动和展示。这样既有利于他们人文素养的形成，也有利于其个人专业能力的培养，还能培养他们相互合作的团体意识，促进他们全人素养的形成。要培养大学生的全人品质，高校教师需要尊重学生的个性差异，做到因材施教。也就是说，教育要归于个性。首先，教育要以学生为主体。学生是主体性的人，具有自己的目的性、自主性、选择性和创造性，因而英语教学必须以学生为主体，满足学生的个性特点。其次，教师应该转变自己的角色，从专家型角色转变为很好的组织者、促进者、咨询者和创造者。全人教育的理念与翻转课堂模式的观念

相契合，即让学生回归课堂的主体角色，充分发挥他们的学习积极性，培养他们自主学习的能力。英语文学课程自身的审美性和批判性要求学生具有独到的见解和领悟，翻转课堂模式给学生提供了更广阔的思维空间，利于他们对文学思想和文学作品进行解读和把握。

## （二）当前形势下英语文学所面临的困境使翻转课堂模式成为必要

高等教育的重要性主要在于其人文性。在当今商品与市场经济模式下，许多高校（尤其是地方院校）笼罩在应用型理念的迷雾中，"快餐式"学习方式冲淡了传统的精英教育，而具有隐形及深远"树人"功能的文学课程逐渐走向边缘。在一些地方院校中，英语文学课程因为不能带来直接的效应而被舍掉。在这些院校中，英语文学课程在高校英语专业课程体系中的地位面临着挑战；同时高校教育体制改革加大了学生课外实践的构成，压缩了课堂教学的实际学时，英语文学课程自然成为压缩的首要对象之一。过去每学年一门的英语文学课程被压缩到每个学期一门，继而又被压缩至每学期几个学时，有的学校甚至将其压缩到更少。在如此严峻的形势下，传统教学模式再也不能有效完成教学任务，不能实现英语文学课程的教学目的，而适时出现的翻转课堂教学模式为当前英语文学课程教学提供了新的出路。

## （三）翻转课堂—英语文学课堂教学改革的必要尝试

在英语文学课程普遍受到边缘化且其课堂学时被大量压缩的前提下，改进课堂教学模式，增强学生对英语文学课程的兴趣，从而提高英语文学课堂教学质量，是回归高校人文精神、重树英语文学课程核心地位的必要途径。当前形势下摆在英语文学教师面前的问题是如何在有限的课堂教学学时内完成浩如烟海的知识信息的传授。课时的局限性使教师在繁重的教学任务前不知所措，即使采取满堂灌的方式也无法完整地传授本门课程的内容，效果也不尽如人意。因为这种教学模式极易使学生懒惰，易使其产生课堂疲劳，授课效果事倍功半。传统意义上的英语文学课堂教学主要采取的是教师讲、学生记的授课方式；期末考试命题时教师主要以教材与授课内容进行命题。期末考核时平时成绩占20% 或 30% 的比例，期末考试成绩占 80% 或 70%，平时成绩以考勤和作业的考评为主。期末考核主要考核的是知识点，学生往往苦于记不牢而对考试忧心忡忡。这种教学模式与英语文学课程的本质和全人教育的目标相去甚远。英语文学课堂教学要真正做到以学生为主体。这就意味着要给学生更多的时间、空间和自由，使他们成为学习的主人，从而主动、积极地完成学习任务和履行学习的职责。为此，教师应主动把课堂还给学生，成为学生学习的引导者、组织者、合作者和评价者。翻转课堂教学模式作为一种新型教学模式，与英语文学课堂教学的性质不谋而合，是英语文学课堂教学值得借鉴的教学模式。

## 二、翻转课堂在英语文学教学中的实施

其具体实施体现在以下几个方面。

### （一）功夫在课外

翻转课堂的实施对教师与学生都提出了更高的要求，师生均须在课外做好充分的准备。在翻转课堂的实施过程中，教师虽然看上去比过去少"讲"了，但其工作和任务量一点也没减少，甚至需要做更多。教师须在课前遴选教学内容，设计问题，布置小组任务，制作课件与微课视频，准备和布置有关阅读材料，且对所有材料以及相关问题谙熟于心，对学生任务履行过程中的种种问题有足够的预测和应对。学生的学习从被动变为主动，他们须付出比过去更多的努力。他们需要阅读教师指定或提供的有关材料，通过小组讨论解决教师布置的学习任务，制作小组讨论汇报材料等。学生必须在课外对特定时期的文学现象、作家作品和文学思想及其与特定时代背景的关联有充分的了解和认识，才能在课堂上出色地展示学习成果，并通过课堂展现和互动获得进一步提升。

### （二）展现在课堂

翻转课堂模式下的英语文学课堂是展示学习成果、解决学习问题及实现思想交锋的地方。学生在课堂上进行小组讨论、组织汇报并进行评价；教师对小组汇报进行打分点评，就有关知识点进行补充与解答，或参与课堂讨论，就特定章节的核心内容进行讲解。课堂是活跃的课堂、互动的课堂、积极的课堂。

### （三）评价侧重"形成"

翻转课堂教学模式变过去较为单线条的教学行为为多线条的教学模式，过去较为简单的评价模式已无法适应新的教学行为，因而对学习者的评价也须做出改革。翻转课堂模式教学更加重视形成性评价，要对学生的课堂参与行为做出要求和评价，主要包括以下几个方面。

1. 考勤

翻转课堂模式下的课堂教学更重视学习者的在场。过去的传统课堂以教师为中心，主要由教师讲授，学生如果缺席，可以通过参考他人的课堂笔记来弥补。

翻转课堂模式下的课堂以学生的积极活动为主，是以学生为主体，甚至以学生为中心的课堂，学生要在课堂上实现与他人的合作、分享和评议行为，错过了便无法弥补，他们必须参与课堂行为。因此，教师应对学生的考勤做出严格的要求。

2. 课堂表现

翻转课堂旨在实践有意义的课堂学习行为，学生不仅要出勤，还必须有所行动。学生需通过小组讨论解决相关问题和完成相应的学习任务，他们必须集思广益，形成最佳的方案，并将形成的方案或者答案在班级里汇报给全体师生。所有这一切都涉及实际的行为。教师须对他们完成任务的态度、效果与质量进行评价和点评。

3. 课外学习任务的实施情况

翻转课堂模式下，学生的信息获取多数在课外完成。要实现英语文学课程教学的终极目的，除了要完成教师布置的与课堂教学直接相关的内容外，学习者还需阅读一定数量的文学原著，以对英语文学有较为具体的感悟。因此，给学生布置课外的阅读任务是英语文学课程教学的必要环节。教师须对学生阅读过程的每个环节进行检查和评估，并给出最终的评价。

4. 改革终结性考试形式

过去英语文学课程期末考试通常只遵循教师讲授的主要内容，而且试卷以客观题为主。然而在翻转课堂模式下，学生的每个学习环节都将进入最后的测评，期末考试成绩所占的比例将大幅度降低。不仅如此，期末考试试卷中的命题方式也须有较大的改变，从而给学生更大的发挥空间，主观题的比例须有较大的提升，并将其课外读物纳入期末考试。

# 第十一章　文化视域下英语文学教学改革策略

文学是文化研究的重要载体和一个民族独特性的重要表现方式。通过对英语文学的研究，人们可以认识西方文化背后的文化内涵和价值观念。也就是说，通过英语文学认识英美文化及其国民性格，是一种基于文化认知的跨文化交流层次。因此，基于文化视角下的英语文学教学改革是当前英语教学改革中的重要问题，本章将对此进行详细的论述。

# 第一节　文化教学与文化英语专业教学概述

## 一、文化教学的概述

### （一）文化教学的定义

文化教学是指在高校英语专业教学中，将某个语言国家的国情、文化背景、文化知识等融入语言教学中的一种教学方式。这里所说的文化教学并不是一个狭隘的概念，不仅包含传授与语言教学和实践相关的文化知识，还包含对两种文化的异同点进行研究，努力培养学生处理语言中文化差异的敏感性，从而提高学生的跨文化交际能力。

### （二）文化教学的内容

传统的文化教学主要是指教授目的语国家的地理、历史、国家机构、文学艺术以及影响理解文学作品的背景知识。随着社会科学以及人类学和社会学的发展，语言学家及教学专家们开始意识到，了解和分析一个民族的居住环境、生活方式以及他们的思想、行为对学习该民族的语言十分重要。高校英语专业教学不仅要介绍语言知识并进行"四会"技能训练，更应该把这种学习与训练放到文化教学的大背景中进行，最终使学生具有语用能力。强调语言形式和内部结构的结构主义教学，割裂了语言形式与语言意义及功能的联系。用这种教法教出的学生也许很会做专门测试语法形式、结构的试题，但往往会因缺乏运用语言进行交际的能力（包括读、写的能力）而出现交际失误，最终无法实现学习外语的真正目的。

文化知识主要涵盖了三个层面：第一，英语国家文化，包括交际中的体态语、称谓语、问候语和告别语，饮食习俗，表达赞扬、请求、致歉并能做出恰当的反应，地理位置，气候特点，历史及人际交往习俗。第二，本民族文化，包括关注中外文化异同，加深对中国文化的理解；初步用英语介绍祖国的主要节日和典型的文化习俗。第三，世界文化，包括了解世界上主要的文娱和体育活动、主要的节假日及庆祝方式等。在了解一定语言文化知识的基础上，教师应该根据学生的年龄特点和认知能力引导学生逐步发展跨文化交际的语用能力，如语言的正确选择和使用、跨文化交际策略的掌握。

### （三）文化教学的意义

1. 文化教学有利于拓展学习者文化视野和培养文化意识

文化教学是高校英语专业教学的重要内容和主要方法，可以优化学生的知识结构和能力结构，提高学生的社会文化领悟力，激发学生的学习兴趣，在教学中渗透文化知识，可以大大激发学习者学习语言的兴趣。教师可以通过发现、挖掘、拓展教材中的文化知识内容，使学习者获得与书本相关的文化知识以及拓展知识。教师也可以通过与教材主题相关的文化背景知识介绍，让学习者了解多元的语言文化背景。文化教学中文化知识的传授在激发学生学习兴趣的同时，有利于开阔学生的文化视野。当具备足够的文化知识储备后，学习者会逐步提高对文化的敏感度和学习文化知识的积极性。

2. 文化教学有利于学习者了解中外文化的异同和提高文化理解力

在文化知识的传递过程中，文化教学通过文化比较的方法呈现中外文化。学习者在中外文化异同的比较中既能感受到文化的多样性，也能提高对文化的理解力，做到对不同的文化兼容并蓄。

3. 文化教学有利于培养学生跨文化交际能力

跨文化交际能力是国与国之间交流的重要桥梁。在文化教学中，教师应根据学习者的语言水平、认知能力和生活经验创设尽可能真实的跨文化交际情景，让学生在体验跨文化交际的过程中逐步形成跨文化交际能力。

4. 文化教学关注语言和语用中的文化因素，有利于提高学习者的语言综合应用能力

文化教学中关注语言和语用中的文化因素，有助于学习者避免在跨文化交际（行为）中因文化误解和言语失误而导致的交际失误。

# 二、文化英语专业教学的概述

## （一）文化英语专业教学的定义

具体来说，文化英语专业教学涉及两个层面的教学。一个层面是表层的语言教学，即传统意义上的英语词汇、语法、语篇等的教学。这种教学是当下英语专业教学着重在进行的主要内容，但只涉及英语专业教学的表层现象，不足以让学生领悟词汇背后所蕴藏的深刻文化内涵。由于语言教学与文化教学的不可分割性，所以表层的语言教学也是文化教学的重要组成部分。另一个层面就是深层次的文化教学，即能对英语国家的文化价值观念和体系做出辨析，深刻了解英语国家人民的思维方式，进而对英语国家人民的行为模式有所洞悉，以达到成功交际的目的。

## （二）文化英语专业教学存在的问题

1. 英语多元文化教学意识有待加强

传统意义下正在进行的英语专业文化教学主要聚焦在以英美国家为主的英美主流文化上，忽视了英语非母语国家的文化教学。在全球化视野下，英语国际化与本土化趋势加强，作为全球通用语言，英语在各个国家被重新建构并趋于本土化。因此，教师在进行英语专业文化教学时，不能再仅仅集中于以英语为母语国家的文化教学，如英国、美国、加拿大、澳大利亚，而要同时拓展自己的国际视野与全球意识，扩大文化涉及范围，关注英语非母语国家的文化，如新加坡、印度、非洲。

2. 学生英语文化学习态度有待端正

目前，学生对于英语文化的学习态度失之偏颇，主要存在两种不同的态度：一是对于英语文化学习的意识薄弱，没有认识到英语文化学习对于英语专业学习的重要性；二是对于英语文化的学习存在盲目西化的现象，认为西方文化是

好的文化、先进的文化，对英语文化不加甄别，来者不拒，盲目崇拜，盲目学习。这两种英语文化学习态度都是不正确的，亟待教师予以纠正。

3. 英语文化与母语文化比重有待均衡

英语专业教学的目的是提升学生的跨文化交际能力。跨文化交际是双向交流的过程，而不是单向的英语文化的导入，教师既要注重英语文化的导入，又要注重母语文化的传承，实现双语文化的交叉交际。而传统英语专业文化教学聚焦于对英语文化的单向导入，相对弱化了母语文化与英语文化平等、双向乃至多元文化的交流。众所周知，文化是一个民族赖以生存和延续的基础，是一个民族屹立于世界民族之林的独特身份象征。因此，开展文化教学是进行英语文化与母语文化双向乃至多向之间的交流碰撞。由此可见，顺应文化多元化趋势、加大母语文化比重、促进英语文化与母语文化的交叉交流势在必行。

## （三）加强文化英语专业教学的途径

1. 拓宽国际视野，加强英语多元文化教学

英语作为一种国际交流的工具，在被使用的过程中逐渐被各个国家或民族赋予其本土化的特征，并形成了各种英语变体，使得英语的人文性更加凸显。教师当下要注意的就是在进行英语专业文化教学时拓展自己的全球视野，将英语国家体系扩大，不仅重视以英语为母语的国家的文化，也要逐渐加强英语非母语国家的文化输入，提升学生对于多种英语文化的敏感度，加强学生对各种英语文化的辨析能力，洞察中西文化的异同，扩大自身对于英语多元文化的包容能力。

2. 完善价值观念，端正学生英语文化学习态度

针对学生出现的英语文化意识薄弱以及全盘西化的学习态度，教师有必要纠正学生片面的学习态度。首先，让学生树立面对不同文化时的选择、批判能力。面对不同于本族语文化的英语文化时，应树立一种批判意识，取其精华，去其糟粕，不敌视也不全盘吸收。其次，增强学生对不同文化的交流融合能力。面对异域文化，不能仅停留在表层理解阶段，还要洞悉英语文化与母语文化的异同，实现两种文化的交流交锋与融合。要增强自身的民族文化自信，以平等的态度对待中西方文化，对英语文化有认同、有吸收、有质疑、有批判，与英语文化进行平等的对话交流。最后，培养学生正确的价值观念，提升学生对于多元文化的吸收、包容、借鉴、批判、创新能力，最终使学生以自信的态度与异域文化展开交流。

3.加强英语文化本土化教学

将本民族的文化传统向外延伸并与其他多元文化相融合是当今社会全球化进程的一个显著特点。如果过多甚至过分地强调英语文化成为文化教学的全部内容，全然抛弃母语文化，就会导致我国在国际交往中丧失自身的文化身份，并且不利于学生形成平等的文化价值观，使跨文化交际过分依赖对方文化而导致跨文化交际的失误甚至失败。

因此，针对英语专业的文化教学，既不能采取激进的全盘西化教学，也不能仅采取保守主义的态度教学，而应采取批判、吸收、再创新的态度教学。对于英语文化要批判、借鉴再创新，形成具有中国特色的英语专业教学。利用英语的工具性特征，加强中华优秀文化的英语表达，以积极的心态、自信的文化态度促进中华文化走向世界，促进国际视野中的中国经典文化与英语文化的平等交流，真正提高学生的跨文化交际能力。

# 第二节　英语文学阅读与赏析中的文化问题

## 一、英语文学阅读的定义

英语文学作品的阅读是英语阅读的一个重要组成部分，而英语阅读是整个英语教学的基础，有着不可替代的重要性，属英语学习中的基础工程。文化问题是文学作品阅读乃至整个英语阅读的重点和难点，但又常常被人们忽视。桂诗春指出："在阅读过程中起作用的，一是语言因素，二是非语言因素。我国在训练外语阅读能力过程中的一个偏向是把这两者混淆，甚至用前者代替后者，于是出现一种逐句分析语法结构的阅读训练方法。"桂诗春所指的"非语言因素"就是文化因素。文化问题在英语文学作品阅读中尤为重要，因为文学作品包罗万象，即社会生活的各个侧面、人类文化的各个侧面应有尽有。如果对西方文化知识知之甚少或一无所知，那么英语文学阅读就会寸步难行，阅读中的交流就会被中断，甚至出现误读原文语篇，达不到交际之目的。

## 二、英语文学阅读与赏析中存在的文化问题

特定的语言总是与特定的文化相关联。语言是相关文化，特别是文学的关键。"各种语言本身只能在交织蕴藏语言的文化背景中才能被充分认识；语言和文化总是被一起研究的。"语言与文化的关系如此密切，以至于在不同的两种文化中很难找到文化内涵完全相同的词语，所以学习外语必须了解目标语言的文化。仅仅掌握语音、语法、词汇以及具有相应的听、说、读、写、译的能力，还不能保证学生能深入、灵活、有效和得体地表达思想，具有跨文化交际的能力。由此可见，文化问题是至关重要的问题，所以美国外语教学协会列入外语交际能力的内容不仅包括四种语言能力（听、说、读、写），而且包括社会文化能力。

文化是一个民族在特定的历史阶段知识、经验、价值、态度、等级观念等的总和。文化具有继承性、持久性和渗透性。每个民族由于不同的地理位置、自然环境、宗教信仰、生活习俗和历史传统而形成不同于别的民族的文化，这一独特的文化必然反映并沉淀在该民族的语言中，成为该民族不可分割的一部分。

但是，文化不仅隶属于民族和时代，而且可以超越民族和时代。文化中核心的价值判断和审美情趣等会一代代传下去。另外，随着各民族文化交往的逐步加深，不同文化还会互相影响，互相促进。每一文化中普遍的东西还会跨越自己的文化，成为全人类的共同财富。在跨文化交际过程中，文化信息如价值判断、思维模式必然会通过语言或隐或显地表露、传达出来。如果学生对西方文化没有深入的了解，就不可能真正领会英语所要传达的文化信息，有时甚至会曲解原意，不能与原语文化进行沟通与交流。

英国语言学家利奇把词义置于社会文化的广阔背景之中，围绕词义的交际功能，进行了详尽的分类研究。他认为，词义可分为以下几种类型。①理性意义：关于逻辑、认识或外延内容的意义；②内涵意义：通过语言所指的事物来传递的意义；③社会意义：关于语言运用的社会环境的意义；④情感意义：关于讲话人或写文章的人的感情和态度的意义；⑤反映意义：通过与同一个词语的另一意义的联想来传递的意义；⑥搭配意义：通过经常与另一个词同时出现的词的联想来传递的意义；⑦主题意义：组织信息的方式（语序、强调手段）所传递的意义。利奇以联想意义概括除理性意义和主题意义之外的其他五种意义，因为它们是人们在使用语言时联想到的现实生活中的经验，传达人们在使用语言时情感上的反应，并具有特定社会的文化特征。每一种语言在其历史演变过

程中，总是与说该语言的民族文化生活融为一体，营造一种特殊的情感氛围，并能引起一定的文化联想，产生联想意义。每一民族语言中的词汇所包含的文化含义也不完全相同，有些词汇的文化含义十分丰富，很难在另一语言中找到恰当的对应词。譬如，对中国人来说，中国诗歌中的一棵柳树就会引发无限联想，译成英语，则无法引起与之相同的联想，许国璋称这类词为"文化含义丰富的词汇"。文学阅读与欣赏中，对于这类词汇的把握显得尤为重要，因为它关系到学生正确理解原文与正确接受原文的信息，关系到原文所传达的美学意蕴与韵味。因此，对于英语文学阅读中的文化问题，必须引起高度重视。把文化问题作为文学中一个首先需要解决和不断需要解决的问题。

# 第三节　文化差异对英语文学的影响

## 一、文化差异的概念

文化的独特性是世界各民族屹立于世界并保持民族自尊的重要体现。在历史的发展长河中，世界各个国家历史发展的不同、所处地区的不同以及长期的生活习惯的不同，造就了被本民族人民所熟悉的、能够保护其传承发展的独特的民族文化。独特民族文化竞争力的不断提高已经成为现今综合国力竞争的重要组成部分。

## 二、中西文化差异的主要表现

中西文化差异是在长期历史发展的过程中形成的，文化的发展植根于经济社会的发展。就这一方面而言，造成中西文化差异的原因主要是中西国情、国家体制和历史发展不同。其具体的文化差异如下所述。

1. 风俗观念

中西文化差异中，对英语文学翻译影响最为明显的是两者文化中的丰富观念。艺术来源于生活，又高于生活。英语文学作为艺术的组成部分，无可否认的是其灵感的来源和艺术作品的创作主要是对人们现实生活的反映。一部有灵魂、有情感、能够引起人们共鸣的文学往往是真实地反映了其所处的特定时代的文化印记及人们的生活现实。所以，在进行英语文学翻译的过程中注重中西文化差异，最为根本的就是能够集中体现不同地区人们生活态度、生活习惯的综合，即风俗观念。风俗观念是一个兼具历史性和现代性的文化名词。不同地区的人们拥有不同的风俗习惯，而这种风俗习惯已经渐渐地形成一种潜在的文化模式，深刻地反映在人们的社会道德等方面。例如，我国提倡尊老爱幼，在公共场合特别注重保护幼儿、老人的人格尊严及其人身安全。但是在西方国家，其长期的生活习惯及盛行的价值观念旨在培养幼儿独立的人格，所以西方国家将公共场所视为一个幼儿彻底社会化的重要平台。这是一个最为根本的能够体现中西风俗观念的差异。

2. 事物象征意义的理解

与上述两点基本相同的是，不同的历史文化中同一事物有着不同的象征意义，在人们生活中所处的地位和受人们爱戴的程度也是不同的。其中最为普遍的就是"龙"，"龙"在我国是非常神圣的，甚至有些人将其作为生活美好、国家繁荣昌盛的伟大象征。但是对于西方国家而言，"龙"是消极事物的代表。由此可见，同一事物在不同的文化中由于其存在历史和人们观念的不同，其象征意义是不同的。因此，在学习英语文学的过程中熟悉这些不同事物的特定象征意义是非常重要的。

3. 思维认知和价值观的差异

现代化世界的发展虽然在很大程度上倡导普世的价值观念，即人人平等、人们享有自由的权利，但是具体到某一个事物的认识上，不同国家和地区仍然会有自己独特的思维认知和价值观差异，这深深地反映在文学创作的过程中。最为明显的就是西方一贯奉行个人主义，所以在英语文学中，90%的文学都是对个人主义的提倡和宣扬；而我国在长期的历史发展过程中倡导集体主义，并且这种价值观念一直影响着现代人们的生活。除此之外，西方文学创作的过程中采用西方的认知思维方式，即非常注重创作句子的主谓宾结构，而且关注对客观事物的描述；而我国的认知思维方式比较注重句子的转折、递进，而且在描述客观事物时通常会借客观事物表达主观感受，非常注重个人情感的表达。这两种不同的文化价值观念和认知思维方式对英语文学的翻译有着深刻的影响。

# 第四节　基于文化视角的英语文学教学改革

## 一、文化与英语文学研究

### （一）文化与英语文学的发展

英国文学是世界文学的重要组成部分。英国文学的发展起源于文艺复兴时期，并经历了文艺复兴、浪漫主义和现实主义时期。第一次世界大战和第二次世界大战后，英国文学的发展更趋向于多元文化的发展，其作品反映了社会的变化和发展。在文化全球化的趋势下，英国文学的写实角度不断深入社会，其作品反映了英国的社会、政治、经济、文化等。

美国文学的发展始终贯穿于欧洲传统文化和北美新大陆文化。基于这一线索，可以把美国文学作品进行细化，大致可以分为三个阶段：殖民地时期、18世纪末至19世纪中期浪漫主义时期以及其后的多元文化特征时期。其中，在殖民地时期，美国文学依赖欧洲文学，还不能摆脱欧洲文学的范式。在第二阶段，即18世纪末至19世纪中期的浪漫主义时期，美国文学开始摆脱欧洲文化的影响并寻找自我文化，在自身的创作意识上慢慢地达到成熟。这一时期产生了许多优秀作家。进入20世纪，60年代的实验说到70年代的多元文化的发展，体现了不同时期的历史文化的变化特点。

综合英语文学的发展情况可看出，它们鲜明地反映了不同时期社会变迁和文化的沉淀，是对人类社会自身文化存在的描绘，是整个文化系统最能接近人文精神层面的多元系统。

### （二）英语文学的解读与文化差异

文学作品的表现方法是作者写实手段的灵魂。它源于作品对现实社会的再现，是对社会政治、经济、文化的总结与归纳。英语文学的语言文化知识及其文体风格彰显了语言文化的传播张力，是丰富多彩且多元化的。文学作品的研究需要加入英语语言文化，在作品解读的过程中融入个人的思考和见解，能够更好地实现对艺术价值的欣赏，并且形成基本的价值观认识。进一步说，对文学的解读其实就是英美文化的渗透与理解过程，其中包括作品作者的价值取向及意识形态的解读。因此，对英语文学及文化的研究是一个理解作品内在意识的过程。

对英语文学的研究，需要结合文化意识上的差异性和文学特点进行本源化的分析与解读。这有助于提高对不同地区的文化识别能力，感悟不同地区的文化差异性。就中西文化而言，教师应理解中西两种不同文化的差异性，消除两种不同文化的冲突性，促进不同文化的融合，从而提高跨文化交际能力。因此，学习英语文学的过程到对其作品进行研究与解读的过程，就是一个不断消除文化障碍的过程，能减少文化冲突，促进中西文化交流。

## 二、文化视角下英语文学的教学现状及改革

### （一）文化视角下英语文学的教学现状

高校英语文学教学改革势在必行，为了让学生走出文学课程的"困境"，教师需要反思如下问题。

1. 高校英语文学教学瓶颈主要是发展模式单一性

在文学授课过程中，以解读为主，即教师进行知识灌输，学生被动地接受知识；文学研究不够深入，只停留在作品知识的表象上，作品的独特性被忽略了；教师对同一时期作品的解读太传统，对作品与作品之间的文化背景异同性不加以区分。

2. 英语文学的教学大多采用以教师为核心和以教师为主导的教学模式，忽略了教师与学生之间的互动性

教师只从文学背景、文学作品内容等进行解读，刻板硬套，失去了文学作品的灵活性。学生失去了话语权，被动地接受文学作品常识，对英语文学作品本质内涵没能理解，从而失去了文学作品的生命力。

3. 英语文学的研究与教学大多只侧重于文学基本知识，而忽略了作品内容中的文化知识

这有悖于学生的人文素质培养和自身素质的提高。从另一角度来讲，教师进行英语文学的教学，不仅要为学生提供了解英美文化传统、社会政治制度等背景知识的机会，而且要提供英语文学作品所包含的文化知识、文学知识及其具有的哲学、人文、美学等知识，因为它们也是英美民族社会文化的缩影。也就是说，教师在进行英语文学的教学时，不仅要服务于学生，而且要以提高学生的人格和自身文化素质为己任。

## （二）文化视角下英语文学的教学改革

### 1.教材的改革

首先，在教材上要打破过去"以史为序"的框架，采用类似"断代文学"的做法，不妨从注重情节、语言规范、最适合初学者的 19 世纪文学学起，打破以往的学习顺序；题材的选择上也依照学生的接受程度，按小说、散文、诗歌、戏剧、评论排列。其次，在文学史与文学选读的关系上，基本上遵守以文为纲。但为了保持文学发展的整体面貌，清晰地呈现文学的产生与继承发展的线索，教师应在选读进行当中加入文学史部分的课程，或者作为课外阅读布置给学生，课堂上只进行讨论和概括。如此，可收到事半功倍的效果。

### 2.英语教师教学观念的转变

担任英语文学教学组织的教师必须在教学观念上做出调整，清醒地认识到自身的职责，在教学实践中重视对学生批判性思维能力的培养。对文学课教师而言，批判性思维能力的培养不在于教会学生某种技巧，而在于让学生逐渐养成敢于理性质疑的批判性态度。换言之，在文学教师的引导下，学生在学习英语文学作品的过程中，不仅能够运用批判性的眼光对教师授课方式、教材内容、所学文本提出不同的见解，还能够提供支撑自己独特见解的翔实材料，由此对所学之物、所见之事的真实性、精确性、性质与价值进行个人的判断，从而获得更为宽广的视野和更加开阔的思路。

### 3.充分利用现代教育技术手段

通过利用现代化技术手段，进一步提高文学教学效果。文学是一种资源、财富和修养，现代教育技术为更好地开发文学资源提供了强有力的手段。科学技术的迅猛发展和信息时代的到来，为教育手段的现代化提供了一定的条件和保障，也为英语教学提供了丰富的资源。教学手段的现代化关系到人才培养的质量，文学课也要充分利用现代化教育手段，为提高教学效率、培养学生有效学习创造条件。在文学阅读初级阶段，教师可利用现代化教学手段组织学生观看由英语文学原著改编而成的影视作品。影视作品的音、画、影、像提供了直观的艺术形象，使阅读材料变得形象、具体、生动，激发了学生的兴趣和想象力。到了提高阶段，在学生阅读原著的基础上，让他们看改编的影视作品，如此能对学生产生视听冲击力，从而激发他们的情感，启迪他们的想象和联想，让他们在饶有情趣的状态下进入作品意境，进一步加深对文学作品的认识和理解。

### 4. 英语文学教学内容的调整

在英语专业的英语文学课程设置中，大学三年级开设的英国文学一般为 32 或者 64 个学时，美国文学为 32 个学时。由于学时有限，教学内容一般以"文学史 + 选读"为主。在讲授中，英语文学教学内容除了应包含常规的文学史和文学作品，还应适当地补充相关知识。例如，在讲授英国文学史上的启蒙运动和启蒙时期的文学时，不仅可以追溯启蒙运动的思想与世界观，还可以列举康德、法兰克福学派等对于启蒙的不同观点，引导学生批判性地看待这一术语。在讲授培根的散文时，教师可以对培根"知识就是力量"的论述提出自己的观点，并引导学生从多个角度探讨这个问题。

# 第十二章　多元智能模式与英语文学教学实践

## 第一节　多元智能概述

英语文学课程是我国高校英语专业学生的一门必修课程。英语文学课程的好坏直接取决于英语文学教学。英语文学教学不仅可以丰富学生的文学知识，还可以提高学生的人文素养，对我国的素质教育具有良好的推动作用。本章以多元智能理论为基础，对英语专业英语文学教学改革进行了分析和论述。

### 一、多元智能理论的提出背景

#### （一）关于智能的讨论

智能是什么？长久以来，关于人类智能的研究和讨论一直是困扰人们的难题。在古希腊，柏拉图提出："人类在很大程度上是无知的，人类永远不可能了解真理的全部，而仅仅是通过几何学和逻辑学去接近真理。"他的学生亚里士多德指出："人类拥有两大心智，即快速了解原因与情境，进行正确的道德选择。"佛教哲学认为人类的心智具有三个重要的品质：智慧、道德与反省。在文艺复兴时期，托马斯·莫尔、达·芬奇等思想家则更加关注人类的理性和创造力的重要性，认为它们是控制甚至重建世界的能力。

20世纪，随着人类对大脑及其认知过程的不断深入研究和了解，法国心理学家比奈和西蒙等研究者编制出了世界上第一套智力测验。提出这种智力测验的研究者认为，智力具有单一的性质，通过纸笔测验就可以测出人类智力水平的高低。受这种传统智力测验理论的影响，当时，许多心理学家和教育工作者都深信人类的这种"与生俱来"的能力，即在某个年龄发展阶段通过测验所得到的数据，可以运用到其后续年龄阶段。人的聪明程度表现为其测验的结果，也就是所谓的智商分数。因而，所有的儿童都应接受这种单一、狭隘的智力测验，而学校教育的目的就在于尽可能地使学生获取这样的 IQ 高分。为此，在学校教育中应实施一元化教育，其具体形式是指学校提供给所有学生相同的课程，并以相同的教学方式将这些学科知识传授给所有的学生；统一的考试（纸笔测验和标准化形式）是衡量学生学习能力和智力水平的最佳方式。这种学校教育的统一论使得那些最适用于采用这种标准化评价方式的学科，如语言、数学和逻辑成为学校和学生最为重视的学科，而音乐、艺术和体育等难以在标准化测验中实施的学科则显得无关紧要。这种狭隘的测验形式和教育观培养的是少数的学习成功者，却造就了更多的悲观、学习失败者。

为此，这种传统的智力理论和教育受到了学者们的质疑和批判。1935 年，亚历山大第一次提出了非智力因素的概念。非智力因素是指记忆力、注意力、观察力、想象力、思维力等智力因素之外的一切心理因素，主要包括动机、兴趣、情感、意志、性格等。这些非智力因素是直接影响和制约智力因素发展的意向性因素。但是这一理论的提出在当时并未受到人们的关注。

## （二）多元智能理论的提出

霍华德·加德纳由于对艺术长期的兴趣，成了哈佛大学"零点项目"研究所的两名负责人之一。他在即将结束博士研究生学业的时候，开始了历时 20 年的在神经心理学领域的研究工作，试图理解人类的能力反应在大脑中是怎样组合的。后来他开始写描述人类不同能力的心理学书——《智能的种类》。该书后来被更名为《智能的结构》，成为多元智能理论产生的最初因素。1979 年在伯纳德·凡·李尔基金会的支持下，加德纳开始实施关于人类潜能的本质以及这些潜能如何才能得到最大限度开发的研究。他把过去对不同群体认知能力的观察发现和研究成果，包括对正常、天资儿童和脑损伤病人认知能力的研究结果综合起来，将人类的能力命名为多元智能，并于 1983 年在《智能的结构》中提出了多元智能理论。

传统心理学科学地位的确立始于 18 世纪后半叶。大量的科学研究探索的是人类认知最普遍的规律，也就是现在所说的人类信息处理法则和人类个体之间的差异，即人的能力（以及能力方面的缺陷）。这实际上是对人的心理能力进行测试，随之产生了智力测验研究，智力测验的出现又产生了更激烈的争论。在智力测验范围内存在着的长期争论形成了不同的派别，主要有"刺猬派"和

"狐狸派"。前者将所有的智能都看成是一个整体，相信人有单一的、神圣不可侵犯的能力，而且相信这是人类的特别属性。他们特别强调每个人与生俱来都拥有一定数量的智能。英国心理学家查尔斯·斯皮尔曼是受"刺猬派"影响的代表人物之一。他相信存在着主宰一切的一般智力因素"g"，这是智力测验中每一道题所要测量的因素。后者则认为人类智能是可以分成若干组别的。美国心理测量学家瑟斯顿被加德纳称作"狐狸派"的代表人物和主要支持者。他认为存在一组原始心理能力，且这些心理能力之间相对独立，对它们需要采用不同的方法分别加以测试。瑟斯顿事实上提出了文字理解能力、语言雄辩能力、流畅操作数字的能力、空间视觉想象能力、联想记忆能力、快速知觉能力和推理能力。"刺猬派"和"狐狸派"的争论持续了几百年，谁都未能占上风，一直无法达成共识。

传统心理学观点、皮亚杰理论、信息处理信息学和符号系统对智能观点的研究方法主要专注于特定种类的逻辑或语言问题的解决，而加德纳则从生物学的视角出发，采取了一种范围更加广阔和自由的研究方法。这种研究方法来自对神经系统的深刻认识，主要是来自生物科学和认知科学的研究成果。加德纳认为智能必定伴随着一组解决问题的技巧，使人能够解决自己所遇到的实际问题或困难；如果需要的话，还使人创造出有效的产品；必定还能调动人的潜能去发现或提出问题，从而为掌握系统的知识打下基础。

加德纳提出了如下几项判断智能的依据：①从大脑损伤看到潜能的独立性；②白痴天才、超常儿童及其他异常个体的存在；③可加以识别的核心运算或一组运算；④有独特的发展史和可定义的一组专家的"最终状态"；⑤有一个进化史和进化的可塑性；⑥来自实验心理学研究的证据；⑦来自心理测量学的证据；⑧对符号系统编码的敏感性（智能的结构）。加德纳把智能界定为某种智力的实体，它们比高度专门的信息处理机制（像航线的探测）要宽泛，比大多数的一般能力（如分析、综合或自我感）要狭窄得多。智能是源自人类生物和心理的本能，是一种解决问题或创造产品的能力，也是一种处理特定信息的能力。智能的本质决定了每一种智能都应按照自己的方式运作，都有自己的生物学基础。一种智能绝不会完全依赖于单一的感觉系统，智能依靠其自身，通过一种以上的感觉系统得以体现。

# 二、多元智能的内涵与潜在原则

## （一）多元智能的内涵

多元智能教学模式是美国哈佛大学教授、发展心理学家加德纳于 20 世纪 90 年代提出的。加德纳认为，人的智能由 7 种紧密相关，但又相互独立的智能组成。它们是语言智能、逻辑—数学智能、音乐智能、空间智能、身体—动觉智能、人际交往智能、内省智能，并且每个人的各种能力混合在一起形成了各自独特的认知轮廓。此后 1995 年，他又提出了自然观察智能和存在智能。另外，有其他学者从内省智能分拆出灵性智能。

1. 语言智能

语言智能是指用文字思考、用语言表达和欣赏语言奥妙意义的能力。如加德纳所说，"就是诗人身上所表现出来的对语言文字的掌握能力"。这种智能涵盖了对口头和书面语言的敏感程度、学习各种语言的能力以及运用语言实现特定目的的能力。诗人、作家、演说家、记者、律师、新闻播报员等都展现了高度的语言智能。

有了这种智能就能够处理文字、词汇，能够进行听、说、读、写，能够撰写论文、随笔、诗歌、戏剧等。大学生，尤其是英语专业的大学生，需要有较高的听、说、读、写的语言智能。他们必须熟练运用英语语言，能够富有逻辑性和诗情画意地表达情感。

在课堂教学中，教师既要为大学生提供更多的说话机会，也应将语言形式与学生生活实际联系起来，从而培养他们有效使用英语的能力。

2. 逻辑—数学智能

培养逻辑—数学智能是指能够进行推理、演绎，能够归纳逻辑、事实、资料、信息、电子表格、数据库、序列、等级、组织，能够分析证据、结论、判断、评价、评定等。大学生需要这样的科学理念、分析问题和解决问题的能力。因此，在高校教育的课堂教学中，教师应为大学生提出更多的问题供他们思考，并创设更多的情境让他们去处理。

3. 空间智能

空间智能即在脑中形成一个外部空间世界的模式并运用和操作这种模式的能力。培养空间智能能够让人们展开想象，进行观看或创作地图或图示、创作三维图像、辨识空间方向等。大多数高校的学生喜欢阅读带有图片或图表的教材，也热衷于做猜谜题等。为此，在课堂教学中，高校教师应使用多种教具和多媒体实施教学。

4. 音乐智能

音乐智能是音乐、旋律、节拍、合奏、合唱以及创作或复制曲调的智能。大学生需要在课上、课下有意识地培养欣赏音乐、识别曲调正确与否和演奏乐器的智能，因为参与到音乐和舞蹈之中，不仅可以提高自身的艺术修养，同时能促进其他学科的学习。这种能力在歌唱家、指挥家、作曲家、乐器制作者、演奏家、调音师等人身上都有杰出表现。

5. 身体—动觉智能

身体—动觉智能是个体操作运用其身体或身体的一部分来表达思想、情感或创作的能力。在运动方面表现活跃，用身体去参与探险，表演、跳舞、模仿，参加手工操作或机械操作等是这种智能的表现，身心的智能活动是相互联系的。因此，很多活动（如角色扮演、模仿）应该在大学生的课堂教学中经常举办。实际上，所有学生都喜欢在教室内活动，体验学习的快乐过程，而不是坐在那里被动地听讲。

6. 人际交往智能

人际智能即理解他人，能与人有效交往的能力。具备这种智能的人乐于交往，在朋友中有感召力，能够分享，善于调解纷争，善于与人达成一致意见，乐于帮助别人等。教育工作者需要有这种人际交往智能。在具体的教学中，高师教师有责任重视大学生的社交能力的培养，并通过安排各种形式的交流活动和合作学习方式（如对子活动、小组活动、扮演不同角色）给学生更多实践交往与合作的机会。

7. 内省智能

内省智能是深入内心世界、建构正确的自我知觉并运用其规划自我人生的能力。有这种智能的人善于反思，能够控制自我情感和情绪；能够设定自我人生目标，追求个人的兴趣；善于通过倾听和观察去学习；能够运用认知技能等。高校教师应该重视大学生的自我认识以及元认知体验，使学生自由地选择适合自己的活动，因材施教并帮助他们充分利用互联网和图书馆等媒体进行科学研究。

8. 自然观察智能与存在智能

自然观察智能是指个体能够高度辨别环境，并运用这些能力从事生产的能力。有这种智能的人能敏锐注意和区别自然界的各种关系，乐于和大自然打交道，对大自然中的各种事物敏感。高校教师应该充分利用这样的特点，运用多种教具、声音等辅助教学的顺利进行，从而达到帮助大学生顺利学习知识并有效记忆所学内容的目的。

存在智能，即对人生和宇宙终极状态的思考能力。其核心是在无限广阔的宇宙内自我定位的能力，是在人类生活环境中思考与存在有关问题的能力，如人是如何出现在地球上？人类出现以前地球是何种状态？人生存与死亡的价值与意义是什么？哲学家、思想家、宗教者等都是存在智能发达的人。

综上所述，高校教师要乐于从多个角度来评价、观察和接纳大学生，寻找和发现学生的闪光点，发展学生的潜能。与此同时，要引导大学生建立多元智力观，充分相信每个学生都拥有多元智力，不扼杀任何学生的灵感。还要通过自身的示范作用，引导大学生树立全面发展的评价观，让每个学生都能够获得成功，体会成功的快乐，从而真正体现以人为本的教育思想。

## （二）多元智能的潜在原则

在理解和运用多元智能理论的过程中，有必要熟悉一些与之相关的潜在原则。罗明东、和学仁和李志平等学者认为它体现在智能本身和人类智能发展两个层面。

1. 关于智能本身性质的原则

（1）多元智能所包含的几种智能模式是暂时性的，除了以上智能外，可能有其他智能存在。事实上，在最初的研究中，加德纳只提出了7种智能，而自然观察智能和存在智能是后来才被检测出来的。

（2）每一种智能都享有其独特性，但又并非独立运作，它与其他智能是同时并存、相互补充和统一运作的。

（3）每一种智能都包含着多种次类智能。

2. 关于人类智能发展的原则

（1）每个人都有与生俱来的各种类型的智能。每一个正常人都享有上述的几种智能，但受遗传、文化与环境差异的影响，每个人的各种智能的发展程度是不尽相同的，而且有时会以不同方式来统和这些智能。

（2）每个人的各种智能都是可变的。智能并非固定和一直处于静止状态的，它们或被强化与扩大，或被缓减和削弱，其中文化是影响智能发展的重要因素。

（3）每个人所享有的每种智能都有其独特的发展阶段和顺序。在每种智能的发展过程中，它至少经历了以下几种不同的发展阶段：①最初邂逅阶段；②使用阶段；③正规教育阶段；④接受阶段。其发展过程的快慢、强弱受个体文化环境中诸多因素的影响。

（4）每个人的智能都是能够培养和教授的。虽然个体与生俱来的智能各不相同，但绝大部分是在个体的青春期和以后发展成熟的。人之所以能出色地发展并超越其出生时所具有的智能，关键在于后天的培养和教授。

# 三、多元智能理论的特点

## （一）每个人都同时拥有8种智能

来自生物科学和认知科学研究结果的多元智能理论提出，每个人在智能方面都拥有潜质，但不是这8种智能同时发挥作用，8种智能以多种不同的方式发挥作用。对每个人来说，发挥作用的方式不一样，大部分人只有部分智能处于优势，或多种智能组合发挥作用；对于杰出的人来说，其大部分智能处于优势，如诗人、作家、演说家、政治家、哲学家、科学家；而那些在发展过程中致残的人，表面上失去了基本智能外的部分智能，但事实上他们拥有某方面较强的智能，如作家凯特·海伦和音乐家贝多芬。

## （二）每一种智能存在多种表达形式

对于智能存在多种表达形式，许多现实生活的例子都给出了解释，如某些不会阅读的人，却具有较强的口头表达能力；一个在球场上表现笨拙的人在编织和手工制作方面却有着超常的智能。智能的表达形式多种多样，不存在某一种单一或固定的模式。

## （三）多数人其中一种智能水平能发挥到较高水平

加德纳认为，对在某一指定领域内缺乏相关能力的人，应给予适当的鼓励，提供丰富的环境与指导，帮助其将另一种智能发展到一个相当高的水平。教师会面对各种各样的学生，有的学生成绩平平，不愿意做单调的案牍工作，但在人际交往方面表现出极大的热情。面对这种学生，教师应利用他的人际智能优势，给其安排一些社会交际方面的工作，如此一来，学生会乐意去做并能做得相当好。

## （四）各种智能之间以组合的方式共同发挥作用

各种智能之间是并存且相互作用的。以教师为例，语言智能是教师必备的能力之一。要上好一堂课，教师除了要对知识进行讲解，也需要辅以肢体语言（身体—动觉智能），需要以音乐作为教学内容的导入或教学手段（音乐智能）。但要成为一名优秀的教师，除了应具备上述种种，还需了解自己教学的效果并及时做出反思，不断改进（自我认知智能）；需与学生交流、沟通，了解学生的学习需求、生活条件和心理状况，建立良好、轻松的师生关系（人际智能和自然观察智能）。由此可见，在教学过程中综合运用多种智能，有利于教学质量的提高。

## 四、多元智能理论的教育意义

### （一）多元智能理论的教育意义阐述

加德纳在《智能的结构》中讨论了智能与教育的意义。他提出："针对学习者的不同智能轮廓采用不同教材和教学模式的实践，是完全正确的。如果人们采用多元智能理论，那么因材施教的选择范围就会扩大。多种智能本身既可以是发展的主题，也有可能成为在反复灌输不同的主题时，人们所偏爱的手段。"据此，加德纳提出了如何引导智能实现教育目标。

在 2004 年北京多元智能的国际会议上，加德纳十分认真地指出，多元智能本身不能成为教育的一个目标。多元智能本身不是教育目标，也没有告诉人们怎样教，而是一种有助于达到教育目标的手段。在分析多元智能与教育目标的基础上，加德纳明确提出了多元智能的重要教育目标——"为理解而教"。

从加德纳本人以及其他学者对多元智能理论在教育中的应用可知，多元智能理论在教育中起到了一种指导作用，采用多元智能的教育手段可以达到教育的目标。

加德纳在回答"多元智能的方法是否有助于外语的教学"时指出，学生应能够运用多种智能，通过集中途径的转换来学习，当学生参加能够发挥他们各自智能强项的活动时（如跳舞、绘画或者辩论），词汇和语法最容易被他们接受。当学生就他们熟悉的知识领域的有关问题展开讨论，且那些讨论的题目常常用到适合他们自己的智能组合的时候，学生的学习效果往往达到最佳状态。如果众多种类的智能都能得到应用（如在唱跳和开展不同种类的体育竞技时），句型练习也会非常有效。

在《多元智能理论新视野》中，加德纳指出任何丰富的、有益的主题，即任何值得教给学生的课程内容，都至少可以通过 7 种不同的方式来切入。这 7

种方式差不多与多元智能相一致。对于学生来说，哪一个切入点最适合，入门之后走哪一条路线最顺利，都因人而异。知道这些切入点或方法，可以帮助教师采用易于为大部分学生所接受的方式介绍新的内容、讲授新的教材。这样当学生探索其他切入点或方式的时候，就有机会摆脱陈腐刻板的思维模式，深化多元的观念。

### （二）多元智能理论对我国英语专业英语文学教学的意义和作用

束定芳认为，英语教学应充分了解学习者的学习需求、个体差异、认知风格，在此基础上，进一步关注影响学习者的情感因素，在教学中从教育理念、教学方法、教学策略、教学评价方面进行教学改革。

多元智能理论与因材施教的教学理念的一致性、作为实现教育目标的手段以及在大量教育实践中探索出来的做法，给教师在英语专业英美教学上带来的启示是形成以学生为中心、关注学生个体差异和全面发展学生的学生观，实施多元化教学策略的个性化教学观，构建多元化评价体系的评价观以及用多元智能来教的教师观。

1. 以学生为中心、关注学生个体差异和全面发展学生的学生观

根据多元智能理论，每个人除了拥有语言智能和逻辑—数学智能以外，还拥有同等重要的其他智能，如音乐智能、空间智能、身体—动觉智能、人际智能、自我认知智能、自然观察。实践证明，每一种智能在人类认识世界和改造世界的过程中都发挥着巨大的作用，具有同等的重要性。学生没有聪明和愚笨之分，教师不能给学生贴上"差生"和"好生"的标签。每个学生都各具潜能，通过教育可以得到不同程度的发展。"学生的差异仅仅在于哪些方面聪明和怎样聪明的问题。在多元智能视野里，衡量学生智能水平，不能仅以他的在校成绩或表现作为唯一的依据，更重要的是考察他解决问题的能力，生产及创造具有某种价值或社会需要的有效产品的能力。多元智能理论不只是判断学生的短处和弱势智能领域，更重要的是确认学生的长处和优势智能领域，促进其优势智能领域实现最大限度的发展，并把优势智能领域的特点迁移到弱势智能领域，使其弱势智能领域得到尽可能的弥补，以便形成强弱互补、协调发展。"

2. 多元化教学策略的个性化教学观

我国的课堂教学中长期采取教师面对大班统一教学的模式，忽视了学生的个体差异。多元智能理论带来的教学启示是个体可以同时拥有多种智能，但是

这些智能在个体身上多以不同方式、不同程度组合在一起，因而个体之间相应地存在着差异。针对学生的个体差异，采取适合个体差异的教学手段，满足个别学习的需要，有利于每个学生得到充分的发展。在教学过程中，教师应根据不同学生智能的特点和表现形式，采取适合他们智能情况的教学方法和教学策略。加德纳提出的7种教育切入点，为教师根据学生的个体差异采用既有趣又有效的方法来进行教学提供了理论依据和实践操作指导。这样，每一个学生都可以得到适合他们智能的教育，得到更加良好的发展。

3. 多元化评价体系的评价观

它是指选择适合学习者智能情况的评价内容，一改传统的一元化评价方式，从多角度、多维度、多主体对学生的学习过程而不仅是对学习内容进行评价，使评价真正成为促进学生充分发展的有效手段。对于音乐智能无优势的学生，不能要求其完成英语文学歌曲的演唱或展示；对于身体—动觉智能弱的学生，不能要求其完成角色或课本剧表演。

因为智能优势和个性差异的评价观重视评估胜于考试，不给学生画等次、贴标签，所以评估能在轻松自然的氛围中进行，关注学生做了什么，完成了什么任务，并可提供有益的信息反馈，从而促进学生的发展。

4. 用多元智能来教的教师观

用多元智能来教对教师们提出了发展和挑战的要求，教师不再只是知识的传授者。教师必须改变角色，既要充当教学的指导者、学生发展和成长的引导者、教学课程开发和教育教学研究的研究者，又要成为教学氛围的营造者和学生课堂活动参与和评价的观察者。教师必须重新定位，做好角色的转换，才能适应我国教育教学的改革发展。

多元智能理论要求教师在教育教学中树立以学生为中心的学生观、关注个体差异的教学观、多元评价体系的评价观和用多元智能来教的教师观，给教师带来了挑战。这就需要教师面向集体中的每一个个体，建立和谐的人际关系，并以最小的控制、最多的自由激励学生的自主性。

# 第二节　多元智能教学的理论基础

## 一、来自理论层面：加德纳的理论

　　1967 年，美国在哈佛大学教育研究生院创立了"零点项目"，该项目由美国著名哲学家戈尔曼主持。"零点项目"的主要任务是对在学校中加强艺术教育进行研究并开发人脑的形象思维问题。在此后的 20 年间，美国对该项目的投入达上亿美元，参与研究的科学家、教育家超过百人，他们先后在 100 多所学校做实验，有的人从幼儿园开始连续进行 20 多年的跟踪对比研究，出版了几十本专著，发表了上千篇论文。多元智能理论就是这个项目在 20 世纪 80 年代的一个重要成果。在哈佛大学担任教授的霍华德·加德纳在参与此项研究中首先重新考察了大量的、迄今没有相对联系的资料，即关于"神童"、脑损伤病人、有特殊技能而心智不全者、正常儿童、成人以及各种不同文化中个体的研究。通过对这些研究的分析整理，他提出了自己对智力的独特理论观点。基于多年来对人类潜能的大量实验研究，加德纳在 1983 年出版的《智力的结构》中，首次提出并着重论述，他的多元智能理论的基本结构，并认为支撑多元理论的是个体身上相对独立存在着的、与特定的认知领域或知识范畴相联系的 8 种智力。这些为多元智能理论奠定了理论基础。在书中，他把智能定义为"在一种或多种文化背景下解决问题和创造产品的能力"。20 年后，在大量研究的基础上，加德纳又提出了更为精确的定义，即"个体处理信息的生理和心理潜能，这种潜能可能在某种文化背景中被激活以解决问题和创造该文化所珍视的产品"。加德纳认为，智能并不是某种容易的、可以单一地通过纸笔方法测验出来进行衡量的东西，智力总是以组合的形式进行的，每个人都不同程度地具有并表现为各自的社会与文化生活各个方面的能力。

## 二、来自实践层面：多元智能的实践研究及成果

　　加德纳的多元智能理论为教育理论和实践提供了重要的启示，在实践的过程中涌现了许多著名的学者和大量的研究成果。其中，拉齐尔出版了关于多元

智能理论的著作，如《获得知识的 7 种方式》《教学的 7 种方法》《学习的 7 种途径》和《多元智能评价方法》。在书中，拉齐尔在多元智能评价策略指导下对智能的课堂内外发展和迁移等方面做了大量研究；而查普曼、贝兰卡和斯瓦茨在著作《多元智能的多元评价法》中为 7 种智能提供了一整套的评价策略；琳达·布曾斯和迪伊在《多元智能教与学的策略——发展每一个孩子的天赋》中着重讨论研究了音乐、视觉空间、身体运动、人际和自我认识智能。布鲁斯·坎贝尔在其著作《多元智能手册》中描述了学习中心教学法，并为发展学生的以下 7 种智能进行了讨论。

## 三、理论简评

多元智能理论自提出以来就在全球教育界引起了广泛的关注，并成为 21 世纪的主流教育思想之一。在我国，多元智能被誉为我国"素质教育的最好诠释"，同时是我国课程改革的强大理论支撑之一。在实践领域，许多学校结合本校实际，积极研究并尝试运用了多元智能理论来指导学校的教育教学工作，探讨了多元智能视野下的学生观、课程观和评价观。

加德纳的理论使教师认识到每个人的智能结构都独一无二，每个人的生命都可以超越平凡。这为教育理论与实践提供了重要启示，其核心体现在对学生的个别差异教育上。从理论上讲，每个个体不可能在单一的智能方面取得有效的表现；从实践上讲，任何单一的教育方法最多只能让某一小部分人受益。基于此，在实际教育教学中，教师要充分考虑学生之间的个体差异，使用多种教学资源，运用多种教学手段和方法，让每个学生都有学习的机会，能够接受良好的教育并实现自我发展。

# 第三节 多元智能模式在英语文学教学改革中的应用

## 一、基于多元智能理论的英语文学教学设计

### （一）设计原则

#### 1. 以人为本

学习的主体是学生。因此，任何课程的教学工作都要以人为本，以学生的基础情况以及实际需要为本。在进行英语文学的教学设计时，基于多元智能理论，教师要合理地观察和分析每一个学生的特点，根据其特长设计科学的英语文学教学方案，使更多的学生在教学活动中充分地认识自己，并运用自身的优点来发展自己。在教学活动中，教师还需要多关心学生，以引导的方式来进行教学工作，营造出一个能让每一个学生都能参与进来的和谐环境，使其在学习中能自由地发挥和表达自己。对于学生的进步，教师需要积极地进行鼓励和赞赏，大大提高学生的积极主动性。这是高效率教学的最有效方法。

#### 2. 科学设计

教学本身就是一个复杂的工作，要想达到高效的目的，需要对教学方案进行科学的设计，使理论知识系统化，教学内容一步步递进，由浅入深。基于多元智能理论，对于英语文学的教学设计，教师需要结合人体的多项智能，将教学理念和相关知识有效地融入各种智能中，让学生根据自身的实际情况发现适合自己的学习方法。这种科学的教学设计能够大大地提高学习效率。

另外，科学地进行教学设计，还需要教师将学生们的探索欲望和好奇心激发出来，在课下的时间里能够不断地探究、拓展。这样的学习有利于学生的全面发展。

#### 3. 提高兴趣

兴趣是学习的重要动力，有了兴趣，才能充分发挥学生的主观能动性，让学生更加主动地进行学习活动。为了达到这个目的，教师要做的就是想方设法地体现出英语文学的魅力，让更多的学生体验到英语文学带来的乐趣，这也是进行英语文学教学设计的一大重要原则。基于多元智能理论，教师需要在设计

英语文学教学时多增加一些不同领域的内容，创造一个轻松愉快的学习环境，从而使学生们快乐地学习。

## （二）设计依据

1. 根据学生的智能差异性进行教学设计

英语文学课目前的教学状况：同一个教师，同一种教学模式，同一种教学方法，同一种评价方式；而学生，不管他们的智能水平如何，都被局限于同一种学习状态下。结果，那些智能水平适应这种学习模式的学生在考试中总得高分，而那些智能水平不适应这种学习模式的学生总是学不好、考不好，学习积极性受到打击。因此，在教学中，教师要考虑到学生智能水平的差异性，全面把握学生的智能情况，准确掌握每个学生的优势智能和弱势智能，在学习中充分挖掘每位学生的潜在智能，达到学习效果的最优化。

例如，教师在备课的时候，要广泛收集资料，精心制作课件，使课堂教学内容尽量兼顾前文所述的 8 项智能，以满足不同学生的智能需求。这样，每位学生都可以在课堂上找到自己感兴趣的内容，从而提高学习的积极性。在教学过程中，教师不能只关注学习好的、活跃的学生，而应适时地改变教学方法、活动方式，照顾到那些不活跃的，但在某些智能方面有特长的学生。

总之，只要教师充分尊重学生的智能差异，关注所有学生，学生就会对英语文学课产生兴趣。

2. 根据学生的优势智能进行教学设计

多元智能理论认为，每个学生都会在多种智能中的某一个智能方面表现突出些，而在其他智能方面弱些。这种表现突出的智能就是学生的优势智能。学生对其优势智能的符号系统较容易理解和接受，而对于弱势智能的符号系统的反应要相对迟滞一些。因此，在英语文学课的教学设计中，教师可充分利用学生的优势智能来激发学生的兴趣。

在教学过程中，教师应以优势智能的符号系统充当学生和学习内容之间的桥梁，促进其与弱势智能进行沟通和转换，从而促进弱势智能的发展。在多媒体信息技术迅速发展的今天，学生思维活跃、朝气蓬勃、求知欲强，容易接受新鲜事物，他们渴求的是更加生动、多元化的教学方法和具有时代气息的教学内容。因此，教师在制作英语文学课件时，除了提供与作家、作品有关的训练学生的语言智能的材料外，还应上一些图片、动画、音乐、电影片段等，以刺激学生的空间、音乐等智能，加深他们对作家作品的认识。课堂上，教师可以多安排一些锻炼学生多元智能的活动。例如，小组讨论、辩论可以训练学生的言语、人际智能；电影对白、剧本表演可以提高学生的肢体运动智能；读书汇报、配乐诗歌朗诵、对作品情节的复述、对作品人物的评价可以训练学生的语言、逻辑、音乐等智能。灵活多样的教学方法和各式各样的课堂活动使每个学生都可以充分展示自己的特长，找到一种自豪感和成就感，发自内心喜欢上英语文学课。

## （三）设计方法

### 1. 角色扮演

学生的好奇心和表现欲都比较强，对于新生事物的接受能力和理解速度也比较快。为了提高英语文学的教学效率，根据学生的这一特点，教师可以将生活中的新鲜事物搬进课堂，如现下畅销的小说、流行的游戏和热播的影视剧，然后让学生根据自己的兴趣爱好选择喜欢的角色进行扮演。当然，不是要简单模仿原来的剧情，而是要将英美的文学作品融入其中。这样的教学不仅可以激发学生的学习热情和兴趣，还可以有效地提高学生的综合素养。

### 2. 趣味游戏

大部分年轻人喜好游戏，通过科学合理的教学设计，教师可以在游戏中收获快乐和知识。例如，教师可以设计一些卡牌类型的游戏，卡牌内容由英语文学经典作品组成，可以在小组内在短时间里记忆作品内容，也可以用来组成句子或者找近义语句。这样就可以在游戏中调动学生学习英语文学作品的积极性，并且在游戏中收获的知识在脑海中会更加生动、深刻。这样的趣味游戏能够令学生更加喜欢上英语文学课程，在游戏中达到英语文学的教学目的。

### 3. 活动比赛

活动比赛具有竞技性，年轻人的表现欲能在这样的活动中被充分发挥出来，以英语文学作品为基础的比赛活动可以充分调动年轻人的积极性，满足他们的好胜心。因此，教师可以定期组织几场相关的知识竞赛。为了得到更好的比赛结果，学生会想方设法地提高自己的技能，拓展相关的知识。这样的比赛活动不仅能检验学生的学习成果，还能激发他们的学习潜能，拓展他们的眼界。从另一个角度来说，活动的执行需要智慧、能力和勇气。这样的活动正好能大大提高学生在这方面的能力。

### 4. 多媒体的运用

多媒体技术的运用能够将文字、图像、动画、视频、音乐等综合起来，用一种多方位的形式表现出来。教师可以充分利用多媒体的技术优势，收集或者制作相关英语文学影视资料，加深学生对于英语文学的印象。比如，可以利用多媒体放映一些由英语文学作品翻拍的电影的经典桥段，让学生感受英语文学的魅力。如此一来，学生不但可以锻炼口语与听力，还可以切身地感受以英语为母语的文化环境。

## 二、多元智能理论对高校英语专业英语文学教学改革的启示

### （一）更新教学理念、了解英语文学课程特点

教师一方面要树立正确的教学理念：英语文学课程教学与实用英语教学同等重要、相辅相成。另一方面教师还要深入地学习多元智能理论，将其深入到实际的教学活动中。这样教师既可以全面检测自身智能优势及缺陷，又能详细了解学生个体智能差异，从而促进教师自身业务能力的提高及学生的多元化发展。

此外，教师还要熟知英语文学课程特点。英语文学具有较强的文学性，主要反映的是英美国家的宗教理念、风土人情、文化习俗、人文精神等，教师自身的人生观及价值观会潜移默化地影响其对作品的看法。因此，教师要避免因判断错误造成对学生的误导。作为学生，要意识到英语文学课程学习在挖掘和激发个人各项优势智能方面的重要作用，它是解决问题的重要工具之一，对学生文学修养的培养、知识的积累有着不可替代的作用。因此，不应只偏重技能型课程的学习。

### （二）整合教学内容、优化教学资源

英语文学课程的教学要充分体现文学史与文学作品相结合的教学原则，教学内容设计要尊重学生个体智能的差异性和整体性。目前国内的英语文学教材琳琅满目，网络上的教学资源也种类繁多，如何结合教学实际设计出适合地方高校的教学内容是关键所在。教师一方面要熟悉教材，另一方面要充分利用现代信息技术。

教师在备课时要兼顾每位学生的智能需求，准备具有针对性和实效性的教学设计。这就要求教师在课前不仅要熟悉授课内容，找到其与多元智能理论的结合点，还要广泛收集素材，充分利用现代信息技术，最大限度地运用丰富的教学资源，做到教学内容的多元化，从而激发学生学习的兴趣及思考的动力。

### （三）丰富教学模式

多元智能理论强调要以个人为中心，尊重学生，学生是课堂参与的主体。因此，教师在讲授英语文学时要具体问题具体分析。例如，讲授文学选读时，教师应在要求学生完整地阅读英文原著的前提下，让学生对作家的创作风格、作品寓意进行思考并在课堂上展开讨论，教师针对学生的观点加以批判性的指导。这样既培养了学生的逻辑—数学智能，又提高了其语言智能。教师在讲授文学传统、文化背景及文学术语时，应将讲授法与讲授技巧相结合。这样既能兼顾不同智能的学生，又能使学生系统地吸收教师灌输的知识，最大限度地激发学生的逻辑—数学智能及语言智能。

教师在讲授具有代表性的文学作品时，可以将相关的图片、音乐、影片融入课件以激发学生的空间智能、音乐智能、肢体运动智能及自我认知智能。例如，在讲授英国作家简·奥斯丁的代表作《傲慢与偏见》时，教师可以安排学生观看影片，并设计一些活动：写观后感、小组讨论主人公的人物特征以提高学生的语言智能；影视配音、分角色表演以挖掘学生肢体运动智能及人际智能；概述作品中心思想、评价人物角色以激发学生语言智能及逻辑 - 数学智能。

学生可以根据自己的喜好或特长选其一参与，这样有利于其自我观察智能及自然观察智能的发展。以学生为主体的灵活多样的教学模式使学生能以各种方式参与到课堂教学活动中，充分发挥其智能优势并从中找到一种学习的成就感，从而增强自信心，提高学习兴趣。

### （四）关注学生个体智能差异，注重情感教育

受生活环境、家庭背景、遗传因素的影响，学生的认知能力、兴趣、性格、智能等方面存在一定的差异性。因此，其学习风格、方法、学习习惯、能力等也各有不同。这就要求教师详细了解学生，因材施教，尊重学生差异，有针对性地进行教学设计，灵活使用教学方法及手段，使教师教学方法能与学生学习形式紧密结合，学生可以通过多元途径来学习同一个知识点，从而体现教学的个性化、实践性。

此外，文学作品重在培养学生的文学鉴赏能力。通过阅读作品，读者可以体验各种情感。由于地方高校学生文学知识及阅读能力的局限性，教师的引导与帮助在英语文学教学中是必不可少的。这有利于使学生成为教师的益友、教师成为学生的良师，从而建立良好的师生合作关系；这也有助于师生的人际智能的发展。

## （五）加强自主学习平台的建设

由于学生的智能水平存在差异，所以不同的学生会有不同的学习方法。教师要为学生创建多元化的学习氛围，以满足不同学生的自学需求。借助网络多媒体，搭建英语文学自主学习平台不失为一种好方法。任课教师也可以自己创建英语文学学习网站，将课堂教学的课件、课程录像、教案、英语文学知识、作家介绍等内容放到网站上，甚至学生的作业提交、问题讨论等也在网上进行。学生可以在课余时间到网络教室自主学习这些内容，不仅有助于巩固课堂知识，还可以扩大视野。更重要的是，在这样多元化的、立体多维的学习环境中，学生的多元智能得到了提高。

## （六）改变传统的评价方法，建立多元智能的评价体系

评价是文学课教学的一个重要环节。传统的评价方式总是以一张试卷的分数或一篇期末论文的优劣来评价学生的好坏。加德纳认为，传统的评价方式主要是考查学生的语言和逻辑智能组合，是一种非情景化的考试。而对于不擅长这种智能的学生来说，每一次评价都是对他们积极性和自信心的打击，经过一次次的受挫，很难想象他们还会喜欢学习。

因此，英语文学课教学中对学生的评价要做到全面、客观，从多个角度对学生进行评价，不能以卷面分数定好坏。教师应从多元角度评价学生，既要考虑到学生的各种智能倾向，又要兼顾各种不同学习方式的学习者，如除了笔试评价形式外，可以加入短剧表演、经典片段模仿（语言、肢体动作智能）、小组讨论（人际交往智能）、读书心得体会（自我认识智能）等作为评价的方式。

# 参考文献

[1] 许丽 .BOPPPS 混合式教学模式在《英语文学导论》课堂中的应用——以济慈的《夜莺颂》为例 [J]. 英语广场，2023（31）：79-82.

[2] 孔梦媛 . 跨文化视阈下英语文学隐喻的翻译解析 [J]. 海外英语，2023（20）：50-52.

[3] 向方 . 英语文学导论课程思政建设实践探究 [J]. 海外英语，2023（19）：169-172.

[4] 王镇，丁建江，郭云飞 . 基于"互联网 +"的英语文学混合式本科教学模式研究 [J]. 江苏海洋大学学报（人文社会科学版），2023，21（5）：135-140.

[5] 刘静 . 英语文学作品中典故的翻译技巧 [J]. 英语广场，2023（27）：11-14.

[6] 刘白 . 以学生发展为中心打造文学大课堂——"英语文学导论"国家一流本科课程教学实践 [J]. 湖南科技学院学报，2023，44（4）：101-104.

[7] 孙怡冰 . 探索英语学科的未来拓展英语文学研究的边界——评《跨学科：人文学科的诞生、危机与未来》[J]. 外语电化教学，2023（4）：110.

[8] 孙燕 . 国内英语文学研究可视化分析 [J]. 今古文创，2023（31）：55-58.

[9] 陈婕 . 交际教学法在英语文学教学中的应用研究 [J]. 海外英语，2023（14）：136-138.

[10] 左津毓 . 英语文学作品翻译中艺术语言的处理原则及对策探讨 [J]. 现代英语，2023（14）：116-119.

[11] 周伟然 . 交际教学法在大学英语文学教育中的应用策略 [J]. 广州广播电视大学学报，2023，23（3）：34-38+108.

[12] 何玉花 . 文化意识视域下高校英语文学阅读的研究与实践 [J]. 吉林工程技术师范学院学报，2023，39（5）：60-63.

[13] 杨婷婷 . 浅谈英国茶文化与英语文学艺术 [J]. 福建茶叶，2023，45（5）：139-141.

[14] 涂慧 . 从拓殖邀约到政治隐喻：加拿大英语文学中的动物书写流变 [J]. 湖北大学学报（哲学社会科学版），2023，50（3）：101-110.

[15] 韩子满 . 英语文学与中国文学"走出去"的新"英语世界"[J]. 中国翻译，2023，44（3）：98-107.

[16] 黄芝 . 作为"英语书写的世界文学"的印度英语文学 [J]. 中国比较文学，2023（2）：45-58.

[17] 白秀敏 . 文化差异视域下英语文学翻译问题探讨——评《英语文学翻译教学与文化差异处理研究》[J]. 中国教育学刊，2023（4）：129.

[18] 周利君，万紫嫣红，高月 . 大学生英语文学作品批判性阅读调查研究 [J]. 重庆第二师范学院学报，2023，36（2）：122-126.

[19] 任芳 . 英语文学作品《简·爱》中女性意识的体现研究 [J]. 中国民族博览，2023（6）：12-14.

[20] 熊丽泓 . 新时期地方理工类院校英语文学课教师角色转变探析 [J]. 甘肃教育研究，2023（3）：23-25.

[21] 陈梅，童彦 . 基于 OBE 理念的地方师范院校英语专业英语文学类课程教学创新刍议 [J]. 汉江师范学院学报，2022，42（4）：104-109.

[22] 侯晓莉 . 教育技术变革背景下高校英语文学翻译教学创新——评《现代教育技术与外语教学实用教程》[J]. 中国科技论文，2021，16（4）：462.

[23] 芮小河 . 英语文学的实验与创新——2019 年度全球英语文学回眸 [J]. 外国文学动态研究，2020（4）：97-105.

[24] 许瑛琪 . 高中英语文学阅读对创新思维影响浅析 [J]. 校园英语，2018（40）：189-190.

[25] 李奕 ."非主流"英语文学研究 [M]. 成都：四川大学出版社：2017.

[26] 宁梅，周杰 . 英语文学与生态批评 [M]. 南京：南京大学出版社：2017.

[27] 郁龙余，黄蓉 . 中国外国文学研究的学术历程 [M]. 重庆：重庆出版社：2016.